Peter Rühmkorf

PETER RÜHMKORF

Wenn ich mal richtig ICH sag …

Ein Bilder-Lesebuch

Steidl

▪▪▪ wieviele da wohl noch mitreden können?!
Einspruch? Nichtsda.
'N Ich hat irgendwie jeder, und das ist auch gar nicht so ungewaltig.
Wenn es die Augen zuklappt,
geht die Erde unter,
sind die Sterne aus.

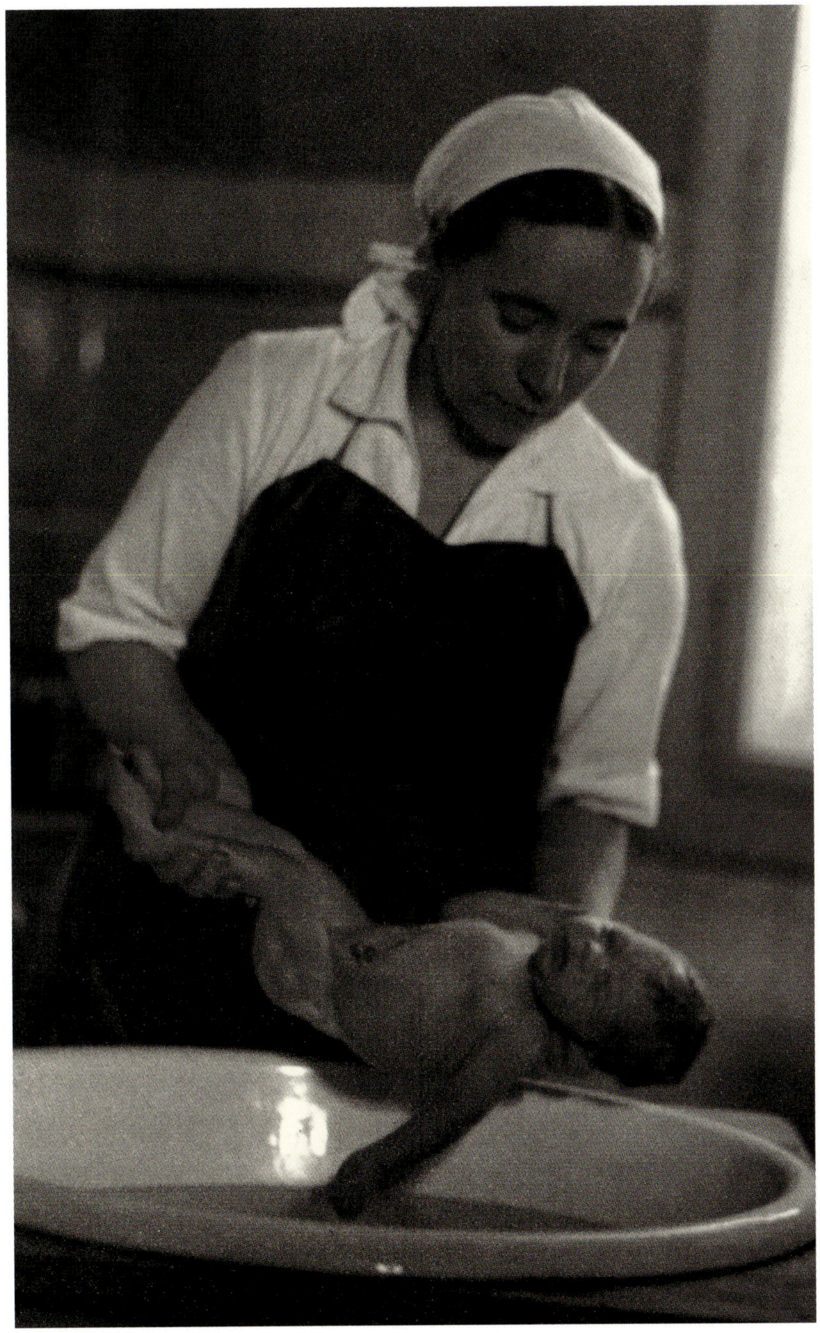

Frühe Zuwendung und öffentliches Aufsehen: Aufnahme der Porträtfotografin Annelise Kretschmer in der Frauenklinik in Dortmund, wo die Mutter für ein Jahr Arbeit und Unterkunft gefunden hatte. Oktober 1929.

Geboren

am 25. Oktober 1929 in Dortmund. Sogenannter »Schwarzer Börsenfreitag« an der New Yorker Wall Street, dessen Bebenwellen noch das Wochenbett meiner Mutter erschüttert haben müssen. Sie erklären mir selbst mein lebenslanges Interesse an sozialökonomischen Fragen und die Themenwahl meiner literarischen Interessengegenstände.

Schlaf mein Kindchen-ungewollt,
Rubel-Mond durch Wolken rollt;
Silberdollar: dir und mir –
Ratzepatz! zu Altpapier!

(Wiegen- oder Aufklärelied, 1959)

Vor dem Sturm: Die Familie Rühmkorf im Jahre 1916 im Arbeitszimmer des Großvaters.

Die Mutter Elisabeth Rühmkorf
1928 in Otterndorf an der Niederelbe.

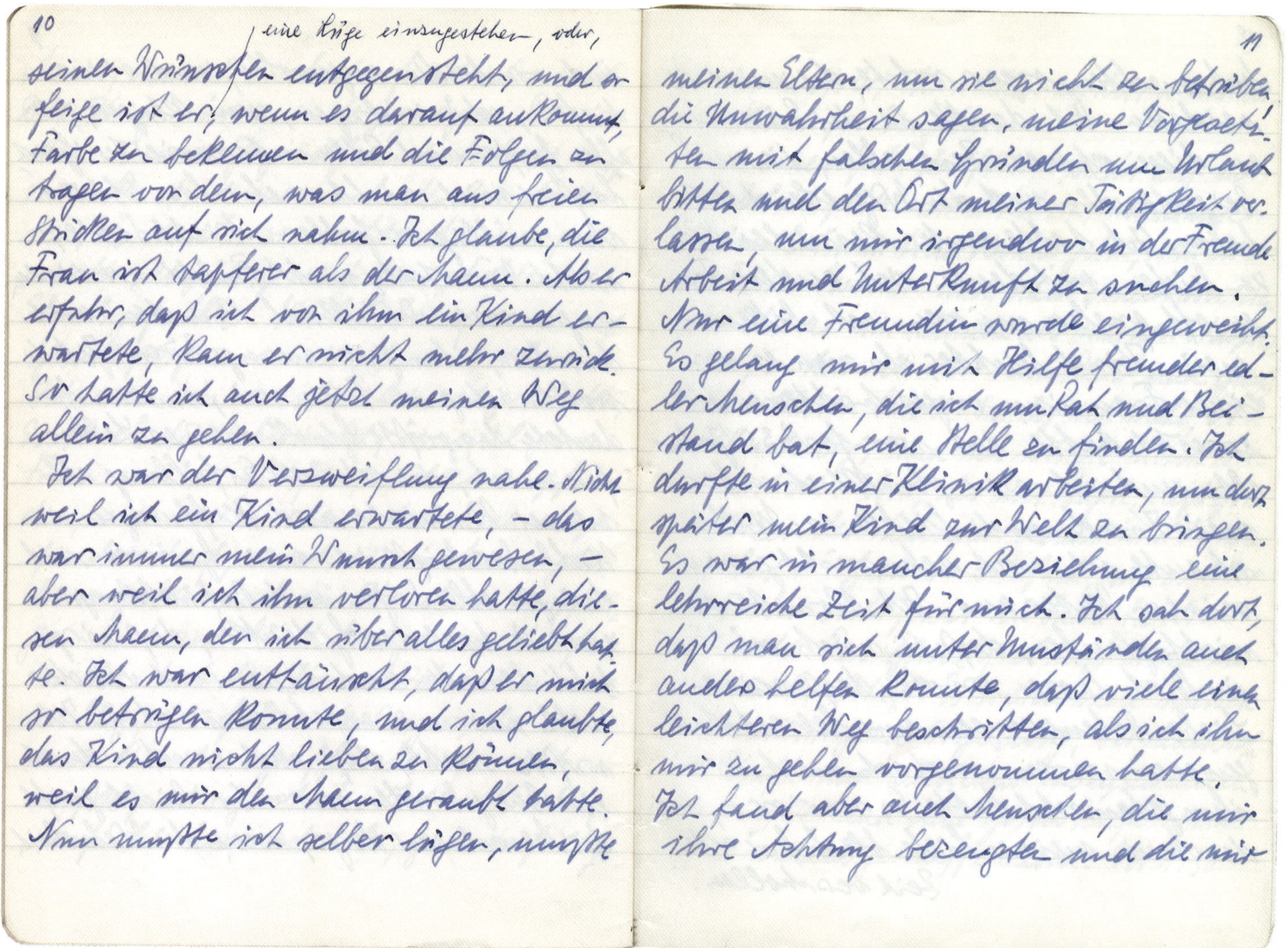

10
eine Lüge einzugestehen, oder,
seinen Wünschen entgegensteht, und er
feige ist er, wenn es darauf ankommt,
Farbe zu bekennen und die Folgen zu
tragen von dem, was man aus freien
Stücken auf sich nahm. Ich glaube, die
Frau ist tapferer als der Mann. Als er
erfuhr, daß ich von ihm ein Kind er-
wartete, kam er nicht mehr zurück.
So hatte ich auch jetzt meinen Weg
allein zu gehen.
Ich war der Verzweiflung nahe. Nicht
weil ich ein Kind erwartete, – das
war immer mein Wunsch gewesen, –
aber weil ich ihn verloren hatte, die-
sen Mann, den ich über alles geliebt hat-
te. Ich war enttäuscht, daß er mich
so betrügen konnte, und ich glaubte
das Kind nicht lieben zu können,
weil es mir den Mann geraubt hatte.
Nun mußte ich selber lügen, mußte

11
meinen Eltern, um sie nicht zu betrüben
die Unwahrheit sagen, meine Vorgesetz-
ten mit falschen Gründen um Urlaub
bitten und den Ort meiner Tätigkeit ver-
lassen um mir irgendwo in der Fremde
Arbeit und Unterkunft zu suchen.
Nur eine Freundin wurde eingeweiht.
So gelang mir mit Hilfe fremder ed-
ler Menschen, die ich um Rat und Bei-
stand bat, eine Stelle zu finden. Ich
durfte in einer Klinik arbeiten, um dort
später mein Kind zur Welt zu bringen.
Es war in mancher Beziehung eine
lehrreiche Zeit für mich. Ich sah dort,
daß man sich unter Umständen auch
anders helfen konnte, daß viele einen
leichteren Weg beschritten, als ich ihn
mir zu gehen vorgenommen hatte.
Ich fand aber auch Menschen, die mir
ihre Achtung bezeugten und die mir

»Gedankensplitter aus dem Roman meines Lebens«, Aufzeichnungen der Mutter in ihrem 90. Lebensjahr, 1985.

Die einzigen Hinterlassenschaften des Vaters mit eigenen Anstreichungen und einer nicht ganz unverfänglichen Zueignung.

Der Puppenspieler H. W. (Name des Vaters ist dem Verfasser bekannt) etwa dreißigjährig im Jahre 1929.

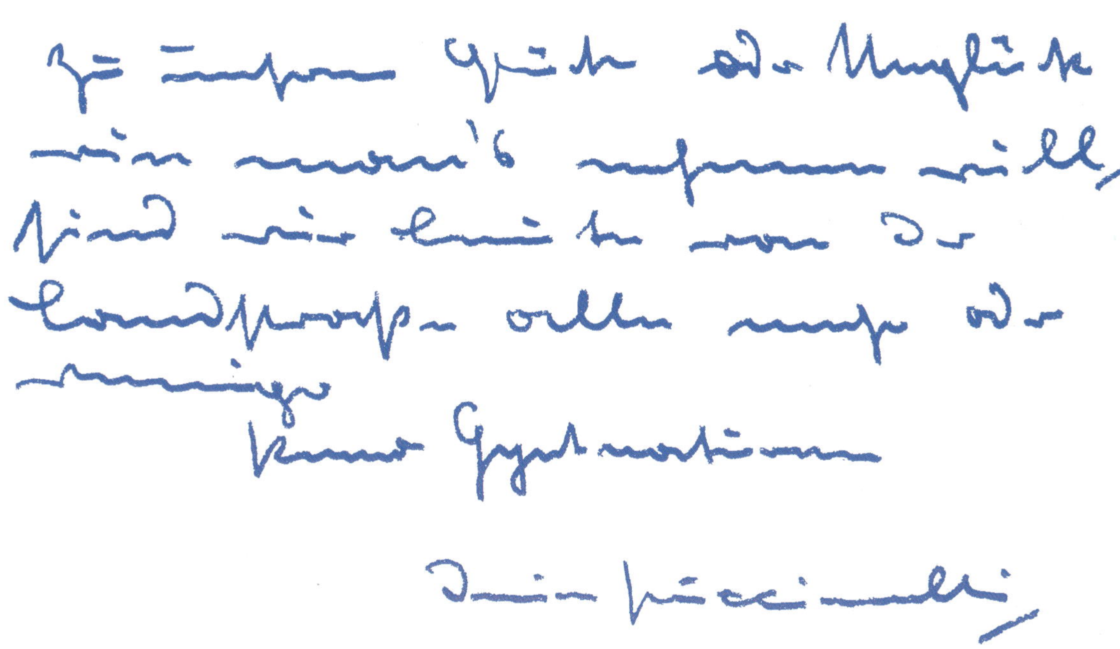

»Zu unserm Glück oder Unglück wie man's nehmen will,
sind wir Leute von der Landstraße alle mehr oder weniger
Peer Gyntnaturen
Dein Pulcinelli«

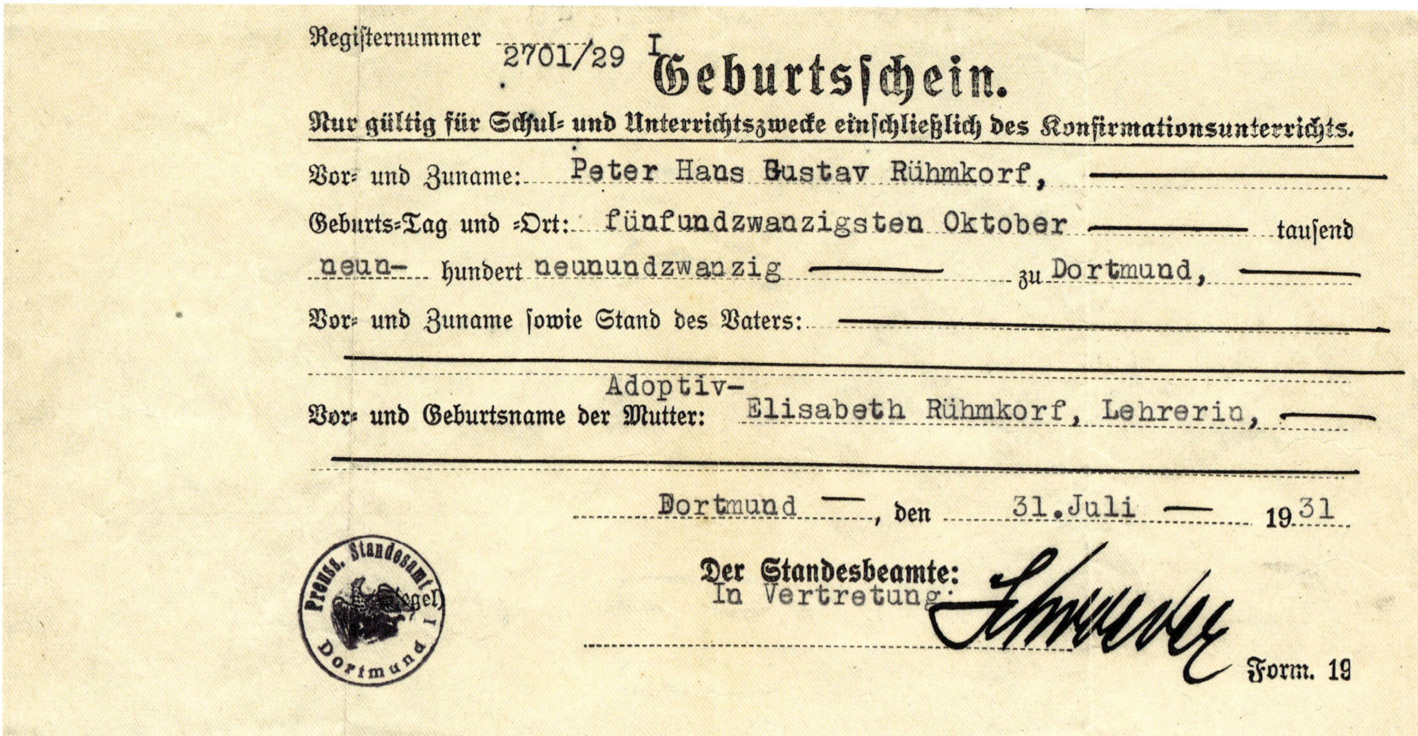

Registernummer 2701/29 I

Geburtsschein.

Nur gültig für Schul- und Unterrichtszwecke einschließlich des Konfirmationsunterrichts.

Vor- und Zuname: Peter Hans Gustav Rühmkorf,

Geburts-Tag und -Ort: fünfundzwanzigsten Oktober tausend neun- hundert neunundzwanzig zu Dortmund,

Vor- und Zuname sowie Stand des Vaters:

Vor- und Geburtsname der Adoptiv- Mutter: Elisabeth Rühmkorf, Lehrerin,

Dortmund, den 31. Juli 1931

Der Standesbeamte: In Vertretung:

Preuss. Standesamt (Siegel) Dortmund I

Form. 19

Papiere, die mein außereheliches Zurweltkommen vor der Mitwelt verschleiern helfen sollten. Nachdem die Lehrerin in einem niedersächsischen Dorf sich für ein Jahr hatte beurlauben lassen, um ihr »natürliches Kind« unbeschrien austragen zu können, sah sie sich notgedrungen veranlaßt, es amtlich zum Adoptivsohn erklären zu lassen. Er war zwar der Ihre und durfte als solcher doch nicht erkannt werden. Er hieß Peter Hans Gustav Rühmkorf, was schon seine Bewandtnis hatte, und durfte ihre Reputation als Religionslehrerin doch nicht in Frage stellen. Eine Gespensteraufführung aus Mutterliebe und bürokratischer Camouflage nebst den erforderlichen Persilscheinen, und daß mir der Name meines wirklichen Vaters bis zu meinem 16. oder 17. Lebensjahr verborgen blieb, wird schon das Seine dazu beigetragen haben, daß ich mir eine eigene Herkunft immer wieder neu erdichten mußte.

Fragment des Chansons »Als meiner Mutter mein Vater zu gefallen begann« aus dem Jahr 1999. Die unterschiedlichen kolorierten Korrektureingriffe verzeichnen farbgetreu die einzelnen Entwicklungsphasen, ein Verfahren der literarischen Spurensicherung, das ich mir schon früh zu eigen gemacht hatte.

Als meiner Mutter mein Vater
zu gefallen begann,
fing bereits das Affentheater
meiner eigenen Menschwerdung an.

Zwar rief ich noch, bitte der Nächste
und wandte flehentlich ein:
Von allen Gütern das Höchste
ist, niemals geboren zu sein.

Der Wunsch blieb mir unbenommen,
doch sprachen die Fakten für sich: (doch die Tatsachen –)
da könne ja jeder kommen :
und sagen, warum gerade ich?!

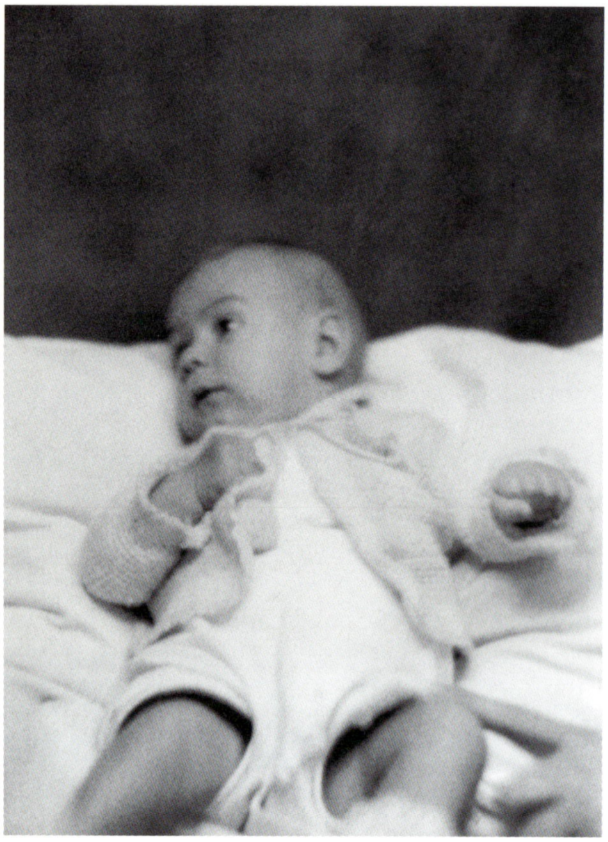

In der Frauenklinik in Dortmund, etwa Ende 1929.

Im Garten der Pflegefamilie Lohmann, 1930.

Etwa zwei Jahre lang wuchs ich in der Obhut einer Familie Lohmann in Dortmund auf, während die Mutter ihren Dienst an der Volksschule Warstade bereits wieder aufgenommen hatte. Trotzdem nahte für sie natürlich irgendwann die Stunde der Wahrheit – heißt der Offenbarung ihrer weltlichen Verfehlung vor ihren Eltern und Geschwistern –, und da sie in der Furcht des Herrn aufgezogen worden war, fürchtete sie sich vor nichts so sehr als dem Eingeständnis ihrer Schande vor dem pastörlichen Patriarchen in der Kreisstadt Otterndorf. Andererseits war meine Mutter nicht dumm. Um der lokalen Respektsperson wenigstens mit dem Wohlwollen einer über alle irdischen Zweifel erhabenen Autorität imponieren zu können, bat sie den seinerzeit bereits weltberühmten Theologen Karl Barth, der an der Universität Münster christliche Dogmatik lehrte, die Patenschaft über das vaterlose Elendsbündel zu übernehmen, was dem Bübchen statt eines regelrechten Papas wenigstens einen hochreputierlichen »Godfather« an die Seite bescherte. Von da an erreichten das Kind zu jedem Geburtstag oder Weihnachtsfest sozusagen himmlische Bilder- oder Reisebüchergrüße, und selbst als Barth von den Nazis seines Lehrstuhls enthoben und zur Emigration gezwungen war, riß der Büchersegen nicht ab, was sich in der Phantasie des Vier-Fünf-Sechsjährigen irgendwie mit dem segensreichen Walten eines guten Übervaters in fernen Wunderländern verband.

Peter Rühmkorf
von seinem Paten Karl Barth
zur Weihnacht 1935

Karl Barth, etwa 1959/60.

Der Großvater Heinrich Rühmkorf als Superintendent in der Kirche zu Otterndorf, 1935.

Die Großmutter Helene Rühmkorf, geborene Hübbe, etwa 1932.

»Unseres Vaters Predigten gehören nicht zu den gewaltigen und interessanten Reden des Jahrhunderts. Er brachte nichts Besonderes, er konnte nicht auf philosophische oder literarische und künstlerische Ideen eingehen, und die Intellektuellen in Otterndorf – soweit es sie gab – haben sich kaum zu seinen Ausführungen hingezogen gefühlt. Leider habe auch ich oft Kritik an ihnen geübt.«

»Unsere Mutter war eine unbekannte und ungenannte Malerin. Ihre zarten, liebevoll gemalten Blumenbilder, die sie in ihrer Bescheidenheit nicht einmal mit ihrem Namen versehen hat, sind alle nach ihrem Tode von mir eingerahmt worden und sie zieren heute mein Zimmer. Wir bewunderten sie und waren ein wenig traurig, daß wir von ihrem Talent nichts geerbt hatten.« (Elisabeth Rühmkorf: »Der Roman meines Lebens«, Manuskript, 1985)

Ausführungen der Mutter aus ihren »Erinnerungen« von 1985: »Meine Eltern hatten von alledem keine Ahnung. Sie wußten von meiner Liebe zu einem Mann, der ihnen unheimlich und ihnen unbegreiflich war. Sie glaubten, daß meine Beurlaubung der Vorbereitung auf einen neuen Beruf gelten sollte, den ich in der Ehe mit diesem Manne besser ausüben könnte. Sie kannten nicht meinen wirklichen Aufenthaltsort und schrieben und empfingen Briefe mit einer fingierten Adresse … Jetzt aber konnte ich nicht länger vor ihnen Theater spielen. Ich mußte ihnen gegenüber endlich mein Herz erleichtern und ihnen wieder offen und klar in die Augen sehen. Ich fuhr nach Otterndorf, um ihnen alles zu berichten, so ungeschminkt wie es eben ging. Leider auch so ungeschickt, wie es kaum noch zu überbieten war, und meine Eltern und meine Schwestern fielen aus allen Wolken. Sie hatten nicht die geringste Ahnung gehabt, was ich in meinem ›Urlaubsjahr‹ alles erlebt hatte, und waren aufs schmerzlichste betroffen. Mir tat das Herz weh, daß ich ihnen solchen Jammer bereiten mußte, und mein Vater, der seine älteste Tochter von Herzen geliebt hatte, konnte nur sagen, daß ich nicht auf den Gedanken kommen sollte, mit diesem Kinde sein Haus zu betreten … Ich reiste am andern Tage traurig wieder ab. Aber allmählich wurde auch meinem Vater das Herz weich, und meine Mutter wurde geschickt, sich den Jungen einmal anzusehen. Nun wäre ich wohl die erste Mutter gewesen, die nicht davon überzeugt ist, daß ihr Kind das schönste und klügste weit und breit wäre, und welche Großmutter könnte wohl so einem liebenswerten Kinde widerstehen! Mit dem besten Eindruck von ihrem ersten und einzigen Enkel kehrte sie nach Hause zurück, und bald kam die Nachricht, daß ich den Jungen der ganzen Familie einmal vorstellen sollte. Es kam so, wie es zu erwarten gewesen war. Auch das großväterliche Herz war dem kleinen Enkel sogleich zugetan. Großvater und Enkel wurden die besten Freunde, und mein Vater fand in dem aufgeweckten Jungen seinen Ersatz für seine beiden gefallenen Söhne.«

P.S. Manuskript der Mutter zum Tod ihres zweiten Bruders im Ersten Weltkrieg: »Auch Gustav wurde Soldat, nachdem er sein Abitur gemacht hatte. Er wurde in Bremen ausgebildet. In der Flandernschlacht wurde er am 31.7.1917 leicht verwundet, bekam Heimaturlaub und ging im Oktober 1917 zum zweiten Mal hinaus. Er stand beim Inf. Reg. Nr. 187 und fiel am 28.3.1918, 20 Jahre alt, bei einem Sturmangriff vor Arras. So mußten wir auch den 2. und letzten unserer Brüder hergeben. Am schwersten war der Verlust für unseren lieben Vater, der nach dem Tode des ältesten Sohnes all seine Hoffnungen auf den jüngeren, ebenso prächtigen und liebenswerten Sohn gesetzt hatte. Es war herzzerreißend, unseren Vater laut weinen und klagen zu hören, als die Nachricht von Gustavs Tod bei uns eintraf. Seine schönsten Hoffnungen, in einem Sohne seine Familie und seinen Namen fortgepflanzt zu sehen, mußte er begraben, und es konnte für die Eltern nur ein schwacher Trost sein, daß ihre Söhne zu den Besten und Edelsten gehört hatten, die der grausame Krieg verschlang.«

Anmerkung des Enkels: Daß ich meinen Großvater bis zum Ende seines Lebens »Vati« nannte, schien ihm so wohl zu gefallen wie mir. Mir, weil ich sozusagen eine stattliche Vatergestalt vorzuweisen hatte. Ihm wiederum, weil die Gnade Gottes, welche höher ist als alle Vernunft, dem vom Absterben bedrohten Familienzweig noch einmal einen hoffnungsvollen Sproß beschert hatte.

Elbufer in Hitzacker, Ölbild der Großmutter.

Auf der Treppe zum Otterndorfer Pfarrgarten, 1932.

Auf dem »Alten Postweg« in Warstade, 1933.

»tü lü lü mutti süßi
ei mutti ei
ich tanze«

Erste erhaltene Schriftprobe, Mitte 1935. Ein »al-bum«-Blättchen für die Mutti.

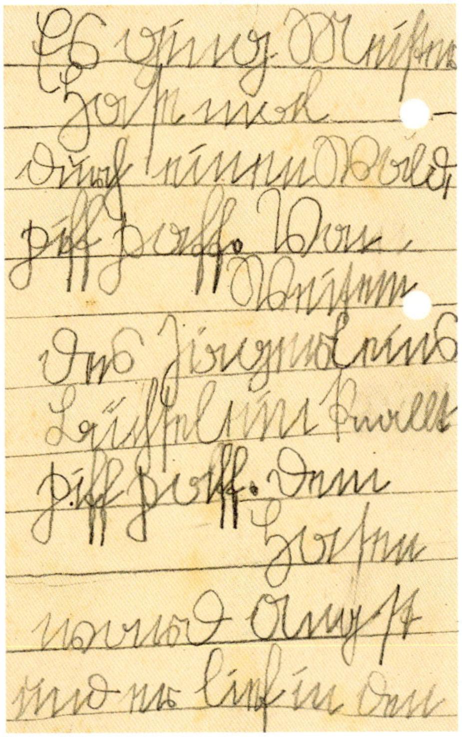

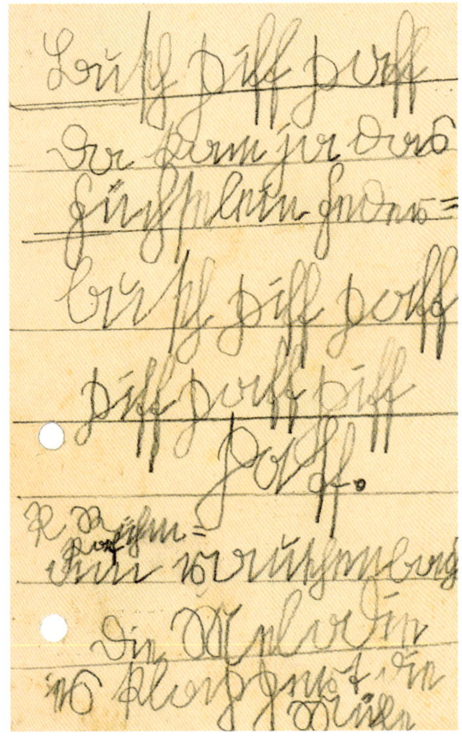

»Es ging Meister Hase mal durch einen Wald, / piff paff. / Von Weitem des Jägerleins Büchse knallt / piff paff. / Dem Hasen war Angst und er lief in den Busch / piff paff. / Da kam ja das Füchselein Federbusch / piff paff piff paff piff paff.« – P. Rühmkorf. Die Melodie: »Es klappert die Mühle am rauschenden Bach«.

Im Hinblick auf eine gewisse frühe »Vorschule der Ästhetik« darf ich vielleicht einmal kurz auf meine Mutter zu sprechen kommen, die eine ausgeprägte Neigung zur Poesie besaß, genauer gesagt, zum gereimten Gelegenheitsgedicht, was allerdings nur soviel bedeutet, daß ein richtiges Gedicht gereimt zu sein hatte, oder es war eben keines. Freilich waren Gedichte auch nur insofern ernstzunehmen, als sie belustigenden und geselligen Zwecken dienten. Wenn also ein Schulfest anstand, ein Jubiläum nahte, ein Geburtstag, eine Goldene Hochzeit oder ein Freundes- und Freundinnentreffen zu feiern war, stand es absolut außer Frage, daß das Fräulein Rühmkorf ranmußte. Das heißt – wenn Lernpsychologie überhaupt so etwas wie eine Schlüsselwissenschaft ist, und ich meine, sie ist es –, daß das Kind schon früh ganz besondere zircensische Nummern in Gedichten zu erkennen meinte. Sie dienten nachweislich dem öffentlichen Pläsier. Sie wurden belacht und beklatscht. Kurz, was auch mich die Kinder meiner Muse lebenslang als gesellige Wesen betrachten ließ, die nach öffentlichem Vortrag verlangen und dann möglicherweise zum Weitersagen verleiten, hatte zweifellos mit dieser frühen Sozialisation zu tun, und meine ersten nachweislichen Schreibproben waren bereits gereimte Gedichtelchen.
(»Wo ich gelernt habe«, *Göttinger Sudelblätter,* 1999)

Warstade-Hemmoor, das Dorf, in dem ich aufgewachsen bin. Die Portland-Zementfabrik Hemmoor – der Ostehafen Schwarzenhütten – das »Neue Schulhaus«, in dem sich auch unsere Wohnung befand.

Die Schwebefähre in Osten, ein Wunderwerk der frühen Stahlstrebenarchitektur, 1909 von Louis Pinette, einem Schüler Alexandre Gustave Eiffels, erbaut, wurde in den siebziger Jahren unter Denkmalschutz gestellt und erfreut sich heute der Schutzherrschaft des Schwebefähren-Aficionados König Juan Carlos I. von Spanien.

Die alte Volksschule Warstade von 1875 mit dem angrenzenden Dorffriedhof.

Vorm Eingangsportal des Pastorats in Otterndorf in der Himmelreichstraße.

Tra-ri-ra … der Kasper, der ist da.
1934.

Ele mele micken macken
Eene Frau de kunn nich kacken
Nimmt 'n Stock
Bohrt 'n Loch
Schitt 'n halben Heringskopp

Meine Freunde, die »Fabrikenkinder«, bei denen ich in die Kindervers-Schule ging. Etwa 1934.

Nächtliche Gedanken über die Elementarbausteine der Sprache und der Poesie: Kloninge, Duale, Doppellaute

Die Beunruhigungen eines sentimentalischen Wurzelgräbers waren übrigens anhaltend, und sie reichten bis tief in die seelischen U-Bereiche, bis in den Traum hinein, ein Erkenntnismedium, das bekanntermaßen nicht bloß Benzolringe aufleuchten lassen kann. Immerhin mag es einem einmal wie mir ergehen, der ich eines Tages ziemlich zerknirscht vor einer Welt voller Dopplereffekte saß, eine Problemzwinge, die mir folgerichtig noch im Schlaf zusetzte. Das krause Traumgeschehen, auf seinen haltbaren Kern gebracht, läßt folgende Sequenz als für uns wichtig erscheinen. Ich stand in knappen Knabenhosen in unserem Warstader Heimatgärtchen und bekam von der Mutter den Auftrag, meiner Tante Lala ein Zweimarkstück auszuhändigen. Daß die unscheinbare Szene mit meinen aktuellen Erkenntnisblenden zu tun hatte, wurde mir allerdings erst nach dem Erwachen bewußt. Natürlich! Diese zwei kurzen Bleylehosenbeine und die Zwei-in-eins-Mark (am Abend vorher auf das ermilische Wort »ammama« für »Mark« gestoßen), über die *Mama* an die Tante *Lala* adressiert, sie wiesen in aufschlußreich verschlüsselter Form auf ein vergangenes Geisterreich zurück, wo die Kloninge nur so vom Himmel prasselten. *Mama* und *Lala* und *Dada* und *Wauwau* und *Pipi* und *Popo* und *Aa,* eine Vorwelt aus Reduplikationen, ein ganzer früher Kosmos aus Doppelmoppeln, man brauchte wirklich nur genügend tief in sich hineinhorchen, und die Urlaute-orphisch stiegen wieder auf in der Erinnerung wie ein unendlicher, unendlich liebenswerter Ringelreihen aus Bombom-Kügelchen und Kaukau-Tropfen und Millemille-Schlückchen und blubb-blubb-gluckgluck-Babbelwasserblasen. So enthüllte sich denn ein Mysterium, dessen Auflichtung ich mir eigentlich von den erhabensten Schöpfungen der Menschheit her erwartet hatte (von den Zwiegesängen Behramgurs und Dilarams im »West-östlichen Divan« beispielsweise), als ziemlich allgemeines Grundvergnügen und das »Sensorium commune« Herders als ein in einem äußerst frühen Stadium des Spracherwerbs herangebildetes Zusammenhangs-Zusammenklangs-Empfinden. Da sollte man aber in einem zweiten Rundgang um die Welt noch einmal den Bogen zu schlagen suchen von den ersten Zauberwörtern unserer Kindheit bis zu den edlen Rückbeschwörungskünsten unserer Lied-Erfinder und Reimpoeten.

Mit Tante Lala und einer Freundin im Hintergarten des Otterndorfer Pfarrhauses.

Musikalische Exerzitien. Im Hintergrund der Bauernhof Hey von 1875.

Das Feminat, in dem ich aufgewachsen bin. Mit Tante Lala, den Freunden Frieda und Nora Lübbers und der Mutter vor der Otterndorfer Kirche.

Der erste Schultag, April 1936.

Freundesbande etwa 1936/37.

»Unsere Hille« (Hilda Stüve), Hausmädchen der Mutter von 1936 bis 1940.

Folge 42 – 11. Jahrgang

Sonnabend, den 22. Oktober 1938

Niedersachsen-Stürmer

Gauamtliches Organ des Gaues Ost-Hannover der NSDAP.

und alleiniges Verordnungsblatt der Gauleitung

Der „Niedersachsen-Stürmer" erscheint wöchentlich Sonnabends. Postscheckkonto: Niedersachsen-Stürmer 86455 Hamburg. – Bezugspreis: Monatlich durch die Post bezogen 80 Pfg., zuzüglich 6 Pfg. Bestellgeld. Bei Nichtlieferung wegen höherer Gewalt usw. besteht kein Anspruch auf Rückzahlung. – Verlag Lüneburg, Lüner Straße 1b. – Fernruf 3840. – Anzeigenpreis: 8 Pfg. für die 6gespaltene mm-Zeile. Anzeigen im Textteil 15 Pfg. je mm.

Zwanzig Jahre nach Pasewalk

Stunde der Berufung.

In den unheilsschwangeren Herbsttagen des Jahres 1918 lag in einem kleinen, notdürftig in der Halle eines ländlichen Schützenhauses in Pommern untergebrachten Lazarett ein erblindeter Mann, dem der Schmerz rasend in den Augenhöhlen brannte, hilflos danieder. Ein unbekannter Gefreiter, der vier Jahre hindurch an der Front als Meldegänger treu und still seinen Dienst getan hatte und nur wegen hervorragender Tapferkeit aufgefallen war. Mitte Oktober hatte ihn ein feindlicher Gelbkreuzangriff um sein Augenlicht gebracht, und mit der Helligkeit des Tages versanken auch seine beruflichen Zukunftsaussichten in einem hoffnungslosen Dunkel. Er war Zeichner, angehender Baumeister. Wie sollte er jemals wieder den Stift in die Hand nehmen können? Wie würde er, so lange Jahre aus der beruflichen Tätigkeit gerissen, wieder den

rend es Tausenden hundertmal schlechter geht als dir, und so trug ich denn stumpf mein Los. Nun aber konnte ich nicht mehr anders. Nun sah ich erst, wie sehr alles persönliche Leid versinkt gegenüber dem Unglück des Vaterlandes."

Damals im Pasewalker Lazarett gab das Schicksal Adolf Hitler den großen Befehl. Es griff sich diesen einen Mann heraus und ließ in ihm den unbändigen Haß gegen die Verbrecher an Deutschland lebendig werden, es ließ ihm zum Mittelpunkt aller Liebe zu Deutschland werden und legte in der schwärzesten Stunde den ersten Keim in den Boden, aus dem eine stolze und schöne Frucht wachsen sollte. Auf dem Reichsparteitag Großdeutschland 1938 erklärte Adolf Hitler, als er den zurückgelegten Weg schilderte, daß das Schicksal der alten Parteien bereits in

Theologieprofessor verrät deutsches Volkstum

Karl Barth der Kriegshetzer.

In dem Chor der jüdischen und freimaurerischen Kriegshetzer hat sich jetzt auch die Stimme eines theologischen Wissenschaftlers erhoben, der früher an einer deutschen Hochschule lehren durfte. Dieser Gelehrte steht mit seiner antideutschen Propaganda einer talmudischen Rabulistik in keiner Weise nach.

dnb. **Berlin**, 21. Oktober. Der bekannte Vertreter der sogenannten Dialektischen Theologie, Professor Karl Barth, früher Theologieprofessor in Bonn, jetzt Professor in seiner Heimat, in Basel, hat es für nötig befunden, von Zeit zu Zeit zu innerdeutschen Ereignissen und Vorgängen Stellung zu nehmen. Ein bekannter englischer Theologe, N. Mick-

über weltgeschichtliche Ereignisse stellen zu können, folgende Ausführungen gemacht: „Ist denn die ganze Welt dem bösen Auge der Riesenschlange verfallen? Und ist der Pazifismus der Nachkriegszeit tatsächlich so furchtbar gelähmt, daß ihm jede Entschlußkraft fehlt? Ich wage zu hoffen, daß die Söhne der alten Hussiten dem allzu schlapp gewordenen alten

Als ich eines Tages vorm »Stürmer«-Kasten in der Nähe des Kriegerdenkmals haltmache, bleibt mir eine Schlagzeile wie ein Donnerbalken im Auge stecken: »Karl Barth der Kriegshetzer – Theologieprofessor verrät deutsches Volkstum«. Das war am 22. Oktober 1938 und drei Tage vor meinem neunten Geburtstag. Beschwörende Ermahnungen der Mutter, die der »Bekennenden Kirche« zuneigte, unsere enge Beziehung zu dem geliebten Paten nicht in der Öffentlichkeit auszuposaunen. Die Zeichen der Zeit stünden schlecht und man müsse sich notgedrungen an den Boden ducken. Ein Riß ging durch die Welt, und der ging von der allgemeinen Verblendungspropaganda bis zu unserem mit geheimer Konterbande verseuchten Mahagonibücherschrank.

1940: Oberschulaufnahmeprüfung am Stader »Athenaeum« und Pimpfenprobe: »Jungvolkjungen sind hart. / Jungvolkjungen sind treu. / Jungvolkjungen sind Kameraden. / Der Jungvolkjungen höchstes ist die Ehre.« Alles ziemlich schwer verdaulicher Indoktrinationsjargon, aber dabeisein wollte man eigentlich doch ganz gern: Geländespiele, Heimabende und JM-Mädels ganz in der Nähe.

1941: In einem »Landverschickungsheim« in Hützel, Kreis Celle. Im Türrahmen links Willy Nibbe, heute freier Autor in Stuttgart. Im Schiebefenster rechts mein alter Schulfreund Rolf Tiedemann, später Herausgeber der Werke Walter Benjamins und Leiter des Theodor-W.-Adorno-Archivs.

NOVEMBERTAGE 1942

4. Rommels deutsch-italienische Panzerarmee wird bei El Alamein in die Flucht geschlagen.

8. DER GRÖSSTE GELEITZUG ALLER ZEITEN— 850 SCHIFFE— LANDET EINE AMERIKANISCH-BRITISCHE ARMEE IN NORD-AFRIKA.

19. Der deutsche Rückzug im Kaukasus beginnt.

23. Französisch-Westafrika schliesst sich mit Dakar den Vereinten Nationen an.

24. DIE RUSSISCHE WINTEROFFENSIVE UM STALINGRAD BEGINNT.

27. Die französische Flotte versenkt sich freiwillig in Toulon, um sich der Beschlagnahme durch Hitler zu entziehen.

28. Russische Winteroffensive an der Zentralfront bei Rschew und Welikije Luki.

„Ich habe jede Möglichkeit von vorn herein einkalkuliert"

ADOLF HITLER am 30.1.1941

Ende '42 beim Reisigsammeln im Westerberg mein erstes Flugblatt »Novembertage« gefunden. Wo die Schule mich dumm ließ und das Leben mich unglücklich machte, wurden SIE von nun an mein Fernlehrkursus, meine Politakademie, meine Kunsthochschule, mein Manna:

Flugblätter! Nach jedem Fliegerangriff, gleich nach der Entwarnung, erwachte fieberhaft mein Jagdtrieb. Hörte ich von Bombenabwürfen und Flugzeugabstürzen in der näheren Nachbarschaft, wallfahrtete ich zu den Fundstellen und fahndete nach neuesten Informationen. Wo irgendwo ein zappelndes Papier in einem Baum hing, stieg ich ihm nach; wo etwas weiß oder bunt aus Gräben hervorschimmerte, angelte ich es heraus; liebevoller wird sich kaum ein Papyrologe über unleserlich gewordene Nachrichten aus alten Zeiten gebeugt haben als ich über diese verdreckten, zerknitterten, oft unleserlich gewordenen Botschaften aus besseren Welten, und ich säuberte sie, plättete sie, rubrifizierte sie und lernte sie auswendig. Mitte '43, als sich die deutsche Welt bis zur totalen Undurchsichtigkeit verdüstert hatte und auch die Schule nicht viel mehr war als ein verqualmtes Niflheim, waren bei mir die Lampen endgültig angegangen, hatte ich zum zweitenmal das Lesen gelernt. Übte mich auch nach Maßgabe der Aufklärungs-Strips und überraschungsreichen Faltprospekte in ähnlichen Künsten. Stellte anspielungsreiche Achrostica, enthüllende Fotomontagen und Tendenzlyrik her. Mit einem Hang zu plebejischen Unmutsäußerungen Umdichtung von bekannten Helden-, Kampf- und Weiheliedern: »Werft an die Motoren / Gebt Holzgas hinein / Der Krieg ist verloren / Für Hitler, das Schwein.«
(»Die Jahre die Ihr kennt«, 1972)

abgeworfen am 22. 1. 44 zusammen mit Lebensmittelkarten.

1943

Wer wird den Weltkrieg verlieren?

ENGLAND das nicht einmal 1940, im Zustande seiner äussersten Schwäche, niedergerungen werden konnte?
das seitdem seine Kriegsproduktion versiebenfacht hat?
dessen Flotte nach vier Jahren U-Bootkrieg mehr Schiffe hat als 1939?
dessen Luftwaffe im Fronteinsatz die deutsche um ein Drittel überflügelt hat?
dessen Armeen aus der Armee von Dünkirchen zur Armee von Tunis, Sizilien und Italien geworden ist?

RUSSLAND das über die Arbeitskraft von 170 Millionen verfügt?
das den Reichtum des Donetzbeckens für seine stetig wachsende Kriegsproduktion zurückgewonnen hat?
das jedes Jahr 2 Millionen neue Rekruten in seine Armee einstellen kann?
dessen „vernichtete" Armeen in 7 Tagen die deutsche Sommeroffensive gebrochen, und die deutschen Truppen um Hunderte von Kilometern zurückgetrieben haben?

AMERIKA das über die Arbeitskraft von 130 Millionen und die modernste technische Ausrüstung verfügt?
das heute schon an die 8 000 Flugzeuge im Monat produziert, fast das Dreifache der deutschen Erzeugung?
dessen Produktion „bombensicher" ist?
das in einem Jahr trotz der U-Boote bereits über 2 Millionen Soldaten mit voller Ausrüstung übersee geschickt hat?

ODER

DEUTSCHLAND das sich vier Jahre lang verblutet hat, ohne eine Entscheidung zu erzwingen,
das heute Facharbeiter an die Front schicken und Ausländer an die Maschinen stellen muss,
das seine Industrien nicht mehr gegen Luftangriffe verteidigen kann, und das mit schwindenden Kräften immer mehr Fronten halten soll?

DAS BLATT HAT SICH GEWENDET!

Gefangene deutsche Generäle, die sich mit Paulus bei Stalingrad ergeben haben. Von links nach rechts: Generalleutnant v. Daniel (377. Inf.-Div.), Generalleutnant Schlemmer (14. Panzerkorps), Generalmajor v. Drebber (379. Inf.-Div.)

DER ANFANG VOM ENDE

Vom 8. August 1918 — dem „Schwarzen Tag des deutschen Heeres" — bis zum 11. November 1918 brachten die Alliierten 385 000 Gefangene ein. Das heisst, dass sich im Durchschnitt täglich 4 000 Deutsche ergeben haben.

Vom 8. November 1942 bis zum 4. Februar 1943 brachten die Russen 349 000 Gefangene ein. Das heisst, dass sich im Durchschnitt täglich 4 500 Deutsche ergeben haben.

Trotz der Dolchstosslegende war es die Front und nicht die Heimat, die 1918 den Schlägen der Alliierten erlag. 1943 ist es wieder so.

Gefangene deutsche Soldaten der vernichteten 6. Armee. So sehen heute die Männer aus, die Polen, Holland, Belgien, Frankreich und die Ukraine eroberten—soweit sie noch am Leben sind

SEIN ERSTER EINSATZ— —UND SEIN LETZTER

Drei Jahre liegen nur dazwischen! Damals marschierte v. W. an der Spitze seines Jungvolkfähnleins mit Gesang an den Birken vorbei zum Sportplatz des Städtchens. Dann sehen wir ihn an der Spitze seiner Kameraden als Stoßtruppführer und Offiziersanwärter zum Uebungsplatz marschieren. Seinen ersten Einsatz hat er schon hinter sich

WOLF DURIAN

Vom Hitlerjungen zum Stoßtruppführer

Offiziersnachwuchs von heute

Wulf v. W., einer von Hunderttausenden seinesgleichen, einer, der vor drei Jahren noch als Jungvolkführer an der Spitze seines ...

er mit heißen Backen gelesen. Was kann ein Vater dagegen sagen. Er kann die Mutter trösten: „Pioniere haben eine lange Ausbildungszeit. ...

im Felde, da ist der Mann noch was wert . . . In den Schlachten in der Ukraine erhält er die Feuertaufe ...

Was **DIE WOCHE** zeigt — und was sie verschweigt

Die »Stibierbande«:

P. R.

Klaus Staats

Harald Kruckenberg

Walter Siebern

Eckart von Bülow

Die O 2b des Stader Athenaeums auf einem Klassenausflug 1942.

Wir waren fünf von vierzig, also acht Prozent der Klasse, unser Pfiff war der Anfang vom Yankee Doodle, unser Klopfzeichen das Beethoven-Bumm-Bumm-Bumm-Bumm der BBC, unser Gruß hieß »Stipsi«, unser Handschlag war der Daumengriff: Die STIBIERBANDE. In der Klasse nannte man uns bald die Stehbierbande, das konnte uns nur recht sein. Wir waren nämlich alles andere. Wir waren Antis, gegen den Alleinherrscher gestellt, verkürzt und abgeschlüsselt »antimon«, lateinisch Stibium, Name einer Substanz, die in der Medizin als Brechmittel verwendet wurde, in der Kunstfeuerwerkerei zur Erzeugung grüner Farbeffekte dient und in der Skala der chemischen Elemente durch das Symbol Sb bezeichnet wird – das stand mit Ausziehtusche auf die gelbweißen Ordensschnallen gepinselt, die Bülow unter seinem Hannoveranischen Spitzboden gefunden hatte und wir unterm Jackenaufschlag trugen. Daß die Hannoveranischen Farben so dominant vertreten waren, war darauf zurückzuführen, daß drei Stibier (Bülow, Siebern, Kruckenberg) aus welfisch, das heißt hannoveranisch-separatistisch gesonnenen Familien stammten (was im Krieg soviel wie englandfreundlich hieß), wobei die chemische Konstituante von uns paramilitärischen Giftmischern und Sprengbrüdern (Staats, Kruckenberg und mir) mit in die Allianz gebracht worden war. (»Die Jahre die Ihr kennt«, 1972)

Straßenbahn Führer vorn/Achse gebrochen
Alle braunen Hunde frieren
Lügensumpf
Jupp (= Goebbels) holt Motorrad
Unterschied Rommel, Uhr
Keine Munition. Fietje u. Tetzje
Neue Maße
(Beamte?) in sicherer Position
(Junge?) rettet Hitler und Goeb.
Heil Hitler – lieber Gott
Goebbels mit nem Stahlhelm
Heut abend ist Versammlung
Fietje ist bei V1 beschäftigt
Durch Hakenkreuz fett geworden (?)
Lang lebe Deutschland
Unterschied Indien:Deutschland
Warum ist der Krieg aus
Heil Hitler der Hund ist tot
Wie lange wollen sie dienen Krieg oder 12 Jahre

(Notizen von politischen Witzen auf nachrichtendienstlichen Formularen. Wortlaut und Sinn heute nicht mehr sicher zu rekonstruieren.)

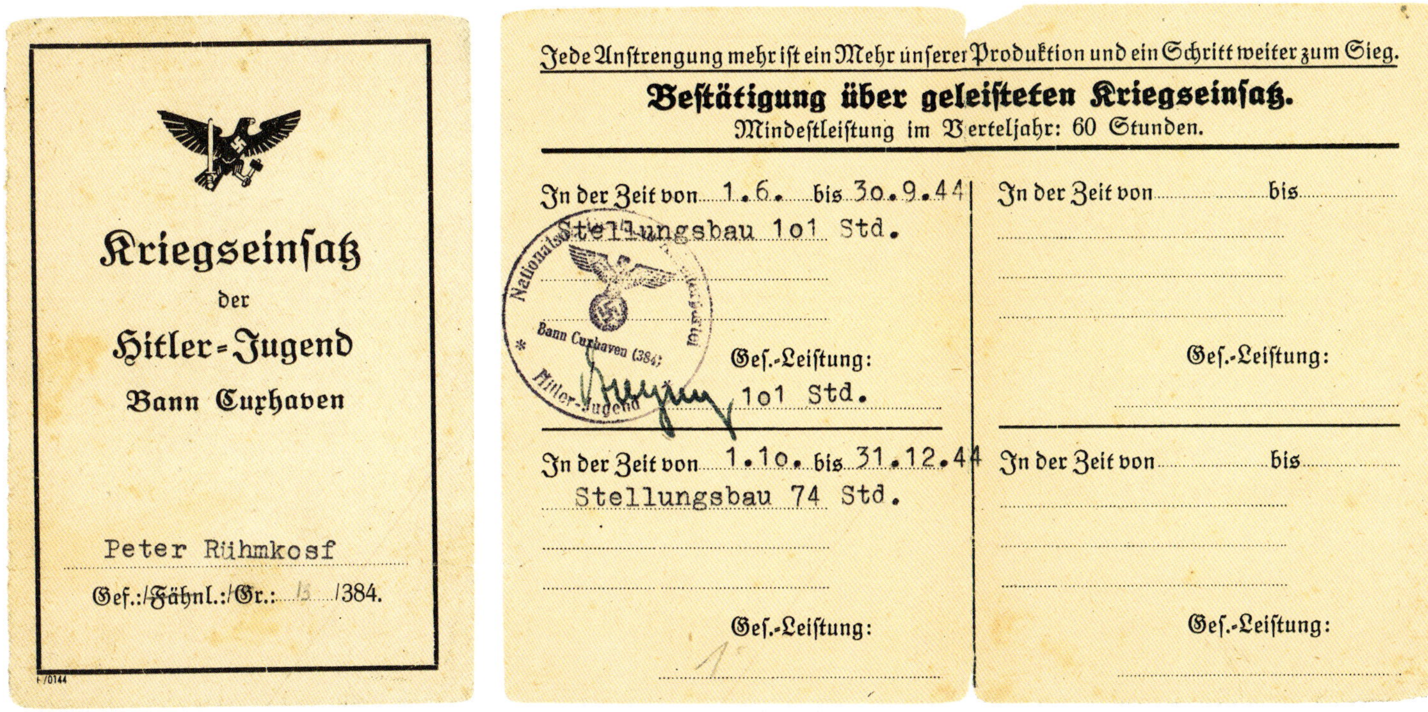
Kriegseinsatz

der

Hitler-Jugend

Bann Cuxhaven

Peter Rühmkorf

Gef.:/Fähnl.:/Gr.: 13 /384.

Jede Anstrengung mehr ist ein Mehr unserer Produktion und ein Schritt weiter zum Sieg.

Bestätigung über geleisteten Kriegseinsatz.

Mindestleistung im Vierteljahr: 60 Stunden.

In der Zeit von 1.6. bis 30.9.44
Stellungsbau 101 Std.

Gef.-Leistung:
101 Std.

In der Zeit von ... bis ...

Gef.-Leistung:

In der Zeit von 1.10. bis 31.12.44
Stellungsbau 74 Std.

Gef.-Leistung:

In der Zeit von ... bis ...

Gef.-Leistung:

Zwischen dem 1. Juni und dem 31. Dezember 1944 zu Schanzarbeiten und Stellungsbau an der Nordseeküste abkommandiert.

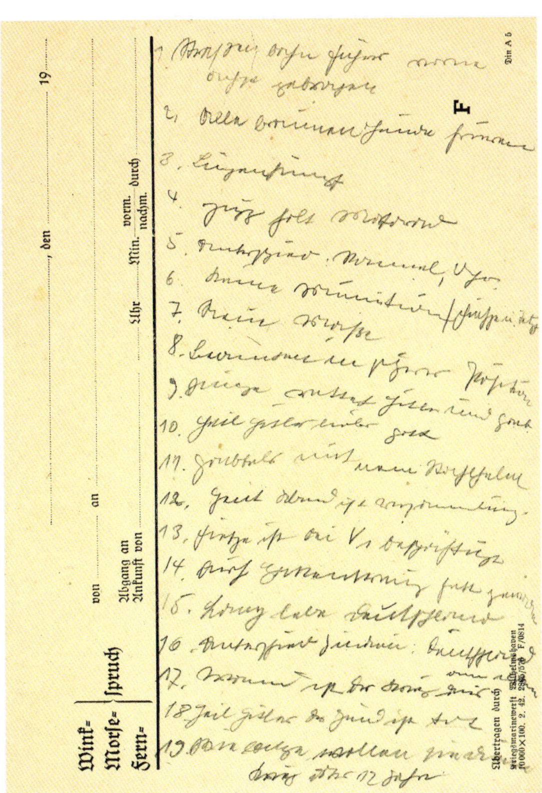
Wink- Morse- Fern- spruch

von ... an ...

Abgang an / Ankunft von ... Uhr ... Min. vorm. nachm. durch

den ... 19 ...

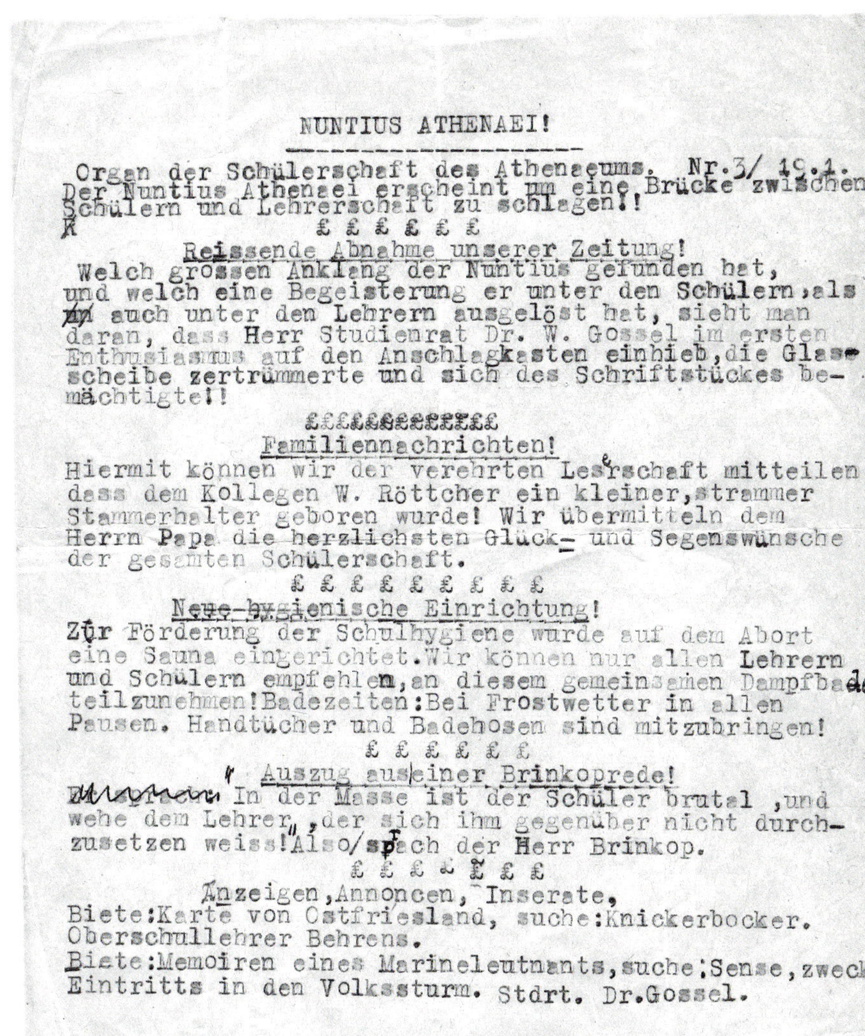
NUNTIUS ATHENAEI!

Organ der Schülerschaft des Athenaeums. Nr.3/ 19.1.
Der Nuntius Athenaei erscheint um eine Brücke zwischen Schülern und Lehrerschaft zu schlagen!!

£ £ £ £ £ £

Reissende Abnahme unserer Zeitung!

Welch grossen Anklang der Nuntius gefunden hat, und welch eine Begeisterung er unter den Schülern, als auch unter den Lehrern ausgelöst hat, sieht man daran, dass Herr Studienrat Dr. W. Gossel im ersten Enthusiasmus auf den Anschlagkasten einhieb, die Glasscheibe zertrümmerte und sich des Schriftstückes bemächtigte!!

£££££££££££££

Familiennachrichten!

Hiermit können wir der verehrten Leserschaft mitteilen dass dem Kollegen W. Röttcher ein kleiner, strammer Stammerhalter geboren wurde! Wir übermitteln dem Herrn Papa die herzlichsten Glück- und Segenswünsche der gesamten Schülerschaft.

£ £ £ £ £ £ £ £ £

Neue hygienische Einrichtung!

Zur Förderung der Schulhygiene wurde auf dem Abort eine Sauna eingerichtet. Wir können nur allen Lehrern und Schülern empfehlen, an diesem gemeinsamen Dampfbade teilzunehmen! Badezeiten: Bei Frostwetter in allen Pausen. Handtücher und Badehosen sind mitzubringen!

£ £ £ £ £ £

„Auszug aus einer Brinkoprede!

In der Masse ist der Schüler brutal, und wehe dem Lehrer, der sich ihm gegenüber nicht durchzusetzen weiss!" Also sprach der Herr Brinkop.

£ £ £ £ £ £ £

Anzeigen, Annoncen, Inserate.

Biete: Karte von Ostfriesland, suche: Knickerbocker. Oberschullehrer Behrens.

Biete: Memoiren eines Marineleutnants, suche: Sense, zwecks Eintritts in den Volkssturm. Stdrt. Dr. Gossel.

Der »Nuntius Athenaei«, Nr. 3 vom 19. Januar 1945. Pennälerjokus im Verein mit wehrkraftzersetzenden Sottisen. »Biete: Memoiren eines Marineleutnants, suche: Sense, zwecks Eintritts in den Volkssturm. Studienrat Dr. Gossel.«

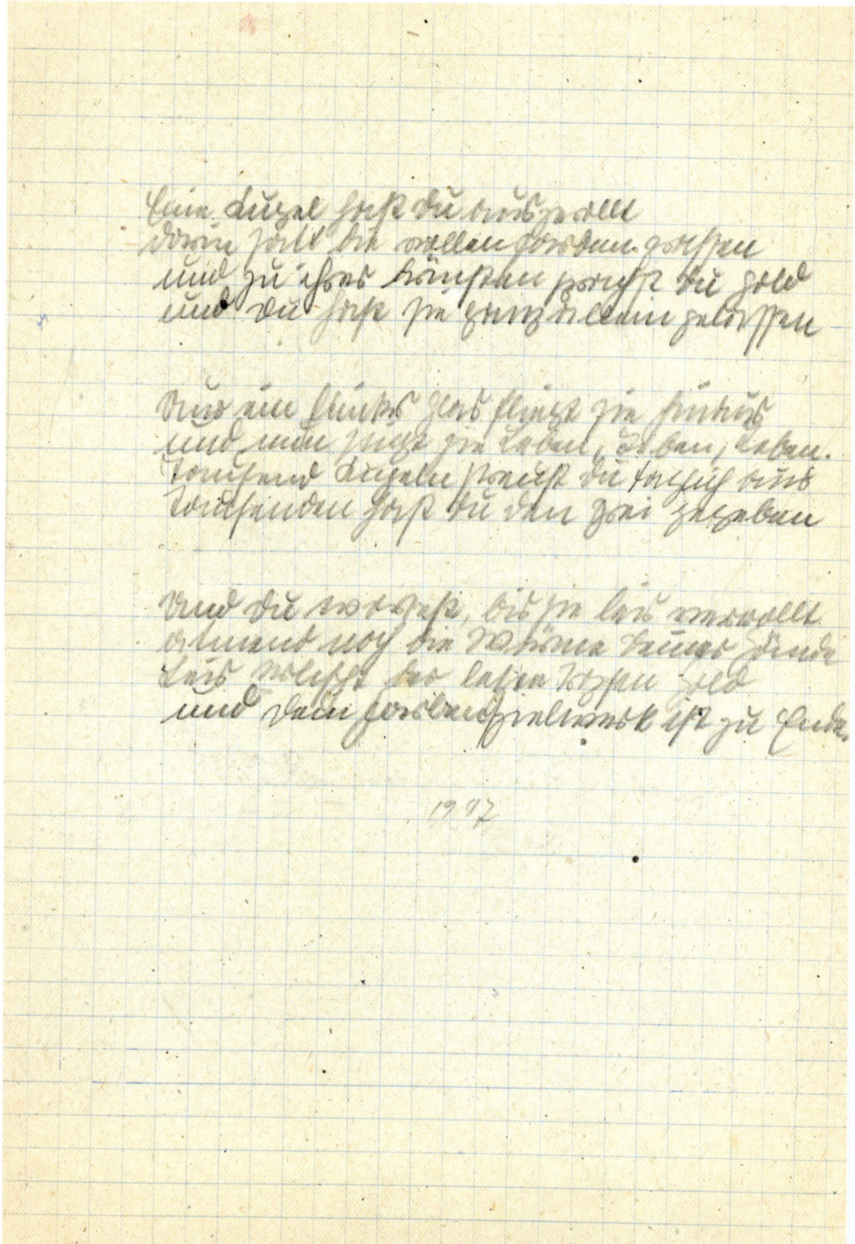

Eine Kugel hast du ausgerollt
darin satt die vollen Farben prassen
und zu ihrer ärmsten sprachst du Gold
und du hast sie ganz allein gelassen

Nur ein flinkes Glas fliegt sie hinaus
und nun singt sie Leben, Leben, Leben.
Tausend Kugeln streust du täglich aus
Tausenden hast du den Schrei gegeben

Und du wartest bis sie leis verrollt
atmend noch die Wärme deiner Hände
Leis erlischt der letzte Tropfen Gold
und dein Farbenspielwerk geht zu Ende

Absage an pietistisch eingefärbte Vorstellungen von einem »persönlichen Gott« im Stil neuromantischer Vorbilder, 1947.

Das nördliche Niedersachsen als Internierungsgebiet für ehemalige Wehrmachtssoldaten. Einquartierung im Warstader Schulhaus, 1946.

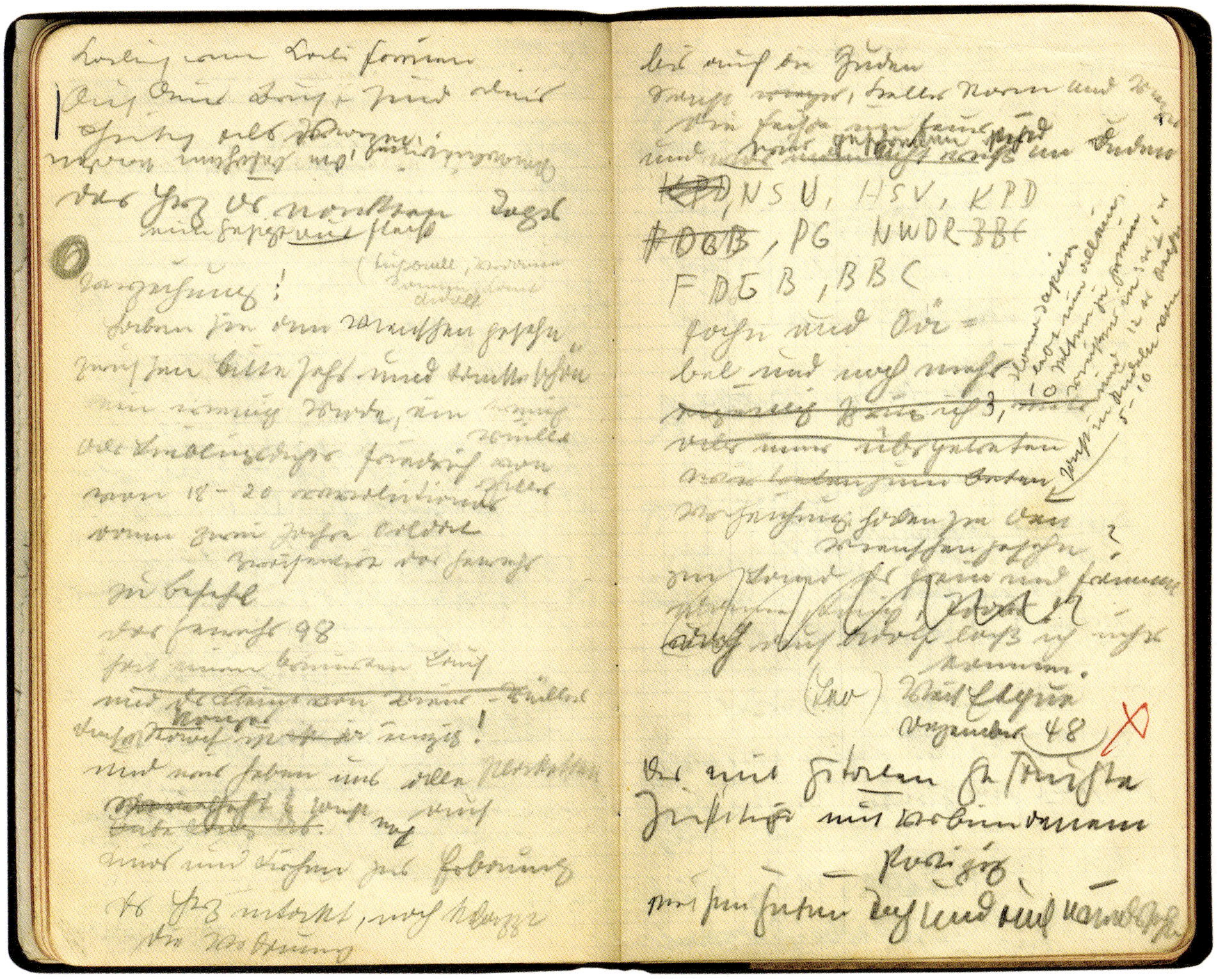

Das »Allbuch«. Eine DIN-A6-Wachstuchkladde mit Fragmenten, Einfällen, Chansons, Gedichteinfällen der Jahre 1947–1949. Durchbruch zu einer eigenen Form zeitkritischer Montagelyrik.

Verzeihung! Haben Sie den Menschen gesehn?

Verzeihung!
Haben Sie den Menschen gesehn?
Zwischen bittesehr und dankeschön.
Ein wenig Mode ein wenig Müller,
als Lieblingsdichter Friedrich von Schiller,
von 18 bis 20 revolutionär,
dann Schluß. Pubertät, Abitur, Militär.
Zu Befehl!
Das Gewehr 98
hat einen brünierten Lauf,
Bajonett obendrauf,
einerseits schießt man,
andrerseits spießt man:
Lehrer, Friseure, Handwerker auf.
Was gibt's sonst Neues?
Kinos und Kirchen zur Erbauung.
Das Herz intakt,
noch klappt die Verdauung,
bis auf die Juden.
Sonst Keller, Storm und Meyer,
die Füße im Feuer
und wie man's schreibt im Duden.
NSU, HSV, KPD.
PG, NWDR,
FDGB, BBC,
Fahn und Sä-
Bel und noch mehr.
Und dann grüßen Sie bitte recht schön!
Aber vorher die Füße abtreten!
Stiiilstann!
Wir treten zum Beten!
Verzeihung!
Haben Sie den Menschen gesehn?

(Überarbeitete Fassung, Januar 1949)

Die Pestbeulenredaktion.

»die pestbeule« – »Zeitschrift in einem Exemplar«, ab 1947 produziert und herausgegeben von P. R. und Ulrich Paar. Skizzen und Schmierblätter. Die Gedichte und Zeichnungen wurden auf geknifft DIN-A4-Zeitungsseiten geklebt, um den Widerspruch zu den öffentlichen Meinungsträgern provozierend hervorzuheben.

»… ich dir mitteilen kann, daß ich erfolgreich entnazifiziert und wieder in meinem Berufe tätig bin.«

Homo sapiens

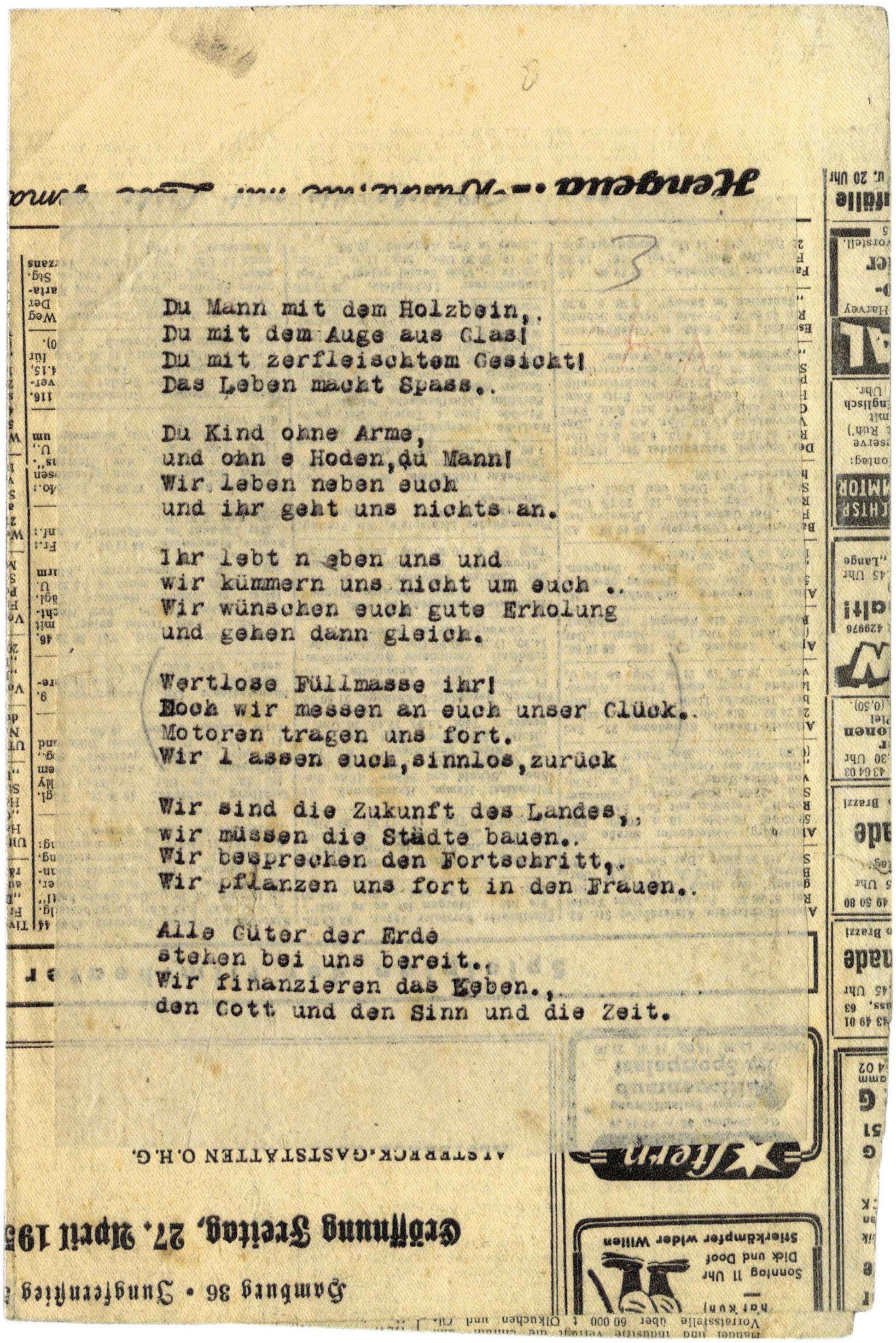

Du Mann mit dem Holzbein,.
Du mit dem Auge aus Glas!
Du mit zerfleischtem Gesicht!
Das Leben macht Spass,.

Du Kind ohne Arme,
und ohn e Hoden,du Mann!
Wir leben neben euch
und ihr geht uns nichts an.

Ihr lebt n eben uns und
wir kümmern uns nicht um euch .
Wir wünschen euch gute Erholung
und gehen dann gleich.

Wertlose Füllmasse ihr!
Doch wir messen an euch unser Glück.
Motoren tragen uns fort.
Wir l assen euch,sinnlos,zurück

Wir sind die Zukunft des Landes,,
wir müssen die Städte bauen..
Wir besprechen den Fortschritt,.
Wir pflanzen uns fort in den Frauen..

Alle Güter der Erde
stehen bei uns bereit.,
Wir finanzieren das Leben.,
den Gott und den Sinn und die Zeit.

Du Mann mit dem Holzbein,
Du mit dem Auge aus Glas,
Du mit zerfleischtem Gesicht:
Das Leben macht Spaß!

Entwurf eines Kriegerdenkmals.

Lebt nie allein.
Selten zu zwein.
Meist in Dreier-, Sechser- und Zwölferreihn.
Lernt sprechen, um kommandieren zu können.
Lernt laufen, um marschieren zu können.
Im gleichen Schritt und Tritt
irgendwo mit.
(1948)

Karikaturen der Studienräte Foerster (Latein) und Klaehn (Geschichte). Oben kleines Selbst.

What are you doing there Mr. Ruhmkorf?
Der Englischlehrer Studienrat Bartels.

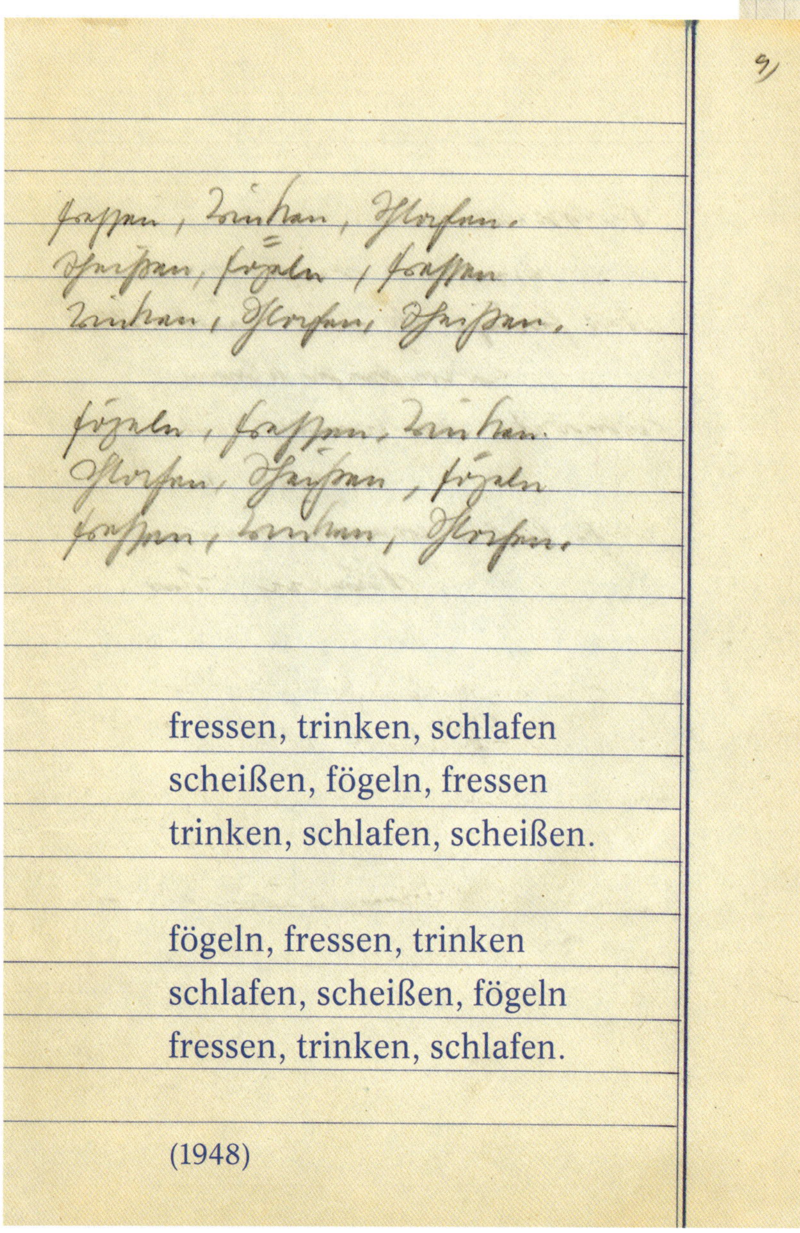

fressen, trinken, schlafen
scheißen, fögeln, fressen
trinken, schlafen, scheißen.

fögeln, fressen, trinken
schlafen, scheißen, fögeln
fressen, trinken, schlafen.

(1948)

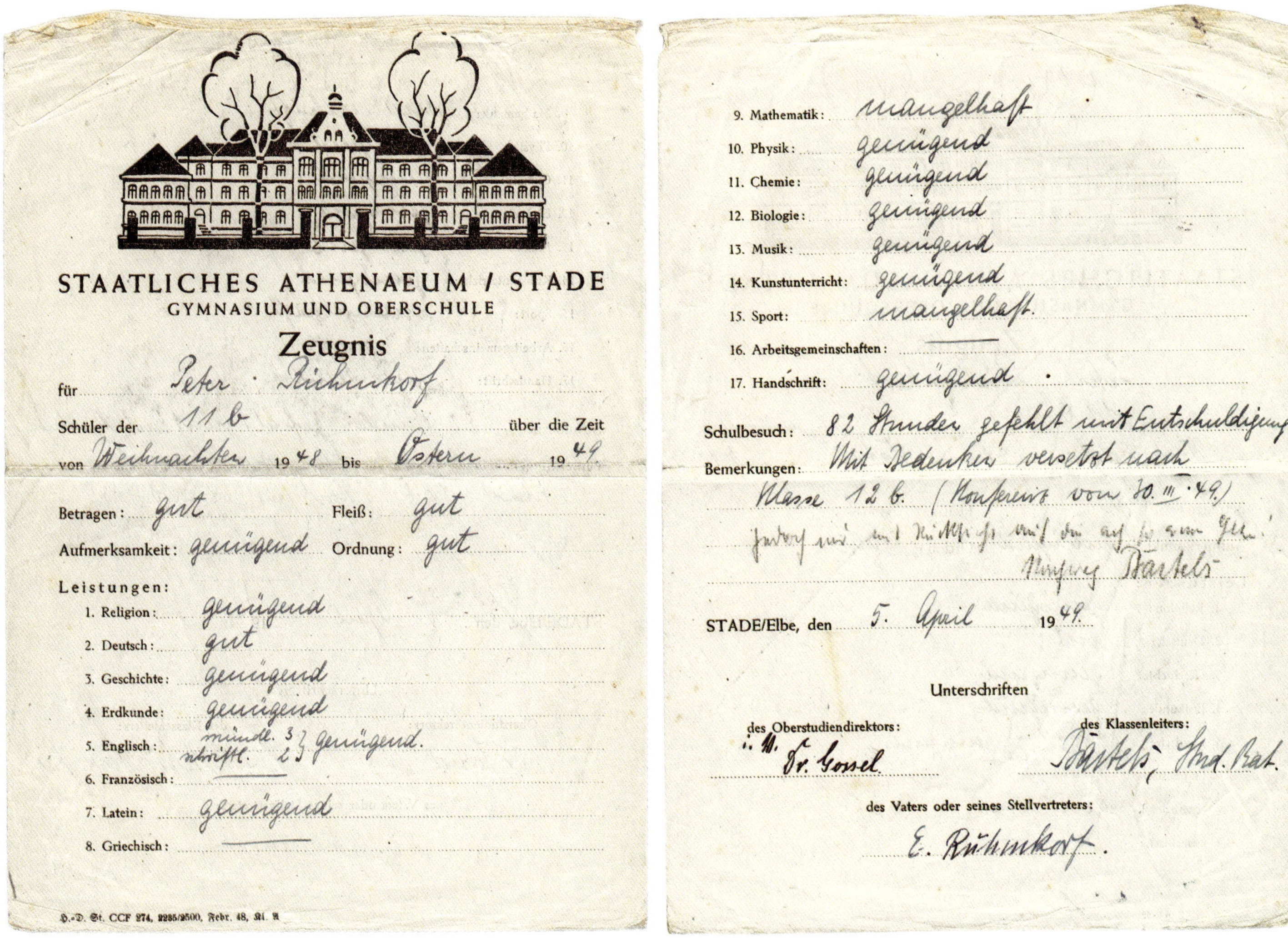

STAATLICHES ATHENAEUM / STADE
GYMNASIUM UND OBERSCHULE

Zeugnis

für Peter Rühmkorf

Schüler der 11 b über die Zeit

von Weihnachten 1948 bis Ostern 1949

Betragen: gut Fleiß: gut

Aufmerksamkeit: genügend Ordnung: gut

Leistungen:

1. Religion: genügend
2. Deutsch: gut
3. Geschichte: genügend
4. Erdkunde: genügend
5. Englisch: mündl. 3, schriftl. 2 } genügend.
6. Französisch: —
7. Latein: genügend
8. Griechisch: —
9. Mathematik: mangelhaft
10. Physik: genügend
11. Chemie: genügend
12. Biologie: genügend
13. Musik: genügend
14. Kunstunterricht: genügend
15. Sport: mangelhaft.
16. Arbeitsgemeinschaften: —
17. Handschrift: genügend.

Schulbesuch: 82 Stunden gefehlt mit Entschuldigung.

Bemerkungen: Mit Bedenken versetzt nach Klasse 12 b. (Konferenz vom 30. III. 49)

Bartels

STADE/Elbe, den 5. April 1949.

Unterschriften

des Oberstudiendirektors: i. V. Dr. Gossel

des Klassenleiters: Bartels, Stud. Rat.

des Vaters oder seines Stellvertreters: E. Rühmkorf.

Daß aus mir, bei meiner sträflichen Vernachlässigung aller schulischen Pflichten und der fast unverfrorenen Hingabe an meine diversen Liebhabereien, überhaupt etwas geworden ist, ist mir heute noch ein Rätsel. Letzten Endes ist es wohl nur dem ständigen Zureden meiner Mutter zu verdanken, daß ich mich notgedrungen und mit einer Reprise kurz vor der Reifeprüfung doch noch zu dem von mir als unnötig empfundenen Abitur durchgesessen habe.
(Interview mit Eva Schobel, 1999)

Gähnendes Selbst.

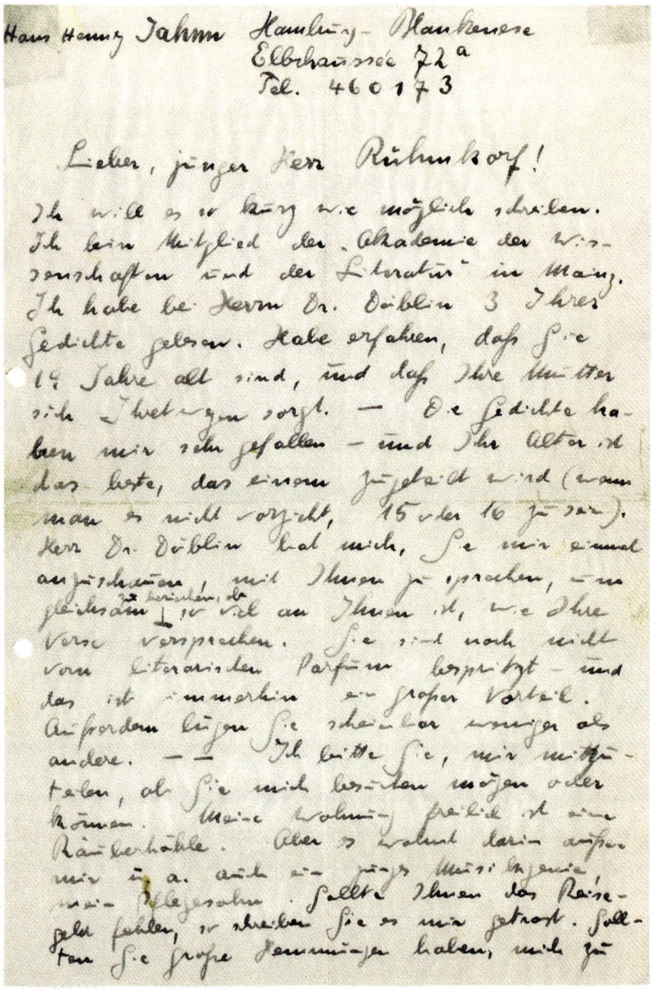

Hans Henny Jahnn Hamburg-Blankenese
Elbchaussee 72a
Tel. 460173

Lieber, junger Herr Rühmkorf!

Ich will es so kurz wie möglich schreiben. Ich bin Mitglied der „Akademie der Wissenschaften und der Literatur" in Mainz. Ich habe bei Herrn Dr. Döblin 3 Ihrer Gedichte gelesen. Habe erfahren, daß Sie 19 Jahre alt sind, und daß Ihre Mutter sich Ihretwegen sorgt. — Die Gedichte haben mir sehr gefallen – und Ihr Alter ist das beste, das einem zugeteilt wird (wenn man es nicht vorzieht, 15 oder 16 zu sein). Herr Dr. Döblin bat mich, Sie mir einmal anzuschauen, mit Ihnen zu sprechen, – um gleichsam zu erkunden, ob so viel an Ihnen ist, wie Ihre Verse versprechen. Sie sind noch nicht vom literarischen Parfüm bespritzt – und das ist immerhin ein großer Vorteil. Außerdem lügen Sie scheinbar weniger als andere. — Ich bitte Sie, mir mitzuteilen, ob Sie mich besuchen mögen oder können. Meine Wohnung freilich ist eine Räuberhöhle. Aber es wohnt darin außer mir u. a. auch ein junger Musikingenieur, mein Pflegesohn. Sollte Ihnen das Reisegeld fehlen, so schreiben Sie es mir getrost. Sollten Sie große Hemmungen haben, mich zu

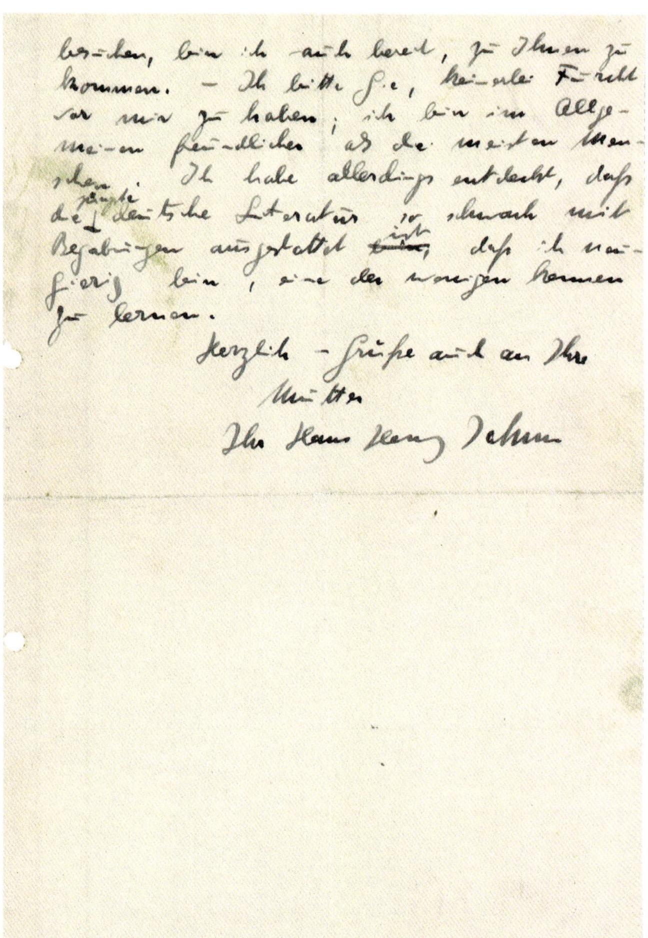

besuchen, bin ich auch bereit, zu Ihnen zu kommen. – Ich bitte Sie, keinerlei Furcht vor mir zu haben; ich bin im Allgemeinen freundlicher als die meisten Menschen. Ich habe allerdings entdeckt, daß die jüngste deutsche Literatur so schwach mit Begabungen ausgestattet ist, daß ich neugierig bin, einen der wenigen kennen zu lernen.

Herzliche Grüße auch an Ihre Mutter

Ihr Hans Henny Jahnn

»Die Geburt der Tragödie aus dem Geist der Musik« ist eine Sache (das heißt die Sache von wirklichen Hochbegabungen) – die Geburt der Poesie aus dem Geist der Tragödie eine andere. Tatsächlich begannen sich meine diffusen Talente erst zu einiger Kenntlichkeit zu entfalten, als ich zwischen meinem achtzehnten und zwanzigsten Lebensjahr in die Turbulenzen einer nun wirklich extraordinären Zwangsneurose geriet. Was es mit solchen spätpubertären Störungen auf sich hat, können Sie in den einschlägigen Fachbüchern nachlesen, meinetwegen auch in meinem eigenen Memoband »Die Jahre die Ihr kennt«. In ihm hatte ich mir die (mittlerweile über zwanzig Jahre zurückliegenden) Verwerfungen als Grundstörungen in der sozialen Privattektonik zurechtzureimen versucht, was sie sicher einerseits auch waren. Andererseits neige ich heute eher dazu, sie als individualpsychologisch begründete Versagensängste zu lesen, Angst vor dem bevorstehenden Auszug ins tätige Leben, Angst vor dem Abschied vom Mutterhaus, Angst, den Anforderungen des Studiums zu genügen und in der Welt meinen Mann stehen zu müssen. Übergreifend ließe sich wohl am ehesten von Angst vor dem Erwachsenwerden

Und wieder einmal passierte es mir, daß sich große Geistheiler und Überpaten um die Lazarusliege eines aus der Betriebsnorm gefallenen Extrawürstchens versammelten, der mir seinerzeit fast noch unbekannte Epiker Hans Henny Jahnn …

»Einsamer nie als im August«.
Im Schulgarten Sommer 1950.

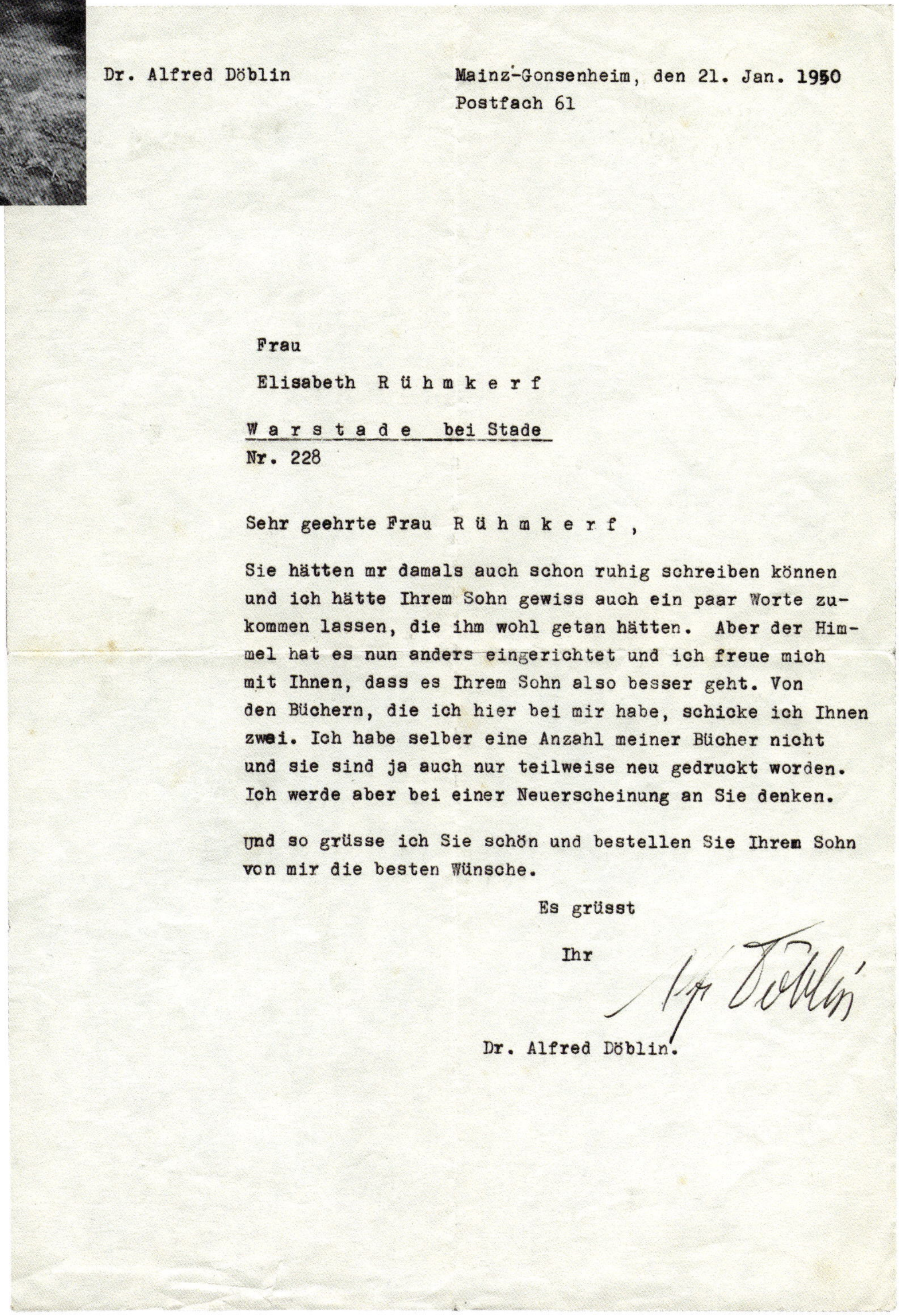

Dr. Alfred Döblin

Mainz-Gonsenheim, den 21. Jan. 1950
Postfach 61

Frau
Elisabeth R ü h m k e r f
W a r s t a d e bei Stade
Nr. 228

Sehr geehrte Frau R ü h m k e r f ,

Sie hätten mr damals auch schon ruhig schreiben können und ich hätte Ihrem Sohn gewiss auch ein paar Worte zukommen lassen, die ihm wohl getan hätten. Aber der Himmel hat es nun anders eingerichtet und ich freue mich mit Ihnen, dass es Ihrem Sohn also besser geht. Von den Büchern, die ich hier bei mir habe, schicke ich Ihnen zwei. Ich habe selber eine Anzahl meiner Bücher nicht und sie sind ja auch nur teilweise neu gedruckt worden. Ich werde aber bei einer Neuerscheinung an Sie denken.

Und so grüsse ich Sie schön und bestellen Sie Ihrem Sohn von mir die besten Wünsche.

Es grüsst

Ihr

Dr. Alfred Döblin.

sprechen, denn daß die Verstörungen sich mit allen Merkmalen einer Anorexie anließen, einer pubertären Magersucht also, ist ja ein deutliches Zeichen. (…) Zu meiner eigenen Leidenslage will ich nur so viel bemerken, daß ich schließlich nur noch in gekrümmter Stellung auf unserem Wohnküchensofa dahinvegetieren konnte und daß der Versuch, die selbstgewählte Couch zu verlassen, augenblicklich von Krampfzuständen begleitet war, quälenden Eingeweidespasmen, auch asthmatischen Beängstigungen, und daß das unheilvolle Körpergeschehen gleichzeitig mit einem gesteigerten Trieb zur Selbstbeobachtung einherging. (»Selbstporträt mit und ohne Hut«, Rede zur Verleihung der Ehrendoktorwürde der Universität Gießen, 1989)

… und der von mir in einem Hochleistungskurs Deutsch zum Wahldichter erklärte Alfred Döblin, der im Aprilheft 1951 der Zeitschrift »Das Goldene Tor« drei Gedichte von mir abdruckte, obwohl sie nicht gerade zu den von mir bevorzugten zählten.
(Interview mit Eva Schobel, 1999)

Und eines Tages

stand ich auf von meinem Scherbenhügel. Kaufte mir von einem Schulkameraden ein Leichtmotorrad, Fichtel und Sachs, 98 ccm. Schon die Reparaturen ließen mich halbwegs gesunden …

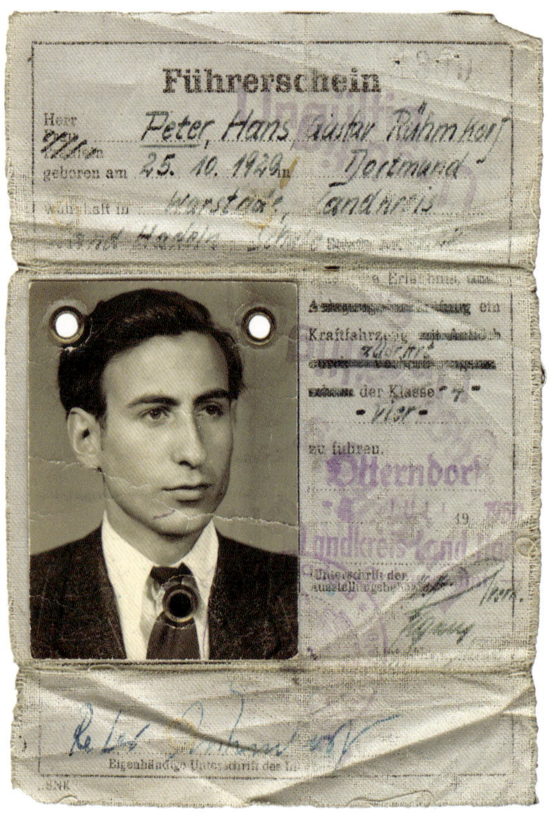
Führerschein
Herr Peter, Hans Gustav Rühmkorf
geboren am 25. 10. 1929 in Dortmund
wohnhaft in Warstade, Landkreis Land Hadeln
der Klasse "4" - vier -
zu führen.
Otterndorf
Landkreis Land Hadeln
Unterschrift der ausstellenden Behörde
Eigenhändige Unterschrift des Inhabers

… machte meinen Führerschein Klasse vier, wobei ich aus Eitelkeits- oder Insuffizienzanwandlungen beim Paßbildfotografen die 4 1/2 Dioptrien starke Brille abnahm …

… und ließ mich im April 1951 nach einer nicht sonderlich beschwerlichen Aufnahmeprüfung bei der pädagogischen Fakultät der Universität Hamburg einschreiben.

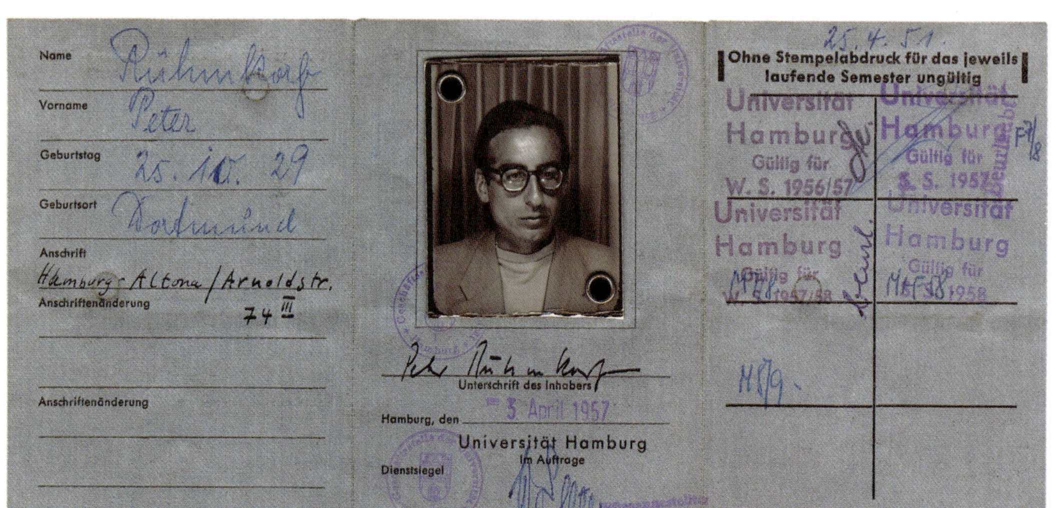
Name Rühmkorf
Vorname Peter
Geburtstag 25. 10. 29
Geburtsort Dortmund
Anschrift Hamburg-Altona / Arnoldstr. 74 III
Anschriftenänderung
Anschriftenänderung
Unterschrift des Inhabers
Hamburg, den 5. April 1957
Universität Hamburg
Im Auftrage
Dienstsiegel
25. 4. 51.
Ohne Stempelabdruck für das jeweils laufende Semester ungültig
Universität Hamburg Gültig für W. S. 1956/57
Universität Hamburg Gültig für S. S. 1957
Universität Hamburg Gültig für W. S. 1957/58
Universität Hamburg Gültig für S. S. 1958

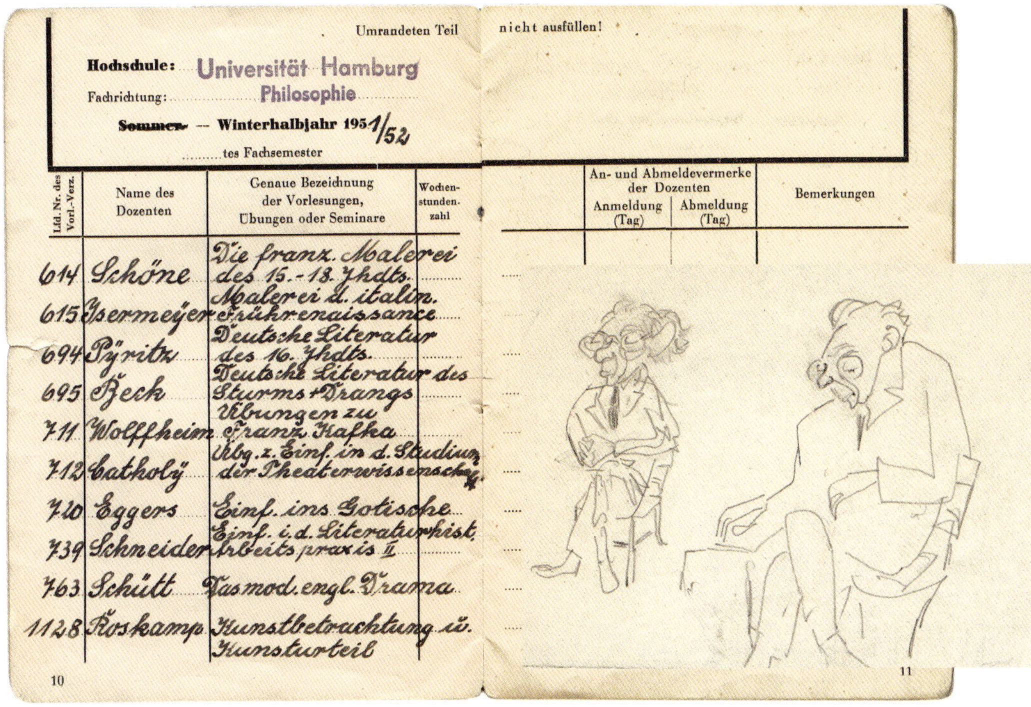

Umrandeten Teil nicht ausfüllen!

Hochschule: Universität Hamburg

Fachrichtung: Philosophie

~~Sommer-~~ — Winterhalbjahr 1951/52

.........tes Fachsemester

Lfd. Nr. des Vorl.-Verz.	Name des Dozenten	Genaue Bezeichnung der Vorlesungen, Übungen oder Seminare	Wochenstundenzahl	An- und Abmeldevermerke der Dozenten Anmeldung (Tag)	Abmeldung (Tag)	Bemerkungen
614	Schöne	Die franz. Malerei des 15.-18. Jhdts.				
615	Isermeyer	Malerei d. italien. Frührenaissance				
694	Pyritz	Deutsche Literatur des 16. Jhdts.				
695	Beck	Deutsche Literatur des Sturms + Drangs				
711	Wolffheim	Übungen zu Franz Kafka				
712	Catholy	Übg. z. Einf. in d. Studium der Theaterwissenschaft				
720	Eggers	Einf. ins Gotische				
739	Schneider	Einf. i. d. Literaturhist. Arbeitspraxis II				
763	Schütt	Das mod. engl. Drama				
1128	Roskamp	Kunstbetrachtung u. Kunsturteil				

10 11

Bewegungs- und Haltungsskizzen Hans Wolffheim auf der Rückseite eines Studientextes: »Franz Kafka, Auf der Galerie«.

Auszug aus meinem Studienbuch des Winterhalbjahres 1951/52. Vieles mittlerweile vergessen, selbst die Namen und Gesichter einiger Professoren und Dozenten. In bleibender Erinnerung allerdings meine frühen Zusammenstöße mit den Altnazis und professoralen Zwingherren Wolfgang Schöne (Kunstgeschichte) und Hans Pyritz (Lit. Wiss.) und die freiheitliche Gelehrtenrepublik um den zum »Ordentlichen Professor« niemals durchgedrungenen Halbjuden Hans Wolffheim.

Der Jobber als Kaffeetürke. August 1952.

In meiner Studentenbude Hamburg-Altona, Arnoldstraße 74 III, bei Hofmanns, 1952. An der Wand in aufstrebender Reihenfolge die seinerzeitigen Protagonisten meiner musischen Interessen: Dizzie Gillespie – Max Beckmann – Wolfgang Borchert. Zu Montagezwecken verstümmelte Fotografie.

Schrieb in Kooperative mit Klaus Rainer Röhl das kabarettistische Mysterienspiel »Die im Dunkeln sieht man nicht«, eine Produktion, die bald ihren eigenen Unfrieden mit der Welt machte. Brachten einige Aufführungen in der Emilie-Wüstenfeld-Schule zuwege …

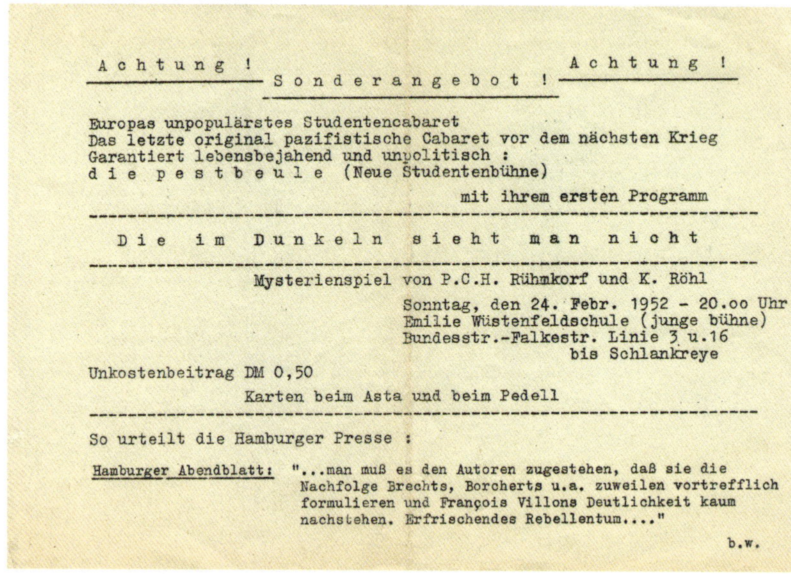

A c h t u n g ! — S o n d e r a n g e b o t ! — A c h t u n g !

Europas unpopulärstes Studentencabaret
Das letzte original pazifistische Cabaret vor dem nächsten Krieg
Garantiert lebensbejahend und unpolitisch :
d i e p e s t b e u l e (Neue Studentenbühne)
mit ihrem ersten Programm

D i e i m D u n k e l n s i e h t m a n n i c h t

Mysterienspiel von P.C.H. Rühmkorf und K. Röhl
Sonntag, den 24. Febr. 1952 - 20.oo Uhr
Emilie Wüstenfeldschule (junge bühne)
Bundesstr.-Falkestr. Linie 3 u.16 bis Schlankreye

Unkostenbeitrag DM 0,50
Karten beim Asta und beim Pedell

So urteilt die Hamburger Presse :

Hamburger Abendblatt: "...man muß es den Autoren zugestehen, daß sie die Nachfolge Brechts, Borcherts u.a. zuweilen vortrefflich formulieren und François Villons Deutlichkeit kaum nachstehen. Erfrischendes Rebellentum...."

b.w.

… und dann ein einwöchiges Gastspiel in Werner Fincks »Mausefalle«.

Saal wurde allerdings jeden Abend bis zum letzten Platz leergespielt. Presseecho »Die Welt«: »Der dreckige Kitsch von vorgestern, noch schnell alsterexistentiell frisiert, soll doch hoffentlich nicht morgen Kunstersatz werden?« Gelernt und gemerkt: daß Pressefreiheit auf Papier steht, das ganz bestimmten Leuten gehört. (»Die Jahre die Ihr kennt«, 1972)

Szene aus: Die im Dunkeln sieht man nicht

Der einfache Mann:
Ich bin der sogenannte einfache Mann, und Sie ham sicher schon von mir gehört. Ich arbeit' auf Portland, Stundenlohn 91 Pfennig die Stunde. Ich bin in der Schlemme. Das wär wohl so das Wichtigste.

Agitator:
Du bist nur ein einfacher Mann,
an sich kein Grund, nicht zu denken.
Du bist keiner, der sich erlauben kann,
den Reichen was zu schenken.

Denn es gibt Häuser, mein Lieber!
Die von denen bewohnt werden,
von denen die andern »belohnt« werden, mein Lieber,
da gehen dir die Augen über.

Die Sache ist keineswegs metaphysisch.
Das Glück ist das Privileg kleiner Cliquen,
und die die Kohle hauen und die Öfen beschicken,
leben nie paradiesisch.

Wie ist euch zu helfen?
Auf keinen Fall doch mit der Methode
Porzellanhund auf der Elternkommode
und Bilder mit Elfen.

Oder meint ihr, das sei eure Sternkonstellation?
Oder meint ihr, das seien göttliche Pläne?
Eure Zukunft sind eure Zähne!
Macht Revolution.

Einfacher Mann (applaudiert):
Sehr richtig. Hat gut gesprochen der Kollege, unterschreib ich alles. Also ich für meine Person, ich stell mir das ungefähr so vor: erstmal 'n bißchen Unabhängigkeit, erst mal 'ne sichere Position, wo man nicht jeden Tag rausfliegen kann, kleines festes Einkommen, kleines eigenes Häuschen, kleinen selbständigen Garten – tcha und dann, dann können wir mal weitersehn, dann mach ich alles mit. Bis auf dahin – Hals- und Beinbruch!

Chanson der Kriegsblinden
Man spie uns in die Zeit,
wir hocken blind vor Türen
und zahlen die Gebühren
für die Unsterblichkeit.

Wenn einer von uns schreit,
dann sagt das keine Zeitung.
Wir sind nicht von Bedeutung
und Geld und Gott so weit.

Sie haben keine Zeit?
Weil Sie verdienen müssen?
Das konnten wir nicht wissen,
es tut uns furchtbar leid.

Wir machten uns zu breit?
Sie müssen schon verzeihen,
wenn wir vor Hunger schreien
in unsrer Dunkelheit.

Man spie uns in die Zeit.
Wir flehn um fremdes Essen.
Am besten, Sie vergessen
die Angelegenheit.

Chor der Zuhörer
Wir wolln was sehen, wo wir über lachen können,
und nicht was, wo wir über weinen müssen,
wir wollen fressen, trinken, lachen, küssen
und Nummern schieben und danach gut pennen.

Wir wollen nichts von Trümmerfilmen wissen
und Bildern, wo wir uns nicht drauf erkennen.
Wir wollen küssen, lachen, rauchen, pennen,
und nach dem Saufen singen wir und pissen.

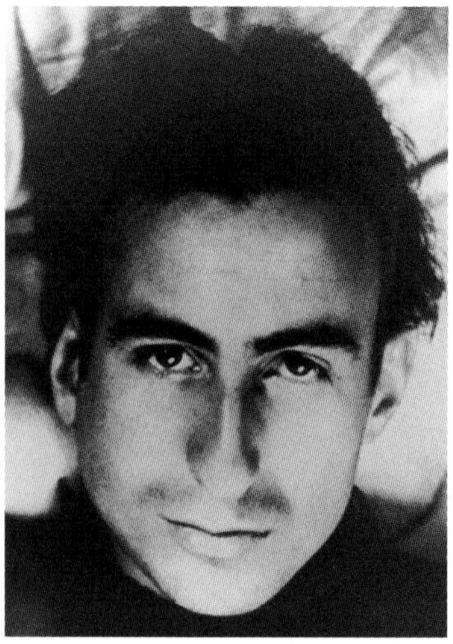

Der Schmerzensmann …

… als Frohnatur, zusammen mit Klaus Röhl, Almut Bock und Brunhild Fiebing, 1952.

FILM UND BÜHNE

Im Hauptquartier der Pestbeule

Ein Studentenkabarett, das sich sehen lassen muß!

Das Kabarett ist tot. Es lebe das Kabarett! Monatlich gehen in Deutschland einige kleine Witzbuden ein, andere werden geboren in der Hoffnung auf ein gutes Geschäft.

Nur wenige haben Wesentliches zu sagen. Und das sind nicht die Geschäftstüchtigen, die Witzbudenbesitzer. Das sind Menschen mit Herz. Wenn sie ohne Rücksicht auf Verluste sagen, was notwendig ist, dann Hut ab vor ihnen.

Die „Pestbeule" wurde in Hamburg geboren. Studenten zeugten sie mit Geist und Mut. Vier Treppen hoch, unter dem Dach juchhe! An den Wänden moderne Graphiken. Behutsam seitwärts hängt das Bild einer Rodin-Plastik. Ein ständig klingelndes Telefon stört ungemein. Spiritus Rector der kleinen Gruppe ist Klaus Rainer Röhl, kräftig unterstützt von Peggie Parnass. Mit Peter Rühmdorf schuf er das Programm „Die im Dunkeln sieht man nicht".

Nun hat man sie aber doch gesehen. Gott sei dank! Und sie dürfen heute weniger schweigen als je zuvor, denn sie reden hart und wahr für den Frieden. Für keinen politischen Frieden, bewahre. Sie lehnen auch den Frieden als Geschäft ab und schreiben in ihrem Programm:

„Meine Damen und Herren, meinen Sie, es sei Frieden, wenn zufällig keine Bomben fallen? Nennen Sie das Frieden, wenn Sie zufrieden sind? Der Friede ist keine Spielerei und heißt nicht Ruhe, heißt nicht Geldverdienen und es sich gutgehen lassen. Für den Frieden sein, ist das gefährlichste, erregendste Abenteuer. Das Experiment des Guten!"

Warum eigentlich „Pestbeule", ihr Lieben? Ist euer Kabarett nicht gerade das Gegenteil in unserem geschwürübersäten Volkskörper?

Und diese Geschwüre werden gezeigt. Himmel, da geht es heiß her! Die rülpsenden Satten zum Beispiel:

„Nach dem Essen fünf Minuten
Gedenken wir derer, die gerade verbluten,
Und wir falten die Hände,
Die sich rosa verfärben,
Und gedenken aller, die gerade sterben.
So angefüllt mit köstlichem Mahl
Bei der Verdauung wird man leicht sentimental."

Oder:

„Vor dem Mittagsschlaf einen Moment,
Wenn man noch nicht so richtig pennt,
Gedenken wir aller, die arm sind und frieren
Oder im Augenblick gerade krepieren . . ."

Das ist ein bitteres, unklischiertes Bild. Kein geistiger Kunsthonig dabei. Und solche Bilder müssen die sehen, die es angeht. Man sollte sie ihnen täglich unter die Nasen halten, bis sie begreifen, was ihre Gleichgültigkeit und Selbstzufriedenheit ist.

Leider kann man nicht das ganze Programm abdrucken. Als Beispiel nur eine Pantomine:

In der Mitte der Bühne ein Gazevorhang. Dahinter ein SS-Posten. Er schlägt mechanisch auf drei Sträflinge ein, die stumpf Säcke schleppen. Dann trifft die Peitsche eine Frau, deren Kräfte nicht mehr ausreichen, um sich auf den Beinen zu halten. Wie ein Wurm kriecht sie zuckend ab. Vorn aber steht, Gewehr über, der Soldat. Sieht nichts, hört nichts, nur Gewehr über und Maul zu.

Und doch: Nicht vergessen, Freunde und Mitbürger! Nicht vergessen! Besser handeln! „Tucholsky lesen und Borchert! Weniger vom Mond schwärmen oder über die Schillersche Moral diskutieren!" Viel Moll ist in diesem Programm und wenig Dur. Aber eben die Wahrheit. Der kühne Versuch junger Menschen, nicht einfach abzuwarten, bis die Geschichtsuhr wieder auf Krieg steht, fand in der Presse erstaunlich gute Aufnahme. Nur „Die Welt" leistete sich einen Schnitzer: Kurze Notiz über „Entartete Kunst". Peinlicher Mißgriff eines Kritikers, der lieber weiterschlafen möchte, kann man da nur sagen. Aber für die aufgewärmte Burschenherrlichkeit der „Heidelberger Romanze" stellt dieses Blatt zwei Spalten zur Verfügung.

Na, die jungen Hamburger Studenten werden nicht im Dunkeln bleiben. Und wo sie auftauchen, sollte man ihnen deutlich zu verstehen geben, daß man sie braucht. Vielleicht bleibt die „Pestbeule", die ja eigentlich eine heilende Brennessel ist, als Schrei der Jugend irgendwo in verantwortlichen Gewissen. Als Haken. Hoffentlich.

Der Tod als General. Und die Rekruten merken nicht, wer ihnen befiehlt. Eine eindrucksvolle Szene.

Klaus Rainer Röhl und Brunhild Fiebing. Zwei der jungen Menschen, die kein Blatt vor den Mund nehmen.

Applaus aus dem linken Lager. *Der Blitz* vom 22. Februar 1952.

Die »Verbotenen und Verbrannten«, von uns als unser nationales Erbe auf die Bühne gehoben und in Beschlag genommen. Georg Kaisers »Von morgens bis mitternachts«, Regie Klaus Rainer Röhl, 1953.

Ausblick aus dem Hinterhoffenster Arnoldstraße 74. Etwa 1956.

Mit Klaus Röhl und Elke Czechura, 1953.

Werner Riegel beim Beschriften einer Matrize für unsere hektografierte Zeitschrift »Zwischen den Kriegen – Blätter gegen die Zeit«, etwa 1953/54.

Karikatur zweier Dioskuren.

Als ich Werner Riegel kennenlernte – 1951 und insofern in der Gründerphase unseres ersten Restauratoriums –, war er ein junger Mann von 26 Jahren, Schreiber von Bänkelliedern und Gelegenheitsfeuilletons aus Neigung, Bürobote von Beruf und aus Not, und was uns dann für eine ganze Weile zusammenband wie ein literarisches Dioskurenpaar, war das gemeinsame Verlangen nach einer eigenständigen und durch keine weltliche Macht genierten Zeitschrift. Sie sollte der Publikation von Gedichten dienen, zumal unserer eigenen aus dem seinerzeitigen Rahmen fallenden, aber auch der Verbreitung von politischem Widerstandsgeist. Sie war als Tribüne für junge unerhörte Talente gedacht, aber auch als poetologisches Leitorgan für die zahlreich und ziellos zwischen unterschiedlichsten Literaturtheorien herumirrenden Einzelgänger. Sie formulierte sich aktivistisch und verbesserungsbesessen, wo es um den immerwährenden Kampf für den ewigen Frieden (und den aktuellen gegen die bundesdeutsche Wiederaufrüstung) ging, und konnte die verhängnisvolle Entwicklung der deutschen Dinge doch nicht einfach mit dem Aufklärwedel aus dem Bewußtsein scheuchen, weshalb sie sich schließlich, halb fatalistisch und halb überlebenswütig, *Zwischen den Kriegen – Blätter gegen die Zeit* nannte. Was ihr an vaterländischer Gesinnung scheinbar abging, wurde durch ein erklärtes literarpatriotisches Engagement sicher mehr als wettgemacht. »Deutscher Expressionismus«, das war für uns immer auch eine heimatliche Erkennungsmelodie, in der wir uns nach den Längs- und Querverwerfungen der deutschen Nationalgeschichte ungebrochen wiederfinden konnten. Das heißt, so naht- und bruchlos natürlich auch wieder nicht, denn wenn wir es statt mit den neuen Erfolgsautoren lieber mit den Vergessenen und Verfolgten hielten, war die Dissonanz zur bundesdeutschen Nachkriegsgesellschaft gewissermaßen programmatisch vorgegeben. (»Werner Riegel – ›beladen mit Sendung, Dichter und armes Schwein‹«, 1988. – Werner Riegel wurde am 19. Januar 1925 in Danzig geboren und starb am 11. Juli 1956 in Hamburg.)

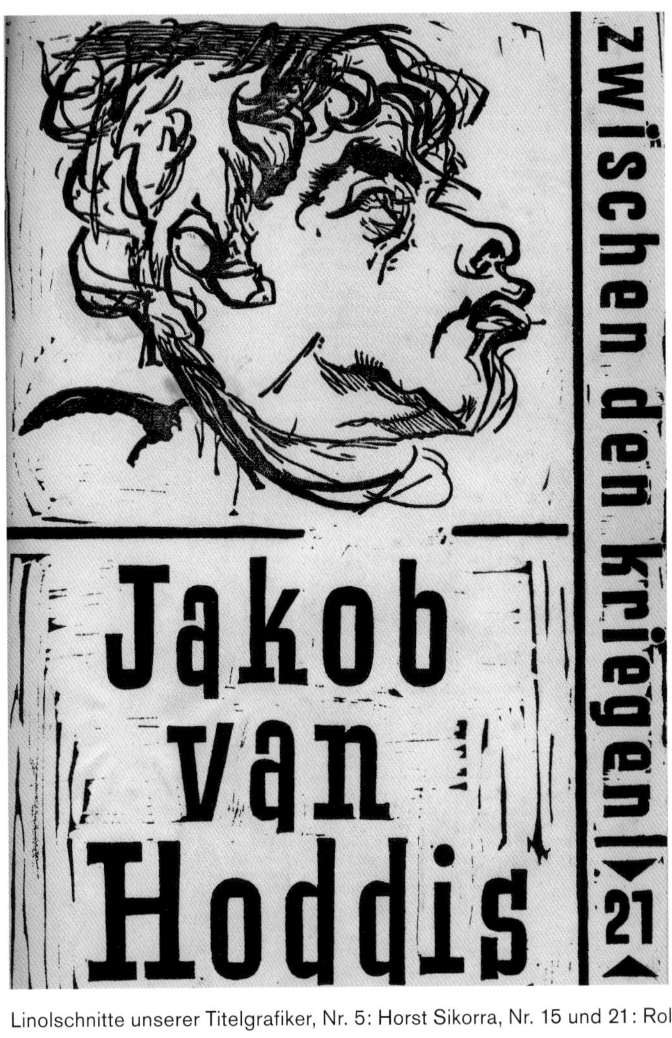

Linolschnitte unserer Titelgrafiker, Nr. 5: Horst Sikorra, Nr. 15 und 21: Rolf Wernitz, Nr. 24: Wolfgang Hartmann.
Die Schnitte wurden auf der Wäschemangel vervielfältigt.

Einer der Allergeringsten

Leslie Meier trägt seine Haare zurückgekämmt.
Seine Existenz reicht von Sirius bis zum Absatz, dem schiefen.
Was ihm der Tag in die hirnene Reuse schwemmt,
Furcht und Vernunft, die üblichen Hieroglyphen.

Leslie Meier dreht den Kopf nach den alten Gesetzen;
er merkte: die Welt besteht aus Blut und Benzin –
Wenn ihn die Furien über den Schotter hetzen,
siehe, er weiß, sie erkennen ihn!

Dieser Mann ist sicher einer der Allergeringsten,
verlaust und verliebt und verrückter Gedanken voll;
vom Phosphor erleuchtet und ohne Hoffnung zu Pfingsten,
gibt er die Welt zu magischem Protokoll.

Seine Seele ist ein Star mit zerfleddertem Flügel,
geblendeten Auges, sein Flöten tönt fürchterlich –:
Reiche mir einer der Herrschaften bitte den Spiegel;
alle andern Gesichter langweilen mich.

Leslie Meier beherrscht die Ironie dritten Grades;
er ist arm und er treibt mit sich selbst und dem Irrsinn Verkehr;
er ist finistischer Dichter, sein fades
Einsiedlerfleisch läuft immer neben ihm her.

(*Zwischen den Kriegen*, Heft 5, April 1953)

Mit unsern geretteten Hälsen

Mit unsern geretteten Hälsen,
Immer noch nicht gelyncht,
Ziehn wir von Babel nach Belsen
Krank und karbolgetüncht.

Fraßen des Daseins Schlempe,
Zelebrierten in gleitender Zeit
Unter des Hutes Krempe
Das Hirn, seine Heiligkeit.

Tätowiert mit des Lebens Lauge.
Doch von erstaunlichem Bestand
Das Weiße in unserm Auge,
Das Warme in unserer Hand.

Wir haben gelärmt und gelitten,
Wir schrieben Pamphlete mit Tau und mit Teer –
Worte schöpfen, Worte verschütten,
In ewiger Wiederkehr.

(*Zwischen den Kriegen*, Heft 10, November 1953)

Autarkie gegenüber den konjunkturellen Schwankungen des Lit-Betriebs und seiner unerbittlichen Verkaufsmoral war unser edelstes Streben, und Riegel war ihr Prophet. In seinem ersten richtungweisenden Artikel »Proklamation des Hektographismus« hatte er die materielle Bedürfnislosigkeit zu einem eigenen Überlebensethos erklärt und Geduld und Spucke für ein unabdingliches Betriebskapital, was nicht ausschloß, daß er unermüdlich um neue Bundesgenossen warb und die schmale Basis in die Breite zu treiben suchte: »Wir hoffen, daß wir nicht die einzigen Schriftsteller bleiben, die auf diese Weise versuchen, der Polizeiaufsicht der gewerbsmäßigen Literaturunzuchtler zu entgehen.«

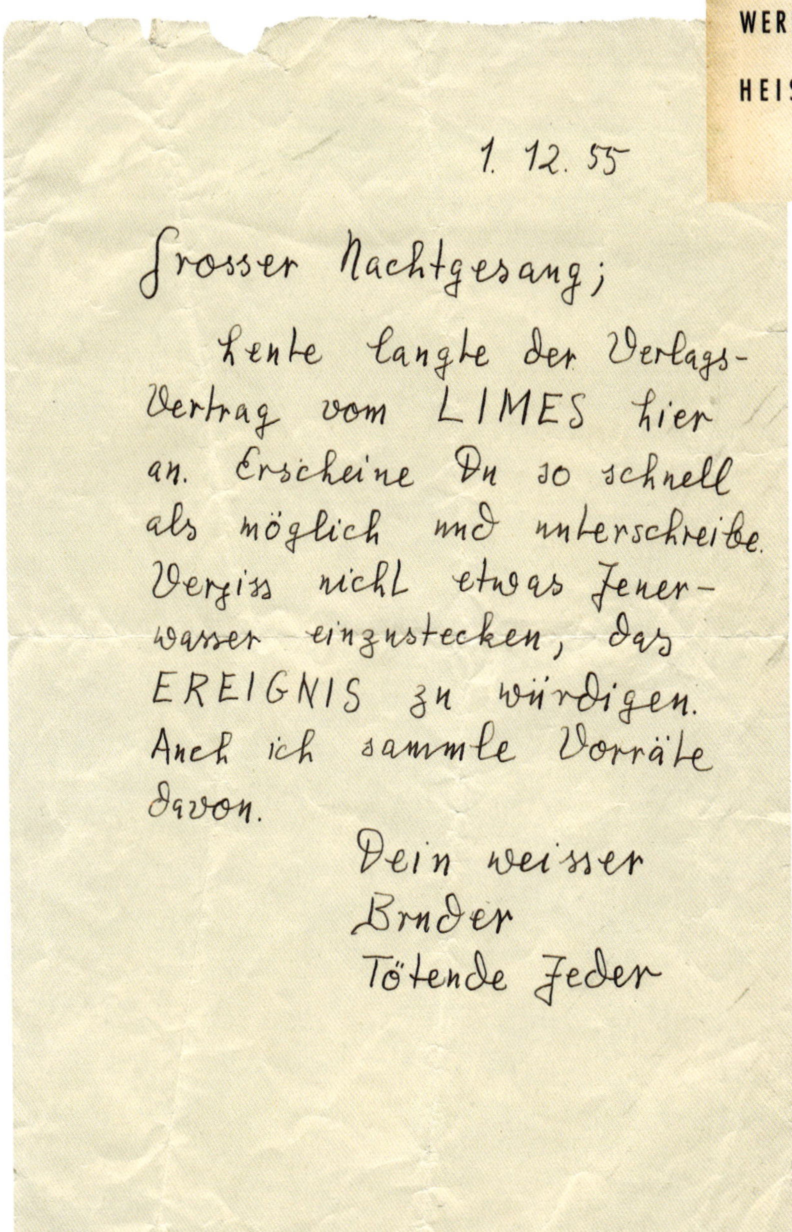

1. 12. 55

Grosser Nachtgesang;

Heute langte der Verlags-Vertrag vom LIMES hier an. Erscheine Du so schnell als möglich und unterschreibe. Vergiss nicht etwas Feuerwasser einzustecken, das EREIGNIS zu würdigen. Auch ich sammle Vorräte davon.

Dein weisser Bruder
Tötende Feder

Das war ein trutziges Wort aus unserer zweiten Nummer vom Januar 1953, was nicht bedeuten sollte, daß der Verelendungstheoretiker sich für ewig und alle Zeiten als unerweichlich zeigen sollte. Ein Angebot des Limes-Verlags aus dem Dezember 1955 wurde mit dem angemessenen Jubel begrüßt, obwohl wir bei den Dioskuren uns im Gegensatz zu unseren Vorgängern zunächst einmal in ein Bädchen teilen mußten. Riegels Beiträge präsentierten sich unter dem Titel »Feldweg hinter Sodom«, während meine vierzehn Gedichtbeiträge als »Song deiner Niederlagen« übertitelt waren.

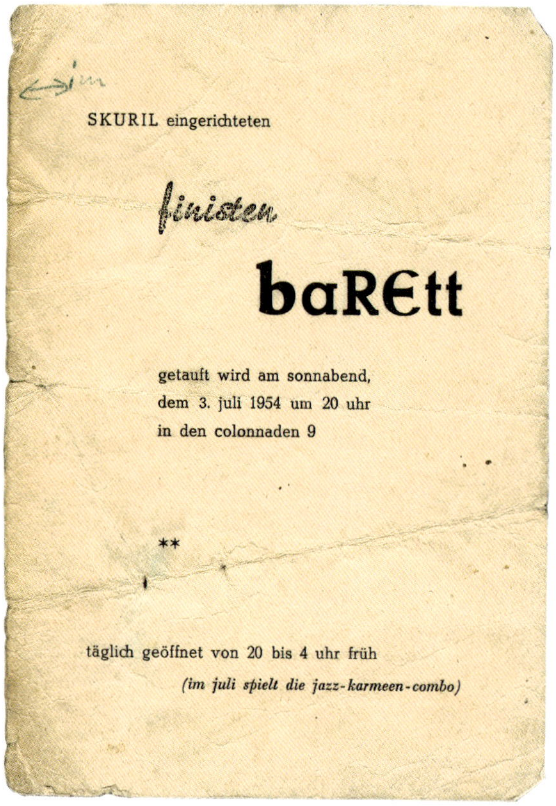

Was sich einer Laune verdankte – der Begriff »Finismus« als letzter aller Ismen –, schien immerhin ein Zauberwort, das zumindest unsere studentische Mitwelt sensationierte. Unser Freund Günter Suhrbier, der als Kunstmaler nie recht durchgedrungen war und statt dessen einen Künstlerkeller nach dem anderen aus dem Hamburger Asphaltboden stampfte, weihte sein später berühmtes »barett« in unserem Parianamen ein. Und der uns gerade mal als glitzernde Feder der »Deutschen Studentenzeitung« bekannte Dieter Wellershoff beschäftigte sich durchaus ernsthaft mit unseren Versuchen, politische Aufklärung und apokalyptisches Fracksausen auf einen brüchigen Nenner zu bringen.

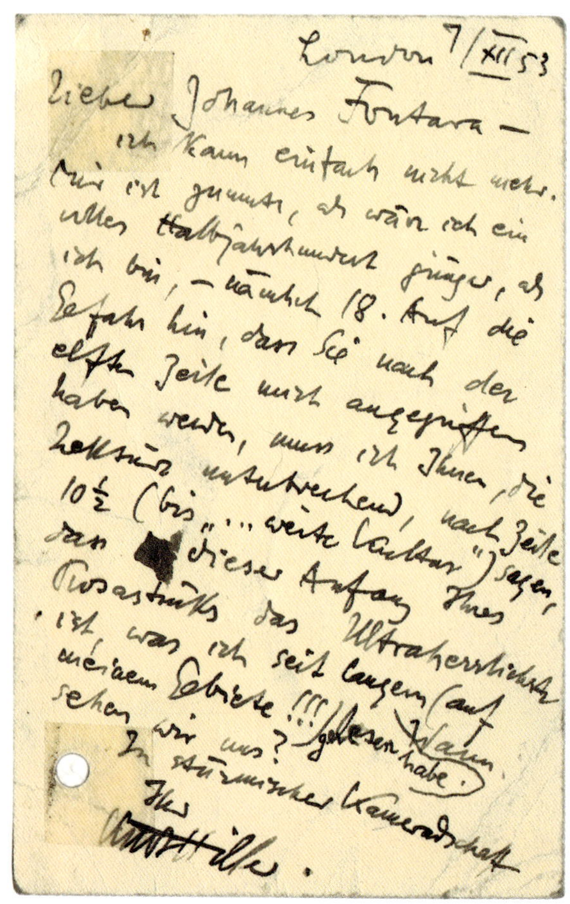

Das Eigenleben unserer zahlreichen Pseudonyme und Wiedergänger in ihrem von Riegel so benannten »schizographischen« Geistertreiben. Eine Gratulationsadresse Kurt Hillers an einen ihm nur unter diesem Nome de guerre bekannten Johannes Fontara.

WAS IST FINISMUS?

„Diese Blätter erweisen sich für den Gutwilligen von Mal zu Mal mehr als eine Manifestation des letzten Menschen." Das behauptet Werner Riegel in Heft 7 der Zeitschrift „Zwischen den Kriegen", die von ihm in Hamburg herausgegeben wird. Riegel und seine Mitarbeiter glauben das in allem Ernst, in jenem bitteren Ernst, der nahe an grimmiger Heiterkeit ist. So schlagen sie auf der Rückseite des Heftes den Ton eines Marktschreiers an, Ausverkaufsjargon, in dem der Gedanke vom Ende des abendländischen Menschen parodistisch wiederkehrt: „WIR BIETEN: Monatlich eine ORIGINALGRAPHIK, monatlich 15 Seiten FINISTISCHE LYRIK, Gedichte von Leslie Meier, Peter Rühmkorf, Conrad Kefer u. a., die neue ERZÄHLUNG für Por...ophen und solche die es werden ...ollen, den BLICK DURCH DAS FINISCOP, mit den Augen der finistischen Publizisten betrachten Sie das Ende der abendländischen Welt, und die METAMORPHOSE DES MITMENSCHEN in Fortsetzungen. Versäumen Sie nicht diese Zeitschriften zu lesen!"

Es gibt heute keine zweite Zeitschrift, die so unfreundlich mit dem Zeitgenossen umgeht, keine, die mit so hitzigem Temperament geschrieben ist. Man merkt dieser „Manifestation des letzten Menschen" jugendliche Begeisterung an; sie schmeckt wie Galle, aber sie schäumt wie Most.

Sammlung der Abgedrängten

Als ich Riegel in Hamburg in der Haynstraße 7 aufsuchte, war ich sicher, einen Verwirrten oder einen Snob zu treffen. Ich fand einen bedächtigen jungen Mann, der zusammen mit seiner Frau und einem kleinen Kind in einem Zimmer wohnt — durchaus kein Bohème-Milieu, sondern eher eine Studierstube mit einem Anflug familiärer ...aglichkeit. Ich interessierte mich ... seine Bücher und bekam eine Reihe seltener Erstausgaben gezeigt, die frühen Gedichte der Expressionisten, Dinge, nach denen man die meisten Studenten der Germanistik vergeblich fragen würde.

Riegel hatte 1942 als 17jähriger Gymnasiast den Expressionismus entdeckt. Für sich allein hatte er ihn gefunden, verbotene Literatur, berauschend und unvergleichlich großartiger als das lizensierte Schrifttum der geistfeindlichen Epoche. Daß er den Geist, der ihn begeisterte, in der Verbannung fand, mag für ihn mehr und mehr zu einer typischen Situation geworden sein. Als er später als Infanterist an die Front marschiert, hat er in seinem Gepäck wieder ein verbotenes Buch: Erich Maria Remarques „Im Westen nichts Neues".

Nach dem Krieg weiß er als Danziger nicht wo er hin soll. Er arbeitet in Braunschweig beim Aufbau von Flüchtlingsbaracken, dann in Ostberlin bei einer Demontagefirma. Vergeblich versucht er seine literarischen Arbeiten zu veröffentlichen. Grund der Ablehnung: zu destruktiv, zu nihilistisch. 1947 findet er in Hamburg für zwei Jahre eine Stellung als Nachtwächter, dann ist er ein knappes Jahr arbeitslos, schließlich wird er Kontorbote bei einer Importfirma. Auch in Hamburg hat er keinen literarischen Erfolg. Grund der Ablehnung: zu destruktiv, zu nihilistisch.

Im November 1952 tritt er zusammen mit seinem Freund Thomsen an Rühmkorf und Doletzki heran, die gerade in Werner Finks „Mausefalle" mit einem Kabarettprogramm durchgefallen waren: zu destruktiv, zu nihilistisch. Man plant, eine eigene literarisch-pazifistische Zeitschrift herauszugeben. Das ist eine Möglichkeit, sich unverfälscht zu äußern, energisch gegen das Gefälle der Zeit zu waten. Für die gemeinsamen Überzeugungen findet sich bald ein Name: Finismus — eine düstere Glaubensformel, Schlußstrich unter die Geschichte des Abendlandes.

Seit Dezember 1952 erscheinen die Hefte jeden Monat, vervielfältigte Blätter mit einer Auflage von 120 Exemplaren. Der Linolschnitt des Titelblattes muß Stück für Stück in der Wäschemangel abgezogen werden. Die ersten vier Hefte wurden aus eigener Tasche finanziert.

Von Riegels 5 Mitarbeitern ist keiner älter als 25 Jahre. Empörte Leser mit populärpsychologischer Bildung werden deshalb bequem mit Bemerkungen wie Unreife, krankhaftes Geltungsbedürfnis, postpubertärer Klamauk zur Tagesordnung übergehen können. Die Finisten aber würden fragen: Was ist das für eine Ordnung, Eure Tagesordnung?

Das finistische Paradox.

Werner Riegel, Herausgeber einer Monatszeitschrift von 120 Exemplaren, behauptet: „Finismus hat kontinentale Ausmaße". Fontara, einer seiner Mitarbeiter, erklärt, weshalb man nichts davon merkt: es ist nämlich „eine Katakombenkultur". „Es handelt sich um die Kunstprodukte einer kleinen asketischen Kunstclique, Leute, die sich nicht kennen und nichts voneinander wissen, verstreute Krater des gleichen Lavafeldes, die, es ist erstaunlich, aber durch Empirie bewiesen, keine Verbindung haben außer der unterirdischen Zeitströmung und deren Werke sich oft bis auf Einzelformulierungen gleichen". „Sie schreiben die Werke, die einzigen, die unsere Zeit rechtfertigen werden".

Finismus muß als betontes Ende ein Fazit ziehen. Riegel bemüht sich deshalb zu zeigen, daß die zwei literarischen Gattungen, die seines Erachtens im 20. Jahrhundert allein von Bedeutung waren, im Finismus eine überhöhte Synthese finden. „Es handelt sich um den aktivistischen Tendenzexpressionismus deutscher und um den nihilistisch-apokalyptischen Destruktionsformalismus französischer Provenienz. Es handelt sich um die Bemühung der Heinrich Mann, Sternheim, Rubiner, Hiller, Hasenclever, Toller bis hin zu Brecht oder Kesten einerseits und um die aus prälogischen Schichten des Hirns steigende Verzweiflung der Heym, Trakl, Lichtenstein, Kafka und Benn andererseits. Um die pazifistisch, sozialistisch, moralistich eingependelte Aggressivität der auf Kampf und Sieg ausgerichteten politischen Literaten und um die areligiöse Höllenfahrtargumentation der Passionsphalanx der vorsintflutlichen Epoche. Um das Programmatische da, um das Finalphänomen hier."

Treffpunkt dieser doppelten Ahnenreihe kann nur ein Paradox sein. Riegel umschreibt es als „Synthese von Kampf und Trauer, Ja und Verneinung, Bruch und Bindung, Tat und Trauma, Arche und Flut." „Aggressive Trauer" zeichnet den finistischen Autor aus. Er führt einen Kampf, den er für verloren hält, aber in der Überzeugung, daß sich im Leiden für eine Idee der Mensch am reinsten verwirklicht. Die Finisten fühlen sich als die letzten wirklichen Menschen in einer Wiederkäuerepoche ohne geistige Inspiration. Was kommt ist der „arktopsychische Mensch", der Typ mit der vereisten Seele.

Man kann sich kaum in einer heroischeren Situation sehen. Das mag das Pathos mancher Sätze erklären, die man in dieser Zeitschrift findet: „Die profane Eschatologie des Abendlandes hat begonnen" — „Um die Rufer in der Wüste heult schon der Sandsturm".

Lyrik als Schockbehandlung

Woran erkennt man ein finistisches Gedicht, was ist finistischer Stil? Ein instruktives Beispiel ist eine Strophe aus einem Gedicht von Peter Rühmkorf:

Ein Tag vor Hölle und Helium
Aus Wahnsinn und Wasserstoff.
Nun künde das Evangelium,
Das Dir aus der Harnröhre troff.

Zunächst die Tendenz: Angriff auf das fleischliche Wohlbehagen einer ungeistigen Vergnügungsgesellschaft dicht „vor morgigen Isotopen-Finish". Zu solchen Aussagen braucht der finistische Autor markante und gewaltsame Ausdrucksmittel. Er läßt weit auseinanderliegende Gegenstandsbereiche zusammenprallen, so in der zweiten Zeile, „die Kern- und Bewußtseinsspaltung zusammenrückt, hintergründige Bezüge ahnen läßt", so in der geradezu kreischenden Berührung von Wörtern wie „Harnröhre" und „Evangelium". Wörter aus dem Bereich des Obszönen sind häufig. Ihre Schockenergie soll genutzt werden, um „die unehrlichen Samt- und Schleimhälse zu provozieren". Der finistische Autor will die Genießer verjagen, die Unverbindlichen, die sich ästhetisch erregen, aber nicht anpacken lassen. Oberflächliche Beurteiler haben deshalb die finistische Lyrik platterdings als Pornographie bezeichnet, nicht bemerkend, daß sie eine ausgesprochen asketische, sinnenfeindliche Tendenz hat. Rühmkorf meint dazu: „Ja gerade die Liebhaber pikanter Witzeleien und charmanter Schweinereien sind es, die hier Hand in Hand mit der

FEUILLETON

Dieter Wellershoff in: »Deutsche Studentenzeitung«, Düsseldorf, November 1953.

Wenn ich nicht so'n fideler Kerl wäre, könnte man mich eigentlich eine tragische Gestalt nennen.

Ich bin seit Hellas ziemlich heruntergekommen.
Ich hänge mein Herz an alles, was mir durch die Finger rinnt.
Das Elend der Welt ist größer als angenommen
Und köstlicher der Wind.

Mit der Freundin Renate Krügel vor dem Haus ihrer Eltern in Hamburg-Blankenese, 1953/54.

»Um einen Goethe von Ihnen bittend.« Über einer Seminararbeit: »Wilhelm Meisters Lehrjahre – Vom Künstlertraum zur Lebenskunst«, 1966.

Auf dem Grill des Sommers hingebreitet,
sonnen-krosses Laub am Ellenbogen,
und der Himmel wie ein Präser Gottes
über die entflammte Welt gezogen.

Hochgehaucht am fuffzehnten Julei,
blau, das zarte Fell des Absoluten –
mein zerfahrenes Gesicht an deinem ausgeruhten
stimmt im Letzten doch dem Flugsand bei.

Im Lustgarten der Familie Langer-Biedermann in Hamburg-Othmarschen.
Rechts mit der Studentenbraut Ingeborg B., 1956.

INTERVIEW MIT JUGOSLAWIENS VIZEPRÄSIDENT Seite 4

STUDENTEN-KURIER 10 Pf

DIE UNABHÄNGIGE DEUTSCHE STUDENTENZEITUNG

Postverlagsort Hamburg Jahrg. 3 Nr. 1 Januar/Februar 1957

Natürlich muß die Wahrheit im Kampf mit der Unwahrheit geschrieben werden, und sie darf nicht etwas Allgemeines, Hohes, Vieldeutiges sein. Von dieser allgemeinen, hohen vieldeutigen Art ist ja gerade die Unwahrheit

Bertolt Brecht

Meine Herren Nachfolger, lassen Sie sich ruhig von mir provozieren, ich hoffe, es macht Sie hart. Härte ist das größte Geschenk für den Künstler, Härte gegen sich selbst und gegen sein Werk.

Gottfried Benn

STUDENTEN-KURIER 10 Pf

DIE UNABHÄNGIGE DEUTSCHE STUDENTENZEITUNG

Postverlagsort Hamburg Jahrg. 3 Nr. 3 Mai 1957

„Zur Beurteilung dieser Erklärung muß man Kenntnisse haben, die diese Herren nicht besitzen. Denn sie sind nicht zu mir gekommen." (Adenauers Gegenerklärung zur Göttinger Erklärung.) Unter den 18 Professoren befinden sich allein 4 Nobelpreisträger für Physik: Max von Laue (1914) — Werner Heisenberg (1932) — Otto Hahn (1944) und Max Born (1954)

(Bilder: DER SPIEGEL, Hamburg)

Zum Wahljahr 1957 wählen wir alle: Mr. Germany

Beide Titelmontagen von P. R.

Erst mit Benn und Brecht gingen für uns zwei miteinander konkurrierende Leitgestirne am deutschen Dichterhimmel auf, die richtungweisend in die deutsche Nachkriegsszenerie hineinfunkten. (...) Wo wir uns in unserem finalen Fracksausen geradezu leidensgenossenschaftlich von Gottfried Benn angezogen fühlten, mochten wir dem Verlangen nach einer Veränderung der Verhältnisse doch nicht einfach Valet sagen, was uns dann wieder an die Seite unseres anderen Gewährsmannes trieb. Also einerseits »Es gibt nur zwei Dinge, die Leere / und das gezeichnete Ich« und auf der anderen: »Ganze Literaturen / In erlesenen Ausdrücken verfaßt / Werden durchsucht werden nach Anzeichen / Daß da auch Aufrührer gelebt haben, wo Unterdrückung war.«
(»Wo ich gelernt habe«, *Göttinger Sudelblätter,* 1996)

Als dem Kanzler Konrad Adenauer sein 14. Ehrendoktorhut zu Kopfe stieg, nannte er taktische Atomwaffen eine bloße »Weiterentwicklung der Artillerie«: »das sind ja besondere normale Waffen in der normalen Bewaffnung«. Daß solcher Unsinn 18 deutschen Atomforschern über die Hutschnur ging, war kaum verwunderlich; der da die Elixiere des Teufels betreute, hatte entweder nicht den Schimmer einer Ahnung oder wollte die ihm anvertraute Nation für beschränkt verkaufen; es kam zu der aufsehenerregenden und gebührend beachteten Proklamation der Kern-Wissenschaftler. Die Antwort des arroganten Allround-Dilettanten (er hätte sie heut schon gern gelöscht gesehen) sei noch einmal repetiert: »Zur Beurteilung dieser Erklärung muß man Kenntnisse haben, die diese Herren nicht besitzen. Denn sie sind nicht zu mir gekommen.«
Das warf auch der CSU-Pressedienst den Wissenschaftlern vor, nichts fürchtete man so sehr wie dies, nichts so sehr wie den Einfluß, den aktiven und propagandistischen Einfluß außerparlamentarischer Kräfte, deren potentielle Macht und deren Ansehen geeignet waren, eine veränderte politische Wirklichkeit einzuleiten.
(*Studenten-Kurier*, Mai 1957)

»Leslie Meiers Lyrik-Schlachthof«, *konkret* Nr. 5, Mai 1958. Gestaltung und Illustrationen von Zie Tzaro (= Verner Witting). Die locker gefügte Serie wurde später noch einmal als Vorzeichnung für die Panoramabilanz »Das lyrische Weltbild der Nachkriegsdeutschen« aufgegriffen und dramaturgisch neu in Szene gesetzt.

Leslie Meiers Lyrik-Schlachthof

ULTRA-ROMANTIK

Gedichte werden **gemacht**, aus Wörtern; Mallarmé hat es zuerst so provokant angeboten. „Nicht aus Ideen", hatte er gegenüber dem Maler Degas geäußert. Von da an hielt eine Leitformel der modernen Dichtungstheorie ihren triumphalen Einzug in die europäische Diskussion. Uns in Deutschland wurde es nach dem letzten Krieg noch einmal von Benn eingeschärft: das Wort als „der Phallus des Geistes", also nicht das Gedankliche, nicht Gefühlmäßiges, nicht ein Etwas, das Sprache nur einfaßt, umschreibt, abstützt, sondern das unmittelbare Wort selbst, elementar und authochton. Eine Theorie mit Meriten im übrigen, kein blasses Programm, keine grüntischige Anleitung, sondern fruchtbar als methodisches Leitmotiv, als Impuls, eine Formel, die Funken fliegen machte und die Lyrik des Abendlandes von Grund auf umkrempelte.

Steht die Frage, ob sie auch heute noch Keimkraft hat, ob sie schöpferischen Anstoß vermittelt und an Früchten erkennbar ist. Immerhin kann man aus dem Stegreif und im Überschlag antworten, daß die Lehre vom Gedichtmachen nach wie vor ganz allgemeine Gültigkeit besitzt. Unantastbare Gültigkeit nahezu, die seriöse Gesetzeskraft von Schulbestand und Lehrmeinung. Wir haben also wieder einmal die Situation, daß ein Anstoß, ein Stoß vor den Kopf außerdem, das diesem Kopf eingelegte Bewußtsein gründlich verwandelte, so gründlich und komplett, daß bereits von Zwangsfixierungen gesprochen werden muß, von Erstarrung und Blockade. Ist's nicht so, daß alles was da leibt und

schreibt in der Bundesrepublik: produziert, montiert, baut, eindampft, feilt, hämmert, schabt und beklopft? Ist's nicht so, daß eine Methode pauschal und durch die Bank bereits als Entelechie empfunden wird, als letztes Haben dessen, was zur Vollkommenheit führt und gehört? Ja oder nein, entscheidend sind die Ergebnisse; sie aber offerieren das Bild einer Dichtung, die mit Stabilbaukasten und Andenkenmanufaktur allerhand, mit originaler Kreation und schöpferischer Kraft überhaupt nichts mehr zu tun hat.

Montage? Gut, ausgezeichnet — aber wo ist er, der Mordsmonteur, der Titan von Ordner, jener eine, von dem Benn prophezeihte, daß ER aus Telefon- und Gesangbuch und noch einigen Kompendien den Stil der Zukunft arrangieren würde? Wo ist er, wo sein grandioses Kompott aus Schlagzeile, Gesangbuchvers und Knaur-Querschnitt, das aus dem Gros der lyrischen Wirkarbeiten herausfällt? Noch ist sein Platz frei, noch herrscht die Einfallslosigkeit vom Faß, das montierende Mittelmaß, o du mein Stundengott, wie weit haben's unsere Musterschüler gebracht, Teppich, Mosaik, Ornament, so weben sie am Bettvorleger des Abendlandes.

„Arabesken", sagte schon Baudelaire, und: „Die Arabeske ist die geisthaltigste aller Zeichnungen," Benn sprach dann von der „Anordnung von Sätzen, Worten, Vokabeln" zu Gebilden von „unvergleichlicher Schönheit", daran käuen sie heute noch und heute wie nie, ornamentale Lyrik dozieren die Nach- und Zuspätgeborenen, statische Lyrik, Poesie mit Stillebencharakter, „wissend, daß es kein Gestern gibt im Gedicht, kein Heute und kein Morgen, sondern Dauer." Gegen den Stachel ist heut schlecht löken, sie

haben alles auf ihrer Seite: die Kunstbetrachter vom Dienst, die Reste der alten Garde, die Hinterlassenschaft ehrenwerter Geister, selbst alle gerechte Argumentation wider den Kunstmob, was will da einer, was denkt er, bezweckt, der den mühsam aufgerichteten Damm unterwühlt? Maulwürfisch! Tja, wer schickt ihn denn vor, welche Hintermänner, Hintergedanken, und mit welchem Hinterlader greift er ein in die moderne Diskussion?! Weiß er nicht, daß er dem Kunstgegnerischen in die Hände und in die Scheuer arbeitet? — — —

Wo waren wir stehengeblieben? Ah, Teppich! Und die nämlichen Muster bei allen. Untersuchen Sie doch einmal die Vokabelbestände, die Symbolkreise, die Wort-Affinitäten und Vorstellungsketten: Meer — Woge — Küste — Ufer — Klippe — Riff — Strand — Boot — Netz — Masche — Reuse — arbeiten Sie statistisch, legen Sie Listen an: Fisch — Delphin — Thun — Taube — Adler — Möwe — Krähe — Dohle — und sie erhalten die

Lösung als Lohn und draufzu. Beachten Sie bitte auch, was von weither und langzuvor kommt, im Seebereich: Barke, Brigg, Karavelle, Kogge, Einbaum, Dschunke, Trieren — von untenherauf: Muscheln, Korallen, Schnecken, Ammonshörner, Seesterne, Quallen, Tang, Algen — im Umkreis: Tempel, Säulen, Marmor, Türme, Zelte, Torsen, Amphoren, auch Lorbeer, Rosen, Mohn und Wurzel, Zypresse, Pappel (!), Laub und Frucht —: also allesinallem und aufs Ganze: keine Sprotten, Stinte, Steinbeißer (Delphine!), keinen Grünkohl, Kartoffeln und nicht Bürgermeisterbirnen (Lorbeer-Rosen!), nicht Lilli Marleen, nicht Ethel Rosenberg, Karoline Schlegel, Appelschnut oder Tina Halein (Semele! Niobe! Arganthone!). Sie meinen, meine Herren Gegner, ich wolle auf eine Art neuen Naturalismus hinaus?! Den orthopädischen Schuh zieh ich mir nicht an, doch darüber später. Meine Freunde? Summt, rauscht, säuselt es Ihnen nicht schon die Lösung ins „Muschelohr"? „Zwang!" sagt die Avantgarde, oder Nicht-Avantgarde, Unendlichkeitshöker jedenfalls, die Leute mit dem Stich ins Absolute, die den Markt beherrschen, „Zwang, Struktur-Zwang", rücken auch mit kristallenem Finger den bitteren Lorbeer in die schattenbesandete Stirn, streichen blaues Nachthaar aus jäh überhauchtem Antlitz, runzeln die Braue, die

mohnverhangene, senken das Lid, schlafgesäumt, streichen der Schläfe eingesunkenes Doppel, weisen, marmorner Unbeirrtheit, aufs rücklings erblindete Fenster: „Zwang", wurzelhaft, das uns klirrend (zerschellend, splitternd) Zugemessene, Zwang des Falterfluges zum siebenarmigen Leuchter, Siebenzwang, Lotzwang, Haarwurzelzwang, uns eingelegt, die späte versiegelte Fährte, Spur um Born und Zisterne, im Oasen-Sommer, im Rinden-Herbst, Los des Tränengastes, Zuflucht und Zuhandenheit, schwarzer Triumph in Umzirkung der Antiquitäten: da die Rotte zurückbleibt, hinter der sich die Woge verschließt — abseits des tönenden Horns steinern bemaskten Mondes

Apropos Mond: ein Beispiel im Detail. Vor acht Jahren schrieb ich eine kleine Geschichte, in der sich folgendes Bild fand: „Über ihrem Kopf hing die goldene Scheibe des Mondes wie ein verrutschter Heiligenschein". Vor sieben Jahren dann stieß ich, Barlachs Seespeck zum ersten Male lesend, auf diesen Satz: „Über ihrem Kopf hing die silberne Sichel des Mondes wie ein verrutschter Heiligenschein." Zwang! Aber wenn heut ein persischer Prinz, Hugo-Jakobi-Stiftling und „kommendes" Lyrik-As, eine Substantivkette folgender Zuordnung übergibt:

Woge — Nacht — Muscheln — Last, dann weiß i c h doch, woher es kommt, ohne die Vorstellung eines überpersonalen Zwanges bemühen zu müssen. Interessant und aufschlußreich ist allein an der Geschichte, daß gerade dieses Gedicht Benns, dem das entscheidende Reiz- und Rauschmaterial A t a b a y s entnommen wurde, daß gerade die „Welle der Nacht" heut in so gesteigertem Ansehen steht, daß es Muster und Modell für eine ganze Generation von Nachahmern, Nachempfindern, Nachzüglern abgibt.

Ich möchte allerdings den Namen Atabay hier nicht zitiert haben, ohne auch ihm oder einem seiner Zuredner das Wort zu erteilen. Hören wir also, was Max Rychner in seinem Nachwort zu Atabays erster Gedicht-Publikation („Einige Schatten", Limes) zu deuten weiß: „In seiner östlich und westlich durchdrungenen Metaphern-Welt ergibt es sich ganz legitim, daß er die Nacht mit der Woge vergleicht, doch auch mit Grotte, Muschel, Urne, Zisterne, Mund, Delta ... denn wie vieles ist sie ihm! Meer, Nacht, Tod: Nicht romantisch trunken rufen seine Verse die großen Mächte herauf, sondern gedämpft, nicht in der fließend-rollenden Manier, eher stockend, mit einfachen Satzgefügen, die Rhythmen verhalten, gestaut." Eigenartig nur, daß die gleiche Legitimität anscheinend für nahezu das Gesamt unserer zeitgenössischen Lyrik-Leute zutrifft, Einheimische aller Art und jeden Alters, für den dichtenden Durchschnitt ganz generell der Bundesrepublik.

Wie zutiefst seltsam, daß sich die aparten Dekorationsstücke durch die Bank und durch die Bücher finden, daß wir auf sie stoßen in nahezu allen Bei-, Bild- und Wortspielen, die Höllerers fündige Sammlung „Transit" vorstellt: Meer-Nacht-Tod, just diese Trinität ist's doch, die sich als penetranter Dreiklang durch die gesamte Demimoderne Nachkriegsdeutschlands zieht. Penetrant insbesondere, da bei allen Autoren der Sommerschlußverkauf

die nämlichen Raritäten aufs Tapet bringt, da Wahlverwandtschaft und, vielleicht, Zwangsheirat überall die gleichen Vokabeln, Begriffe, Reizworte, Vorstellungen im Verein auftreten läßt. Traulich wie Pfeffer und Salz, Antek und Frantek, Majoran und Thymian, ewig im Bunde wie Gries — Graupen — Grütze, Tünnes und Schäl oder Kastor und Pollux, sicher wie das Amen in der Kirche und der Thyrsenstab in der Hand des Dionysos, zeigt sich heut, in fix-und-fertiger Kopulation: Dorn und Dürre, Krug und zerscherbt, versteint und Maske, Schlaf und Mohn und Traum und Grotte, Kammer — Kerze — bitter — fremd, gläserne Bläue, blaue Glasigkeit, Braue — Saum — Schläfe — Rand, dann Wurzel und Schwelle, auch Rose — Licht — Siegel, Pappel (!) schließlich und Krähe, einspinnen, verketten und gestorbenes Laub, aber dies letzte Beispiel wird uns noch einmal intensiver in Anspruch nehmen.

Keiner mit eigenem Inventar? Kaum! Zwar bemüht sich ums Ausgefallenste jeder, keiner, der nicht sein Übersoll an Entlegenem leistet, der nicht von überall her das Edle, Rare, Bizarre, Verquere und seltsam Geformte zusammenträgt — aber, und das ist von geradezu magischer Kuriosität: Schließlich konvergieren die scheinbaren Ausgefallenheiten alle in jenem Schnittpunkt der allgemeinsten Teilhabe: das Groteske von der Stange, das Edle als Norm und das Besondere im Kollekteam. Keine originale Verrücktheit mit eigentümlichem Vokabular und eigenständigen Verbundsystem: Diese sind alle bei den gleichen Perversionen in die Schule gegangen, diese haben Lethe aus Kübelwagen gezapft und Stechapfelplantagen angelegt: Jetzt treffen wir die Extremisten rudelweis und das Isolierte in der Monomanen-Gewerkschaft. Edle Norm-Münder, da sind wir angelangt, Gesichte über den Leisten, Unheimlichkeiten: bieder, vertraut, bündelweis. Alle Stigmen und Charaktere durch zu häufigen Nutz und Gebrauch in ihr krasses Gegenteil verkehrt. Desorientierung? Wir wissen Bescheid. Vereinsamung? Noch nie zu so massenhaftem Angebot. Schock und Affront? So haben wir's gern. Apartheiten? Bereits in Serie gegangen, unbegrenzt lieferbar, die Lager übertüllt.

Hören wir nur, was auf solch ein scheinbar ausgefallenes Stichwort wie Muschel im Handumdrehen aus den Regalen gezogen wird:

Klaus Demus: „Und die Muscheln Gewittern offen"
Heißenbüttel: „Kaurimuscheln"
Eich: „Muschelschale und Bernsteinreste"
Schwedhelm: „Deines Traumboots Muschelkiel"
Neumann: „Muscheln sind Scherben"
poethen: „mein gegenüber rief ich an aus schmaler muschel"
härtling: „meer im schneckenhaus, ruf im muschelohr"
Bächler: „Die Ohren rauschen noch wie Meeresmuscheln"
Hölzer: „Muschelsonne"
Atabay: „Eine Handvoll Stille tönt wie die Muschel so."
Atabay: „Muschel und tönende Grotte"

Ah: Grotte! — aber ich will Ihnen den Katalog ersparen und die genaue Verzeichnung all der Grotten (nächtigen, schattigen, vernarbten), Höhlen, Krater, Schächte, Löcher, Risse, Spalten, Ummauerungen, Klüfte und Labyrinthe, die die deutsche Gegenwarts-I-Poesie zur gefälligen Bedienung für sie parat hält. Auch verbeiße ich mir's, obwohl von der Urne Atabays gerade so schön die Rede ging, daß sie ihm Nacht bedeute, ganz legitim und kraft seiner Herkunft, trotzdem verkneife ich mir's, das Urnen-Arsenal seiner deutschstämmigen Kollegen und Kolleginnen der Offentlichkeit in summa vorzuführen, da die Reihe der Grabbeigaben, die Fülle der leeren Vasen, der Aschenkrüge, der „alten" Gefäße, düsteren Hohlformen und zerscherbten Bottiche den mir eingeräumten Platz auf dieser Seite bei-weitem überschreiten würde. Mag es also einer späteren Fortführung dieses Aufsatzes überlassen bleiben, Urne, Vase und ihre Umgebung ins rechte Licht zu rücken, auch den Krug und den dazugehörigen Brunnen (Oase, Zisterne), zu dem er, scheint's, allzu lange und allzu häufig ging.

Nicht allerdings verzichte ich auf die Bemerkung, daß Deutschland ganz offensichtlich gerade seinen Dritt-Aufguß an R o m a n t i k kredenzt bekommt. Beachten Sie: B l a u : Signalfarbe und Wesenskolorit bereits der ersten deutschen Romantik, hier, 1958 und in der Bundesrepublik, blauäugelt's und blaumündelt's uns wieder entgegen:

„Der gelbe Akrobat
Liegt gläsern
Blauen Mundes
In den Scherben seines Leibes"

(Heckmann)

„tritt in sein Aug, das noch blau ist,
eine zweite, fremdere Bläue"

(Celan)

„Läuft die Nachtvorbei und der Wind beweget ihren Mantel nicht
Ihr blaues Haar weht durch deinen Mund wie der bittere Schlaf"

(Friedrich Hagen)

„.... und die wolke
verloren in diesem meer, dieser bläue
dieser steinernen luft ..."

(rainer m. gerhardt)

„Felsige Krallen unter dem blauen Haar der Nächte"

(Anneliese Hager)

„Über der Mauer regt
Sich blaues Schattenspiel"

(Fritz Pratz)

„Die Bläuen des Spiegels"
„Das blaue Hirn geht auf und ab."

(Ernst Meister)

„Und heben blaue Inseln aus den Mündern"

(Max Hölzer)

„senkrechtes blau"

(peter härtling)

„Mit blauem Tau unterm Lid"

(Krolow)

„Wind von Kristall
Spring über Felsen
Schneeblauer Wind"

(Höllerer)

„Auf blauer Schale ein Rest"

(Bächler)

„Blau spiegelnde Brunnen"

(Zollinger)

„Im blauen Kristall"

(Nelly Sachs)

„Diese Stimme hockt
An einem See.
Traumblau. Todstill."

(Uwe Nerlich)

„Vom Blau gespielt"

(Kurt Leonhardt)

blau ist keine Farbe--

Genug davon. Aber merken Sie, wie hier alles aus einem Guß ist? Haben Sie beobachtet, welche Affinitäten zum „Blau" sich ergeben? Ist Ihnen aufgefallen, daß hier eine zutiefst romantisch gestimmte Generation Laut gibt? Bilder koppelt? Symbolreihen knüpft?

(wird fortgesetzt)

In einem staatlichen Kindergarten in Hangtschou.

Vor der Umspannzentrale eines Kohlekraftwerks in Tschungking.

Bekleidungsgeschäft in Hangtschou.

Blick von der »Großen Mauer«.

Vor einem Kinoplakat in Tangtschun.

Auch ein Schreiber.

Instrumententrödler in Schanghai.

Revolutionsparade auf dem »Platz des himmlischen Friedens«, Peking. Auf der Ehrentribüne: Mao Tse-tung, Tschu En-lai, Marschall Tschu Teh, Ho Tschi Minh.

Die Einladung zur Reise einer »Gesamtdeutschen Jugenddelegation« nach China kam für mich unerwartet, obwohl mir der Hintersinn der Offerte kaum verborgen bleiben konnte. Sie war mir von guten jüdisch-marxistischen Freunden angetragen worden, anders gesagt, Mitgliedern der »Kommunistischen Studentengruppe an der Uni Hamburg«, wobei meine Antwort den gesamten Verein ein wenig in Verlegenheit gesetzt haben muß: »Aber ich mag doch gar keinen Reis!« Gleichwohl gehörten solche Vorzugsangebote von beiden konkurrierenden Seiten gewissermaßen zum Comment der ideologischen Kundenbetreuung, und da sich keine direkten Verpflichtungen daraus ergaben, ließ ich mich ohne große Bedenken darauf ein. Einige Aufzeichnungen aus meinem Reisetagebuch erschienen im Herbst 1955 in der Zeitschrift *konkret*, im *Deutschen evangelischen Sonntagsblatt* und in der *Anderen Zeitung*.
(Interview mit Eva Schobel, 1999)

Nach sechswöchiger Reise am 15. November 1955 zurück in Hamburg-Altona. Während meiner Abwesenheit Besuch des Verfassungsschutzes bei meinen Wirtsleuten und mit Unmut vermerkte Vermißtenmeldung im Pyritz-Seminar.

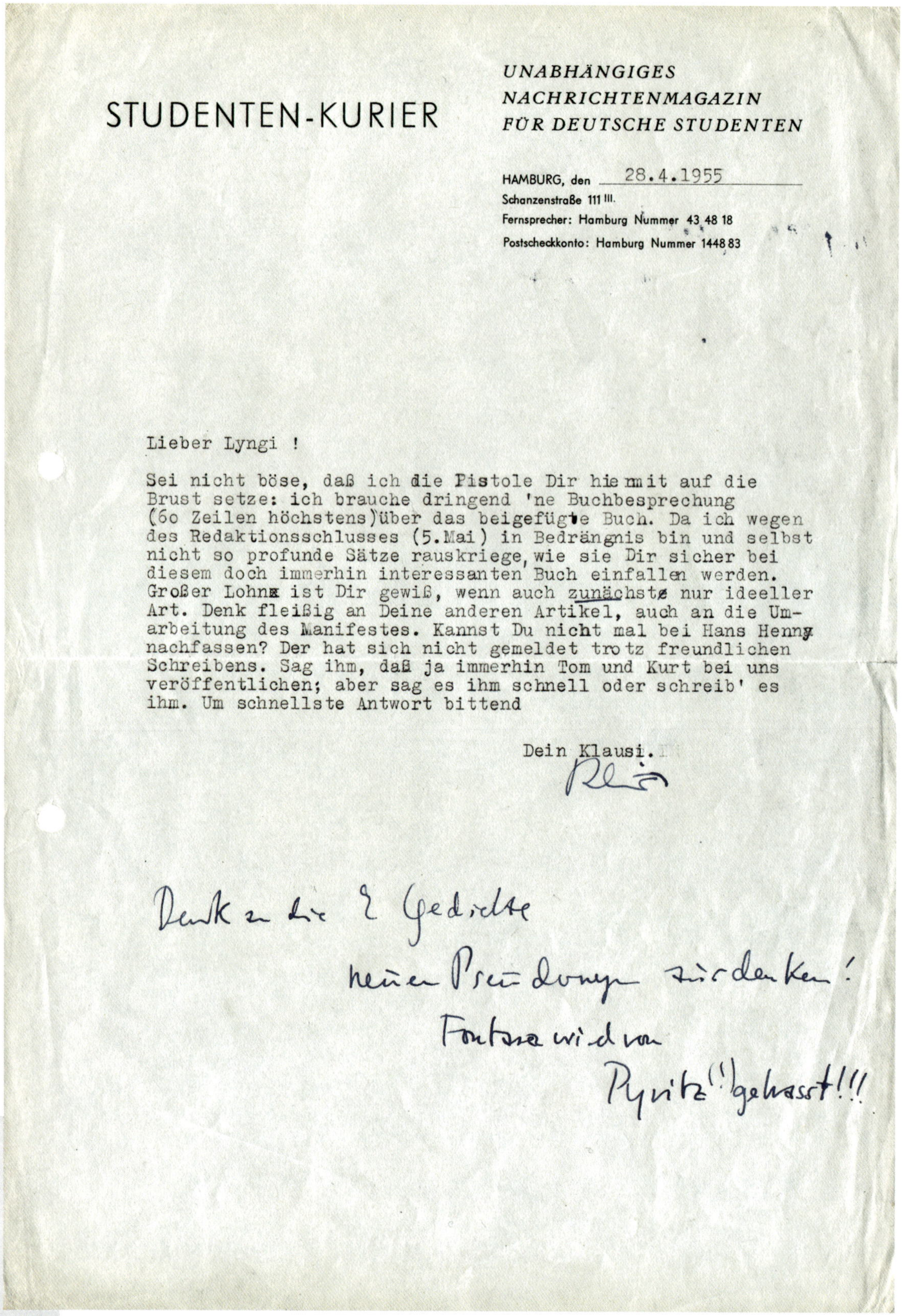

STUDENTEN-KURIER

UNABHÄNGIGES NACHRICHTENMAGAZIN FÜR DEUTSCHE STUDENTEN

HAMBURG, den 28.4.1955
Schanzenstraße 111 III.
Fernsprecher: Hamburg Nummer 43 48 18
Postscheckkonto: Hamburg Nummer 1448 83

Lieber Lyngi !

Sei nicht böse, daß ich die Pistole Dir hie mit auf die Brust setze: ich brauche dringend 'ne Buchbesprechung (60 Zeilen höchstens) über das beigefügte Buch. Da ich wegen des Redaktionsschlusses (5.Mai) in Bedrängnis bin und selbst nicht so profunde Sätze rauskriege, wie sie Dir sicher bei diesem doch immerhin interessanten Buch einfallen werden. Großer Lohn ist Dir gewiß, wenn auch zunächst nur ideeller Art. Denk fleißig an Deine anderen Artikel, auch an die Umarbeitung des Manifestes. Kannst Du nicht mal bei Hans Henny nachfassen? Der hat sich nicht gemeldet trotz freundlichen Schreibens. Sag ihm, daß ja immerhin Tom und Kurt bei uns veröffentlichen; aber sag es ihm schnell oder schreib' es ihm. Um schnellste Antwort bittend

Dein Klausi.

Denk an die 2 Gedichte
neuen Pseudonym ausdenken!
Fontara wird von
Pyritz (!) gehasst!!!

»Denk an die 2 Gedichte. Neues Pseudonym ausdenken! Fontara wird von Pyritz (!) gehaßt!!!«
Brief von Klaus Rainer Röhl.

August ’56. Als »delegierter Vertreter« von Westdeutschlands linker Studentenpresse (da gab es aber gar nichts außer uns) auf dem »IV. internationalen Studentenkongreß« in Prag (das gab es allerdings schon). Nahm wieder einmal – gesellschaftliches Wesen bis in tiefste Tiefen des Subjekts – an einer Massenepidemie teil, fiebrige Mandelentzündung diesmal mit Eiterabnahme teelöffelweise. Teilte ein Krankenzimmer im Zentralhospital mit zwei Indern, zwei Algeriern, einem Venezolaner, einem Madagassen, einem Kubaner, fast der halben Dritten Welt, unter anderem auch einem Palästinenser, »Mister Palestine« genannt. Dieser war mein direkter Bettnachbar zur Linken und litt offensichtlich heftiger als wir anderen an Kopfschmerz und Schluckbeschwerden, auf jeden Fall aber ausdrucksvoller und mit Abstand am farbigsten. Dabei setzte er seine Affektationen auf eine mir sehr sonderbar erscheinende Weise politisch ein. Oder vielmehr, es überlagerten sich die individuellen und die generell gesellschaftlichen Leiden so, daß die privaten Klagelaute unvermittelt in höhere Wehgesänge übergingen und sich das bittere Los eines ganzen Volkes in dieser seiner aktuellen Krankheit zu vergegenwärtigen schien. Diskutierten bei sich langsam verengenden Kehlen und unaufhaltsam steigendem Fieber über Flüchtlingsprobleme, Flüchtlingspolitik, Vertriebenenmißbrauch, wie ich meinte, denn diese Dauereinlagerung von Palästinaflüchtlingen in Wüsten-Camps betraf doch immerhin konkrete Menschen mit einer begrenzten Lebenszeit und einem Anrecht nicht nur auf unendlich prolongierbare Hoffnungen, sondern Glück.
Mit einsetzender Genesung erreichte unsere Debatte dann einen kritischen Grad. »Palestines« furor arabicus kannte keine Grenzen mehr, mit ausladenden Gesten begann er, die Juden (das war ich) in ein imaginäres Meer zu treiben (das war rechts von meinem Bett), wobei er meine Zudecke unversehens zur Landkarte zerknautschte mit bereits eingenommenen Städten hier, noch zu nehmenden Höhenzügen dort und meiner Nachtjacke als zentralem Verteidigungsnest im besonderen. Da ich allmählich befürchten mußte, das Opfer eines magischen Jagdzaubers zu werden, packte ich den Aufgebrachten schließlich bei den Handgelenken und warf ihn mit einigen Ringergriffen meiner Jugend auf den Boden, nun meinerseits nicht mehr bereit, ihn ohne gewisse Kompromißvorstellungen aus der Klammer zu entlassen. Befreiung wurde ihm schließlich zuteil nicht durch die Kollegen der Dritten Welt (die damals, 1956, eher meine pragmatischen Sozialismus-Vorstellungen zu teilen schienen), sondern vom Heil- und Pflegepersonal, das seinen Patienten, meinen Kontrahenten, von mir befreite. Habe diese kleine Arabeske öfters erzählt, zuletzt anläßlich des Sinaikrieges, um einer von haltlosen Gegengewalt-Vorstellungen erfüllten Ulrike Meinhof gewisse Tausendundeinenacht-Flausen auszutreiben. Jetzt, wo ich bei Durchsicht meiner Memo-Mappen noch einmal den Prag-Hefter öffne, stoße ich auf die wirkliche Überraschung, die handgeschriebene Dedikation:

Bootsfahrt auf der Moldau …

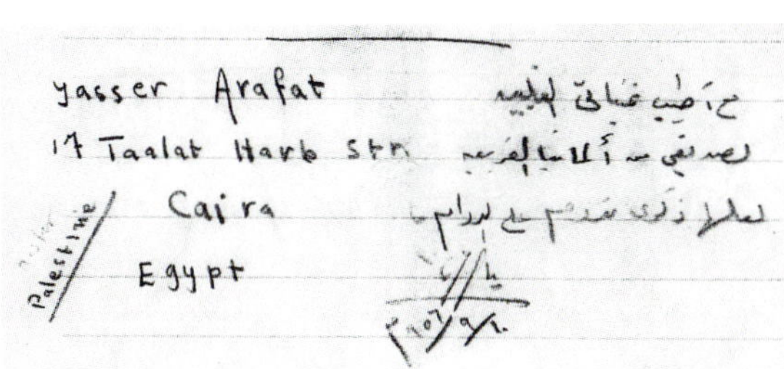

»Mein herzlicher Gruß für meinen ›west‹deutschen Freund als Erinnerung an (Barrarahne) (?) a. 9.10.56«.

Yasser Arafat
17 Taalat Harb Str
Cairo
Egypt

Mister Palestine

… am Ruder mein Fährmann Klaus Rainer Röhl.

Die Zeitschrift *konkret* war bereits an sämtlichen westdeutschen Universitäten bekannt wie ein bunter Hund, als sie sich noch *STUDENTEN-KURIER – unabhängiges Nachrichtenmagazin für deutsche Studenten* nannte. Das Periodikum war im Mai des Jahres 1955 von Klaus Röhl und einigen Leuten seines damaligen Umgangs aus der Taufe gehoben worden, und ich war von der ersten Nummer an unter mehreren Pseudonymen mit von der Partie. Allerdings nicht von der Partei, wie ich vielleicht einmal anmerken darf, denn das Blatt wurden neben anderen linksgerichteten Leitorganen – dem Münchner *Kürbiskern*, der Kunstzeitschrift *Tendenzen* und dem Düsseldorfer *Pläne*-Verlag – von einem ostberliner Propagandabüro aus alimentiert, ohne daß man ihm seine dubiose Herkunft sofort ansehen konnte. Und wie sollte man auch, da Röhls geschickte Dramaturgie den sogenannten Freien fast unbegrenzt freie Hand ließ und sie in dem Glauben wiegte, daß unhonorierte Meinungsbeiträge auch nicht durch unlautere Quellen gespeist sein könnten. Ein Brief von Klaus Röhl an mich vom 28. April 1955 ist in diesem Sinn als ein document social der besonderen Art zu lesen: »Großer Lohn ist Dir gewiß, wenn auch zunächst nur ideeller Art«, was nicht ausschloß, daß ich für das Vergnügen, mich unter sechs-sieben Decknamen monatlich gedruckt zu sehen, meine Studien sträflich vernachlässigte und meine Artikel und Gedichte als Leistungsnachweis der gehobenen Art betrachtete. Eine wunderbare Zeit, in einer Lehrwerkstatt verbracht, wo man sich durch jahrelanges Experimentieren und Herumprobieren Fertigkeiten aneignen konnte, die einem durch keine Hochschule und keine Kunstakademie zu vermitteln gewesen wären.
(Interview mit Eva Schobel, 1999)

Es war anläßlich der Reise Nixons nach Südamerika gewesen, daß eine betonte Vorliebe der Vereinigten Staaten für Diktatoren, Politschieber und gesellschaftliche Raubritter ins Gerede gekommen war. Heute pfeifen es bereits die Spatzen aus allen Blättern, daß die Freiheit, die Amerika zu verteidigen vorgibt, meist nur die Freiheit einer dünnen und beherrschenden Oberschicht meint und »Unabhängigkeit« von oppositionellen Gegenkräften. Die Landung US-amerikanischer Ledernacken und Paraschutisten im Libanon ist auch in diesem Sinne als Lehrstück zu betrachten. Hier herrscht ein Staatspräsident, dessen Wahl vor einem Jahr nur durch die Ausschaltung nahezu aller regierungskritischen Parteien hingedeichselt werden konnte und der vermutlich längst vom Tisch der Geschichte weggefegt worden wäre, wenn die USA ihm nicht jenen Beistand geleistet hätten, die Interventionspolitik als erstes zu gewähren bereit ist: Waffenhilfe gegen die Vertreter einer demokratischen und nationalen Selbstbestimmung.
(Johannes Fontara: »Oil ins Feuer«)

konkret

konkret - Die Unabhängige Deutsche Studentenzeitung für Kultur und Politik. Herausgegeben im Auftrage des Arbeitskreises Progressive Kunst an der Universität Hamburg, Sektion Literatur, von Claus Rainer Röhl, Hamburg. Verlag: Selbstverlag. Anschrift für Verlag und Redaktion der Deutschland-Ausgabe: Hamburg 36, Kaiser-Wilhelm-Str. 76/II. Ruf: 347233 Verantwortl. Redakteur: Cl. R. Röhl.

8 / 58

UNABHÄNGIGE ZEITSCHRIFT FÜR KULTUR UND POLITIK

40 Pf, Studenten 10 Pf - Postverlagsort Hamburg 2. Juli-Ausgabe 1958

Verlagsgutachten Kurt Kusenberg,
Anfang 1953

Peter Rühmkorf: Gedichte

Auch Rühmkorf ist – wie Celan – ein Halbdichter, bei dem es nicht ganz zulangt. Ab und zu ein gelungener Vers, eine gute Metapher oder gar eine gelungene Strophe, aber davor und dahinter steht Schwächeres, und nie wird der geistige Bogen eines Gedichtes ganz ausgewölbt, ganz durchgehalten bis zum Schluß. Der Mann ist nicht begabt und nicht diszipliniert genug, als daß man ihn einen Lyriker von Rang nennen könnte, er ist nicht *dicht* genug, um wirklich zu dichten. Vision und Rhetorik liegen bei ihm in Widerstreit; er ist dem Dämon Sprache nicht gewachsen. Auch fürchte ich, daß er »ungebildeter« ist, als ein Dichter heute sein darf.

Mit dem Rhythmus hapert es bisweilen. Unsaubere, forcierte, ungeschickte Reime tauchen auf: Brett-Gebet, des Heils-des Beils, Gezwängtsein-Gemengtsein, Erlebnis-Endergebnis (!).

»Die in der Verhaue Maschen« (unmögliche, unbildhafte Substantivierung).

»Dein Mund in meiner Nähe ist aller Trauer Schacht« (primanerhaft).

»Ausdünstung atmen scheußliche Gebresten« (Wer atmet wen? Scheußliche Gebresten können allenfalls Ausdünstung verströmen, aber nicht atmen).

»Dann wird sein ein Gesang, der weinend die Liebe preist« (rilkigbillig).

Nein, Rühmkorf überzeugt mich nicht. Daß er gelegentlich bennt oder brechtet, wäre nicht so arg. Doch er ist kein Neutöner, man hat diese »menschheitliche« Masche schon tausendmal gehört, sogar im Kabarett, wenn's »ernst« wird. Und der Aufwand an Kot, Harn, Hoden, Samen, Urin, Eiter, After und Jauche macht den Kohl auch nicht fett. Gedichte, die man drucken *muß*, sehen anders aus.

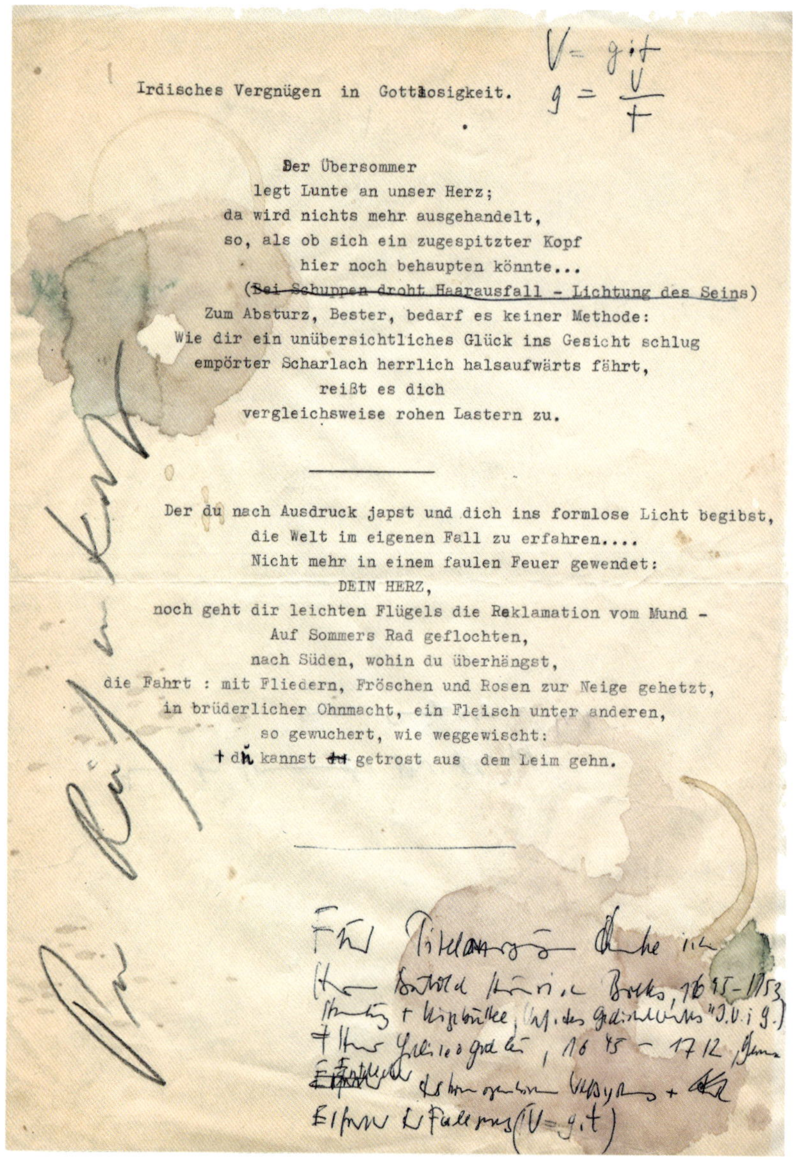

Irdisches Vergnügen in Gottlosigkeit.

V = g · t
g = V/t

Der Übersommer
legt Lunte an unser Herz;
da wird nichts mehr ausgehandelt,
so, als ob sich ein zugespitzter Kopf
hier noch behaupten könnte...
(~~Bei Schuppen droht~~ Haarausfall – Lichtung des Seins)
Zum Absturz, Bester, bedarf es keiner Methode:
Wie dir ein unübersichtliches Glück ins Gesicht schlug
empörter Scharlach herrlich halsaufwärts fährt,
reißt es dich
vergleichsweise rohen Lastern zu.

Der du nach Ausdruck japst und dich ins formlose Licht begibst,
die Welt im eigenen Fall zu erfahren....
Nicht mehr in einem faulen Feuer gewendet:
DEIN HERZ,
noch geht dir leichten Flügels die Reklamation vom Mund –
Auf Sommers Rad geflochten,
nach Süden, wohin du überhängst,
die Fahrt : mit Fliedern, Fröschen und Rosen zur Neige gehetzt,
in brüderlicher Ohnmacht, ein Fleisch unter anderen,
so gewuchert, wie weggewischt:
+ dū kannst ~~du~~ getrost aus dem Leim gehn.

Rowohlt Verlag GmbH · Hamburg
Hamburg, den 18.3.1953

Sehr geehrter Herr Rühmkorf!

In Eile nur wenige Zeilen. Bei der Übernahme des Cheflektorats vor einigen Wochen entdeckte ich einige Manuskriptabschriften mit Gedichten und Prosa, die Sie uns seinerzeit eingereicht hatten. Schon nach der Lektüre dieser wenigen Manuskripte glaube ich Ihnen sagen zu müssen: Sie sind eine überwältigende Begabung. Noch nie sind Zeilen von derartiger Durchschlagskraft und – Schönheit geschrieben worden. Ihre Bedeutung für die Literatur unseres Nachkriegsdeutschlands ist noch nicht im Entferntesten abzusehen. Ich habe heute bereits Rücksprache mit Herrn Rowohlt genommen und kann Ihnen bereits die Übernahme eines Lyrikbandes sowie eines gesonderten Prosabandes durch uns anbieten. Der Verlag ist außerdem bereit, ein eventuell in Vorbereitung befindliches weiteres Werk auf der Vorschußbasis zu übernehmen. Ich darf mir erlauben, Ihnen mit diesem Brief bereits einen nicht rückzahlbaren Vorschuß von DM 500,– (fünfhundert) per Scheck, zahlbar bei der Hamburger Sparkasse von 1827, zu überreichen.

Bitte sprechen Sie dringend persönlich bei uns (Lektorat) vor, um die Übernahme Ihrer Werke so schnell wie möglich in Angriff zu nehmen.

Bringen Sie bitte alle vorhandenen weiteren Manuskripte – auch ältere – mit.

Indem wir einer gedeihlichen Zusammenarbeit entgegensehen verbleiben wir

mit verbindlichsten Grüßen
Dr. Wolfrath

Der Gedichtband »Irdisches Vergnügen in g« erschien nach einigen Verzögerungen erst im Herbst 1959 im Rowohlt Verlag, wo ich seit Anfang des Jahres ein Halbtagspöstchen als Lektor bekleidete. Eine Vorfassung des Titelgedichts läßt noch die Probierspur erkennen, die die parodistische Anspielung auf das »Irdische Vergnügen in Gott« von Barthold Hinrich Brockes (1680–1747) schubweise sublimierte und mystifizierte. Der aufmunternde Brief von Arno Schmidt bezieht sich auf das keineswegs durchweg positive Presseecho, eine schnupfnasig verständnislose Rezension von Hannes Schwenger im *Spiegel* und einen stark ideologisch eingefärbten Verriß von Friedrich Sieburg in der *FAZ* vom 21. November 1959: »Rühmkorf hat das Recht, zu dichten, wie er will. Sein Recht ist nicht geringer als das unsere, uns die Ohren zuzuhalten.«

den 1.9.60 Arno Schmidt
(2oa)Bargfeld,Krs.Celle/Nr.37

Lieber Herr Rühmkorf !

Dank für Brief & Vermittlung der 'WINDMÜHLEN'. -

Falls 'konkret' tatsächlich zahlen will & kann,bin ich einverstanden mit dem Honorar. Allerings müßte ich mindestens 5 Freistücke diesmal haben - mit einem Scherz solchen Umfangs kann man ja vielerlei machen; ihn auch 'vorzeigen' - und der Druck sollte, wenn möglich, nicht zu lange auf sich warten lassen. / Falls 'konkret' doch nicht kann, bitte ich um umgehende Rücksendung; S.Fischer plagt mich nämlich um 1 Beitrag für einen Sammelband, und da würde ich diese WINDMÜHLEN sonst dahin geben. - 'konkret' soll also kurz antworten; und zwar bindend. -

Nehmen Sie sich ja nicht die Scheiß=Kritiken so zu Herzen ! :

Ihr Buch ist ausgezeichnet ! Ich hatte bei der Lektüre das erste Mal seit Bestehen der Bundesrepublik das ganz=prachtvolle Gefühl des einzelnen Mannes, der, den Rücken nur vom Baum der deutschen Literatur gedeckt, pausenlos ganzen Scharen von bekutteten oder uniformierten Lemuren die Nasen einzuschlagen hat - und auf einmal kommt Einer von hinten geschritten, stellt sich daneben, den 'Morgenstern' in der Hand, mmm drischt aufs herrlichst=entlastendste mit zu, und pfeift noch dabei ! Wunderbar !

Mischen Sie sich ja nur wieder in die Rudel der Besten der Nation, so 'unterm Strich' erscheinen : Sie ärgern die Kerls allealle, ob Regierung ob Journaille, viel mehr, wenn Sie schreiben, als wenn Sie schweigen. / (((Ganz hinter der Hohlhand - weiter ist 'die Klammer' ja nichts, als eine stilisierte solche -: Stahlberg bemüht sich, von Rowohlt die Rechte meiner 3 'Erstlinge' zu erwerben : wissen Sie etwa zufällig wie diese Dinge stehen ? In früheren Jahren hatte ich wohl gehofft, R.würde sich mal zu 1 Taschenbuch aufschwingen; aber da er keinerlei Anstalten dazu traf, wär's doch das Beste, er'stieße die Rechte ab'.)/ Nochmals Dank & Gruß:

(Arno Schmidt)

Das Autorenfoto aus der Innenklappe der Erstausgabe.

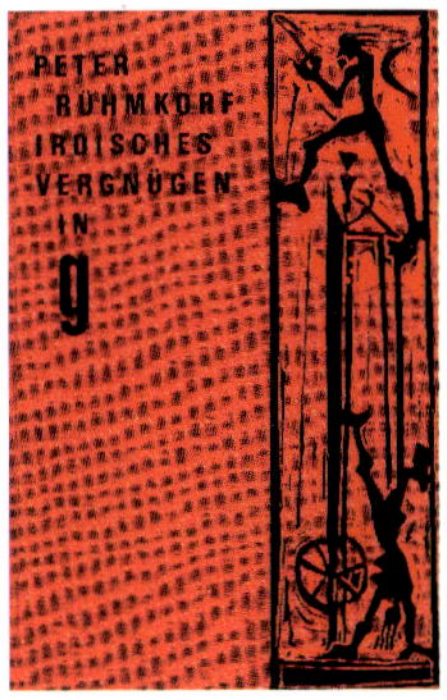

Titelgestaltung 1959 von Werner Rebhuhn nach einer Collage des Verfassers. Bibliophile Neuausgabe 1997 in der Gestaltung von Klaus Waschk.

Als Lektor im Rowohlt Verlag in Reinbek, 1963.

Werde oft gefragt, ob ich den alten Rowohlt noch lebend erlebt hätte. Ja, sicher, aber eigentlich nur von ferne. Er residierte, als ich in den Verlag eintrat, in einem mächtigen Bürgerbücherzimmer in der Bieberstraße, fast Staat im Staate, aß aber schon seit langem kein Glas mehr und widmete sich neben eigenwilligen Repräsentationsaufgaben (»Demokratischer Kulturbund«) nur noch den alten Freunden, Ernst von Salomon, Walther Kiaulehn, die haben ihre eigenen Geschichten. Dagegen Ledig! Er hatte mich als Leslie Meier irgendwo auf dem Papier entdeckt und liebte wirklich und nicht nur von Geschäfts wegen die Dichter, vor allem die, die er nicht kriegen konnte, und diese sentimentalistische Passion trieb ihn häufiger als man ahnt zu alkoholischen Exzessen weit über die Rentabilitätsgrenze hinaus. Wo all die anderen, Piper, Unseld, sehr genau wußten, wann Geschäftsschluß war und wo der Leberschaden begann, ließ er sich erst richtig in Unendlichkeitsgespräche verwickeln. Wo andere längst verstohlen auf den Terminkalender geblickt hatten, in dem auch der Aufbruch von überschäumenden Festen seinen Fixpunkt hatte, ging er – endlich mit der Geisterwelt allein! – geradezu befreit zu Boden, um von dort aus weiter zu räsonieren. Im Gegensatz zu seinen Vertragskünstlern allerdings, denen am nächsten Tag die Luft von gestern fehlte, den Honorarforderungen den rechten leichten Aufwind zu verleihen, der Kasse macht, betrat er, in einem erschreckenden Maß voll verhandlungsfähig, das Hochseil der Finanzakrobatik und drehte seine Pirouetten.

ROWOHLT VERLAG GMBH

Reinbek bei Hamburg · Hamburger Straße 17 · Telefon: 725511 · Telegr.: Rowohltverlag · Telex: 0213412

Herrn
Peter Rühmkorf

Hamburg-Altona 1
Arnoldstraße 74 III
bei Hofmann

Reinbek, den 9. Juni 1960
B/Kr.

Sehr geehrter Herr Rühmkorf!

Wir möchten Ihnen hiermit die jetzt neuvereinbarten Abmachungen, die Sie in verschiedenen Gesprächen mit Herrn Ledig-Rowohlt trafen, bestätigen.

Sie erklärten sich bereit, Ihre Arbeitskraft nunmehr ausschließlich unserem Verlag als Lektor zur Verfügung zu stellen. Wir erhöhen ab 1.6.1960 Ihr bisheriges Gehalt auf monatlich brutto DM 750,--, wozu nach wie vor ein monatliches Essengeld von DM 40,-- gezahlt wird. Auf Wunsch von Herrn Ledig-Rowohlt erklärten Sie sich bereit, wöchentlich zweimal hier in den Räumen des Verlages zu arbeiten, im Gegensatz zu der bisherigen Regelung nach der Sie Ihre Arbeit nur zu Hause erledigten.

Hinsichtlich Ihres Urlaubs und der Kündigungsfrist bleibt es bei den bisherigen Abmachungen, wofür die gesetzlichen Bestimmungen gelten.

Mit freundlichen Grüssen

Ihr

ROWOHLTVERLAG GMBH.

Bankkonten: Hamburger Sparcasse von 1827, Konto-Nr. 80/6575, Brinckmann, Wirtz & Co., Hamburg · Postscheckkonto: Hamburg 94321

Wolfgang Borchert, Aufnahme von Rosemarie Clausen, 1947,
ein Geschenk der Mutter an den Biographen.

Aquarellierte Federzeichnung, im Besitz des Biographen.

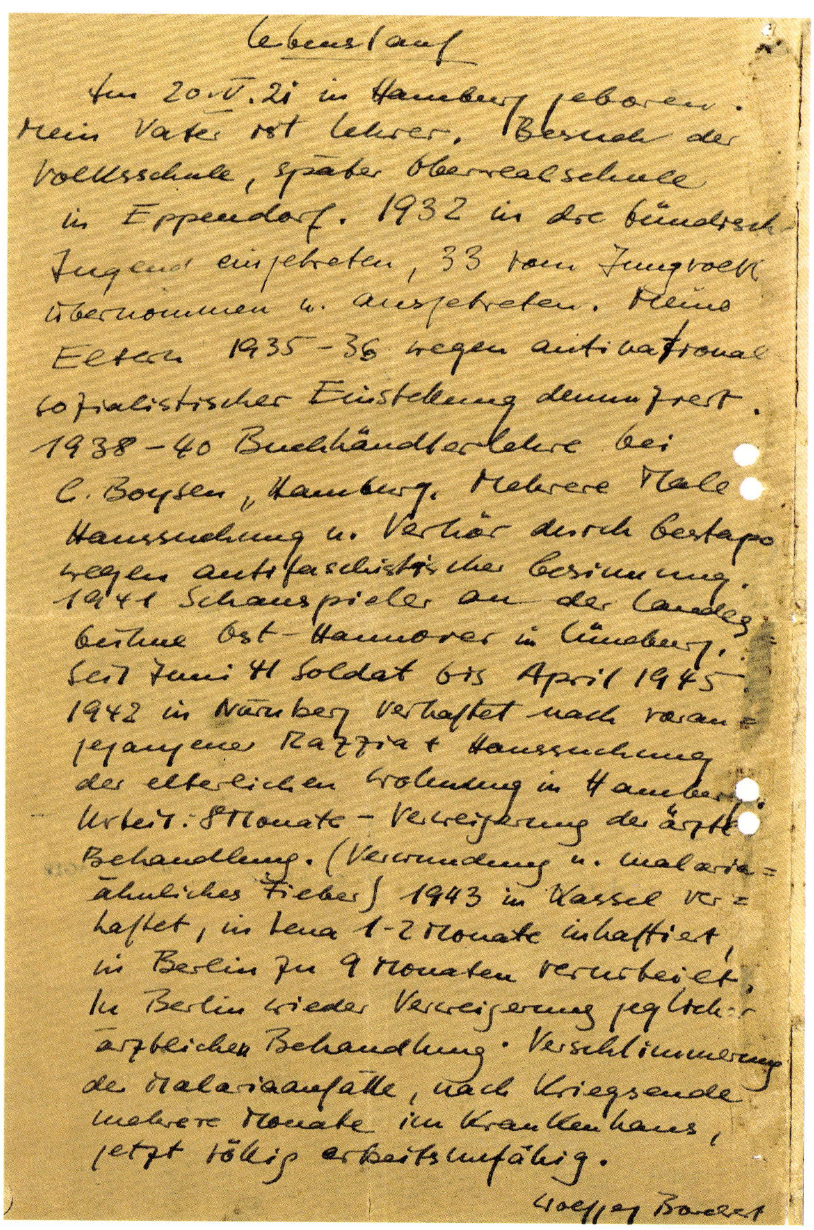

Lebenslauf
Am 20.V.21 in Hamburg geboren.
Mein Vater ist Lehrer. Besuch der
Volksschule, später Oberrealschule
in Eppendorf. 1932 in die bündische
Jugend eingetreten, 33 vom Jungvolk
übernommen u. ausgetreten. Meine
Eltern 1935-36 wegen antinational
sozialistischer Einstellung denunziert.
1938-40 Buchhändlerlehre bei
C. Boysen, Hamburg. Mehrere Male
Haussuchung u. Verhör durch Gestapo
wegen antifaschistischer Gesinnung.
1941 Schauspieler an der Landes
bühne Ost-Hannover in Lüneburg.
Seit Juni 41 Soldat bis April 1945.
1942 in Nürnberg verhaftet nach voran
gegangener Razzia + Haussuchung
der elterlichen Wohnung in Hamburg.
Urteil: 8 Monate – Verweigerung der ärztl.
Behandlung. (Verwundung u. malaria-
ähnliches Fieber) 1943 in Kassel ver-
haftet, in Jena 1-2 Monate inhaftiert,
in Berlin zu 9 Monaten verurteilt,
In Berlin wieder Verweigerung jeglicher
ärztlichen Behandlung. Verschlimmerung
der Malariaanfälle, nach Kriegsende
mehrere Monate im Krankenhaus,
jetzt völlig arbeitsunfähig.
Wolfgang Borchert

Wolfgang Borchert

ist immer schon mehr und immer etwas anderes gewesen als ein Fall der Literatur oder ein Gegenstand der Literaturwissenschaft. Wer ihn auf der Schule zum Wahldichter nahm, ihn einer Dissertation für würdig befand oder sein Theaterstück (»das kein Theater spielen will«) für die Studentenbühne inszenierte, meinte selten den Schreibekünstler allein, er meinte die gemeinsame Sache; und wo sich jemand auf die Sache berief, nahm er gleichzeitig auch den Menschen, die Person für sich in Anspruch.
(Aus dem Nachwort zum Nachlaßband »Die traurigen Geranien«)

Borchert-Devotionalie: Handgeschriebener Lebenslauf auf der Rückseite eines »Antrags auf Ausstellung eines Ausweises für politisch, rassisch und religiös durch den Nazismus Verfolgte«. – Von einem Archivar der VVN gegen ein Konvolut von nazistischen Fotobüchern eingetauscht. Heute im Besitz des Wolfgang-Borchert-Archivs, Hamburg.

Basel, 21. Juli 1961

PROF. DR. KARL BARTH

BASEL

BRUDERHOLZALLEE 26 TELEPHON 35 27 79

Lieber Peter Rühmkorf!

Du gehörst auch unter meine nicht wenigen von mir schmählich vernachlässigten Patensöhne. Ich verstehe es also sehr wohl, dass du mich in deinem Brief so feierlich als "Herr Professor" und mit "Sie" anredest. Das bitte ich dich aber in Zukunft zu unterlassen. Ich danke dir für diesen Brief und für deine Geburtstagswünsche und nicht zuletzt für das bewegende Buch über W. Borchert.
Die Unterschrift unter jene Eingabe an den Ost-Gewaltigen habe ich gerne gegeben. Dagegen habe ich nun doch nicht einen direkten Brief dorthin geschrieben. Ich habe das in ein paar solchen Fällen getan, über die ich unmittelbar orientiert war, muss aber in solchen wie dem deines Freundes Staritz schon als Ausländer zurückhaltend sein. Es kommt dazu, dass ich seit meinem "Brief an einen Pfarrer in der DDR" drüben nicht mehr persona grata bin, sodass ich erst recht nicht damit rechnen konnte, mit einer Intervention meinerseits Eindruck zu machen. Ich halte es nach einer andern Erfahrung nicht für ausgeschlossen, dass es im Fall deines Freundes - die Wege der dortigen Behörden sind unerforschlich - plötzlich (gerade ohne Druck von auswärts) zu einer Begandigung kommen könnte.
Borchert! Ja, die "verratene Generation". Es hat mich oft beschäftigt: es war einfach so, dass "wir" (es ist freilich ein "wir", das sehr weit zurückgeht) ihr eine Welt übermachten, angesichts derer sie zuletzt nur noch so aufschreien konnte, wie B. es getan hat. Den von dir das eine mals als "Speditionsangestellter", das andere mal als "Privattheologe" bezeichneten M. Fr. Cordes kenne ich sehr wohl. Er war damals faktisch ein freilich etwas problematischer, jedem Examen ausweichender Student - immer sehr feierlich, sodass ich mir sein Auftreten am Krankenbett von B. gut vorstellen kann. Wie kam wohl B. gerade nach Basel und hier gerade in das katholische Spital? Aus Cordes ist unterdessen übrigens ein Reverend der Church of England geworden.- Ich möchte dir aber doch sagen, dass die Art, in der du B. dargestellt und zur Sprache gebracht hast, mich sehr anspricht.
Und nun sehe ich aus dem Anzeigenteil des Buches, dass du auch selbst unter die Dichter gegangen, vermutlich schon lange ein solcher gewesen ist. Und aus dem Titel deiner Sammlung sehe ich mit Vergnügen, dass dir der alte Hamburger Senator Brockes - sollte Rowohlt nicht einmal eine Auswahl aus dessen für den Geist der späteren Leibniz-Zeit so bezeichnendem Sing-Sang herausbringen?- kein Unbekannter ist. Von der schweren Klage Borcherts ist dessen "Irdisches Vergnügen" nun allerdings weltenweit entfernt, und obwohl ich in einem meiner Bücher einmal prophezeit habe, der leibnizische Optimismus könnte wohl auch wieder einmal aktuell werden, nehme ich doch nicht an, dass deine Gedichte sich schon auf dieser Linie bewegen, sondern deute das "in g" auf: in g moll. Sicher will ich sie mir beschaffen und zusehen, ob ich - bedenke, dass ich noch 14 Jahre im 19. Jh. gelebt habe! - mitkomme.

Deine Mutter - entschuldige, dass ich so schlecht im Bilde bin! - lebt d doch noch? Wenn ja, so sag ihr einen guten Gruss von mir. Ihr Geschick ist mir damals (wie lang ist das her!) sehr nahegegangen und die Art, wie sie es getragen hat, war und ist grösster Hochachtung wert.
Leider ist mir deine Privatadresse abhanden gekommen. So hoffe ich, dass dies dich über Rowohlt erreiche.
Sei bis auf Weiteres selbst herzlich gegrüsst und meiner besten Wünsche für deine Tätigkeiten versichert

von Deinem

Karl Barth

Brief des Patenonkels als Antwort auf Zusendung der Wolfgang-Borchert-Monographie, 1961.

Lieber Herr Rühmkorf, es wäre gut, wenn Sie noch ein paar Leute bekämen, die »drüben« bekannt, hier aber völlig unverdächtig sind (nicht: Gü. Wei), vielleicht Kästner (Erich) – Schicken Sie mir noch eine Abschrift des Briefes, ich fahre am 16. Dezember nach Berlin, besuche dort auch Anna Seghers und Hermlin und möchte es immerhin versuchen. Für hier noch: Kuby – der soll ruhig mehr unternehmen und Walter Dirks (über WDR Köln), dann versuchen Sie: Irmgard Keun, Köln, Eupener Straße 19 und Leonhard Frank (Adresse mir unbekannt)
Herzlich der Ihre
Heinrich Böll

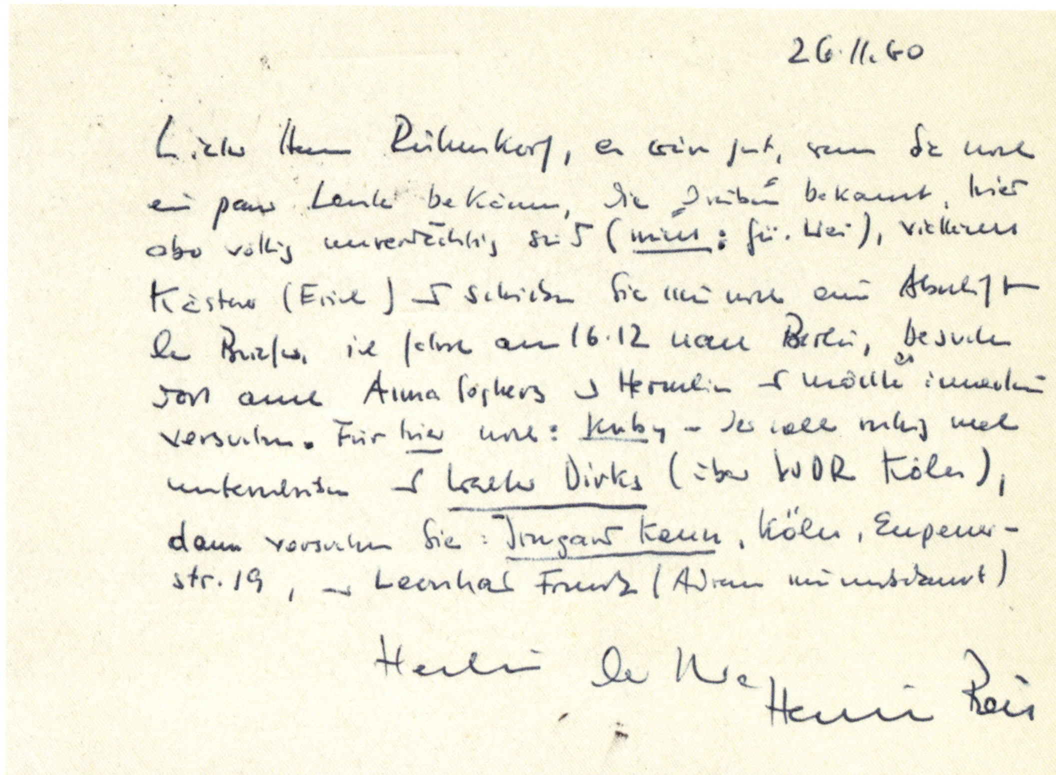

26.11.60

Lieber Herr Rühmkorf, es wäre gut, wenn Sie noch ein paar Leute bekämen, die ›drüben‹ bekannt, hier aber völlig unverdächtig sind (nicht: Gü. Wei), vielleicht Kästner (Erich) – Schicken Sie mir noch eine Abschrift des Briefes, ich fahre am 16.12 nach Berlin, besuche dort auch Anna Seghers u Hermlin u möchte es immerhin versuchen. Für hier noch: Kuby – der soll ruhig mehr unternehmen u Walter Dirks (über WDR Köln), dann versuchen Sie: Irmgard Keun, Köln, Eupenerstr. 19, u Leonhard Frank (Adresse mir unbekannt)

Herzlich der Ihre Heinrich Böll

Ein nach vielfältigen Bemühungen verfaßtes Gnadengesuch für den Freund Jochen Staritz an Walter Ulbricht vom Dezember 1960 (unterschrieben von Heinrich Böll, Hans Magnus Enzensberger, Günter Grass, Erich Kuby und P. R.) blieb erfolglos.

24. Oktober 1958. Review: Am 2. Oktober Brief von Annemarie Staritz-Kirchhoff (Datum 30. September), daß Jochen am 23. zu acht Jahren Zuchthaus verurteilt worden sei. »Prozeß unter Ausschluß der Öffentlichkeit.« Der Saal brechend voll. Es wurden Karten ausgegeben an Vertreter der Partei und der Humboldt Universität. Ich bin nicht in der Lage, Ihnen ausführlicher zu berichten, obgleich es viel zu erzählen gäbe. Jochen läßt Sie ganz besonders grüßen, lieber Herr Rühmkorf. Das wollte ich Ihnen sagen. – Brief vom 14. Oktober: »Ich teilte Ihnen vor wenigen Tagen das grausame Urteil mit. – 8 Jahre Zuchthaus – Staatsverrat nach Paragraph 13 Absatz I des Strafergänzungsgesetzes der DDR. Bei Gelegenheit werden wir über alles andere mündlich sprechen. Von gut interessierter Seite hörte ich, daß gerade *Ihr* Name des öfteren in dem Prozeß erwähnt wurde. Man ist aufmerksam auf Sie geworden und ich möchte Sie *warnen!* Sollten Sie die Absicht haben, nach Berlin zu kommen – dann *nur* auf dem Flugwege.« – Sofort Röhl angerufen, da man von *konkret* aus etwas unternehmen müsse, allerdings weniger Petition als Protesterklärung. Redaktionskonferenz auf Mittwoch verabredet und – eine Katastrophe. Anwesend KRR, Larsen, A-B, CD, wobei die Hinterbänkler sich als die eigentlichen Vordermänner entpuppten. L.: daß es mit der Zeitschrift im alten individualistischen Trott nicht weitergehen könne und zumal die Leiter in Zukunft »kollektiv« besprochen werden müßten. Sagte, daß ich immer noch Freier Autor und kein »Kollektivschreiber« sei und ab sofort meine Mitarbeit einstellen würde. Am 18. Oktober meine Demission in der Form von fünf Pseudonymen noch einmal in einem Brief an Röhl zur Kenntnis gebracht. Ansätze zu neuer Zusammenarbeit würden erst gegeben sein, wenn meine privaten Bemühungen um eine Revision des Urteils Erfolg haben würden. (Tagebuch, 24. Oktober 1958)

Berlin, den 17. Januar 1961

Sehr geehrter Herr Rühmkorf!

Vor einigen Tagen ist Ihnen die Einladung zu einem Kongreß für Frieden und Abrüstung zugegangen. In der Hoffnung, Sie in Weimar zu sehen, gestatten wir uns folgenden Hinweis: Am Sonntag, dem 29. Januar, nach Schluß des Kongresses, werden sich die in Weimar anwesenden Schriftsteller zu einem Gespräch über spezielle literarische Fragen zusammenfinden.

Es würde uns aufrichtig freuen, könnten Sie auch daran teilnehmen. Sollten Sie verhindert sein, den Beginn des Kongresses wahrzunehmen, so ist es Ihnen vielleicht möglich, am Sonntag zu unserem literarischen Gespräch nach Weimar zu kommen.

Dürfen wir Sie bitten, Ihre Zusage an die Deutsche Akademie der Künste, Berlin N 4, Robert-Koch-Platz 7, Sekretariat zu Händen von Frau Eleonore Peper, zu richten, die übrigens auch alle technischen Einzelheiten regelt.

Anna Seghers Peter Huchel Stephan Hermlin

Einladung zu einem »Kongreß für Frieden und Abrüstung« in Weimar, unterschrieben von Anna Seghers, Peter Huchel, Stephan Hermlin. War mir meiner eigenen Haltung gegenüber DDR-Initiativen reichlich unklar und ließ auch spätere Schreiben unbeantwortet.

Variation auf »Abendlied«
von Matthias Claudius

Der Mond ist aufgegangen.
Ich, zwischen Hoff- und Hangen,
rühr an den Himmel nicht.
Was Jagen oder Yoga?
Ich zieh die Tintentoga
des Abends vor mein Angesicht.

Die Sterne rücken dichter,
nachtschaffenes Gelichter,
wie's in die Wette äfft –
So will ich sing- und gleißen
und Narr vor allen heißen,
eh mir der Herr die Zunge refft.

Laßt mir den Mond dort stehen.
Was lüstet es Antäen
und regt das Flügelklein?
Ich habe gute Weile,
der Platz auf meinem Seile
wird immer uneinnehmbar sein.

Da wär ich und da stünd ich,
barnäsig, flammenmündig
auf Säkels Widerrist.
Bis daß ich niederstürze
In Gäas grüne Schürze
wie mir der Arsch gewachsen ist.

Herr, laß mich dein Reich scheuen!
Wer salzt mir dort den Maien?
Wer sämt die Freuden an?
Wer rückt mein Luderbette
an vorgewärmte Stätte,
da ich in Frieden scheitern kann?

Oh Himmel, unberufen,
wenn Mond auf goldenem Hufe
über die Erde springt –
Was Hunde hochgetrieben?
So legt euch denn, ihr Lieben
und schürt, was euch ein Feuer dünkt.

Wollt endlich, sonder Sträuben,
still linkskant liegen bleiben,
wo euch kein Scherz mehr trifft.
Müde des oft Gesehnen,
gönnt euch ein reines Gähnen
und nehmt getrost vom Abendgift.

»Abendliche Gedanken über das Schreiben von Mondgedichten«.

»Fünfzig Gedichte nebst einer Anleitung zum Widerspruch«, November 1962.

Berlin am 4.12.62

Mein lieber Rühmkorf,

Deine "Kunststücke" entlocken mir anhaltenden Applaus. Allerdings: obgleich von einem Bänkelsänger geschrieben, sind es, so meine ich, Lesegedichte; denn laut vorgetragen, wie in Aschaffenburg, gehen viele geistige Rosinen, so mein ich, verloren. Wie dem auch sei: Der Platz auf Deinem Seile... Vielen Dank!

Am 14. Dezember, an einem Freitag – um meinen Anschlag unvermittelt preiszugeben – veranstalte ich in unseren Privaträumen, unterstützt von meinem dicken Verleger, ein Fest mit Wein und Schnaps, Frauen, schönen, und geistigen Spitzen, ansehnlichen. Du solltest dabei sein, zumal – ich will Dich nicht erschrecken – ein schwarzkraushaariges Mägdelein – von anderen Mägdelein nicht zu reden – beglückt wäre – oder besser: beglückt sein wird.

Auch ich und meine liebe Frau hätten den Raben gern, wenn auch für Stunden nur, im Käfig.

Dein Günter.

Brief von Günter Grass.

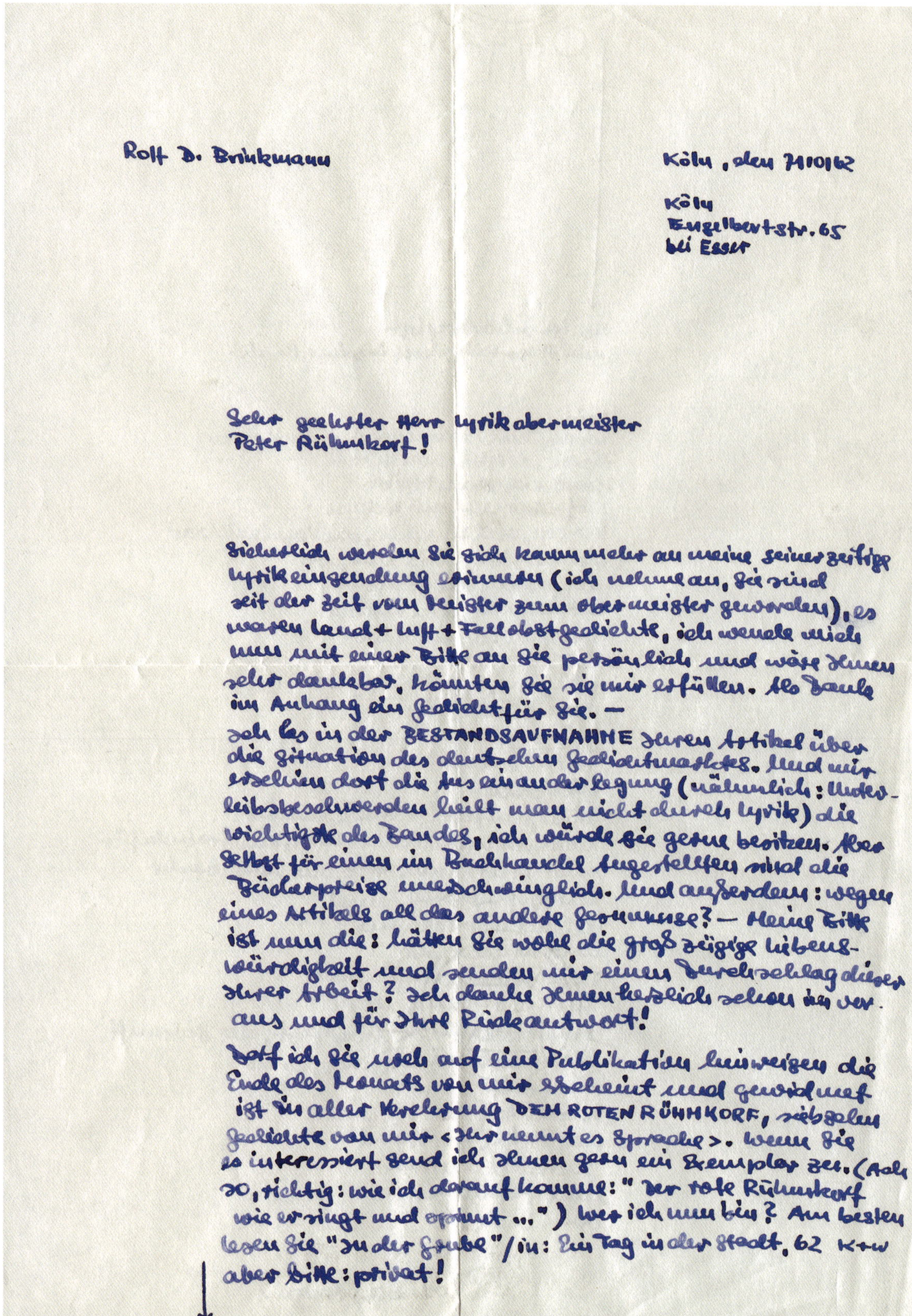

Rolf D. Brinkmann

Köln, den 7/10/62

Köln
Engelbertstr. 65
bei Esser

Sehr geehrter Herr Lyrikobermeister
Peter Rühmkorf!

Sicherlich werden Sie sich kaum mehr an meine seinerzeitige Lyrikeinsendung erinnern (ich nehme an, Sie sind seit der Zeit vom Meister zum Obermeister geworden), es waren Land + Luft + Fallobstgedichte. Ich wende mich nun mit einer Bitte an Sie persönlich und wäre Ihnen sehr dankbar, könnten Sie sie mir erfüllen. Als Dank im Anhang ein Gedicht für Sie. –
Ich las in der BESTANDSAUFNAHME Ihren Artikel über die Situation des deutschen Gedichtmarktes. Und mir erschien dort die Auseinanderlegung (nämlich: Unterleibsbeschwerden heilt man nicht durch Lyrik) die wichtigste des Bandes, ich würde sie gerne besitzen. Aber selbst für einen im Buchhandel Angestellten sind die Bücherpreise unerschwinglich. Und außerdem: wegen eines Artikels all das andere Gesummse? – Meine Bitte ist nun die: hätten Sie wohl die großzügige Liebenswürdigkeit und senden mir einen Durchschlag dieser Ihrer Arbeit? Ich danke Ihnen herzlich schon im voraus und für Ihre Rückantwort!

Darf ich Sie noch auf eine Publikation hinweisen, die Ende des Monats von mir erscheint und gewidmet ist in aller Verehrung DEM ROTEN RÜHMKORF, siebzehn Gedichte von mir <Ihr nennt es Sprache>. Wenn Sie es interessiert send ich Ihnen gern ein Exemplar zu. (Ach so, richtig: wie ich darauf komme: "Der rote Rühmkorf wie er singt und spinnt ...") Wer ich nun bin? Am besten lesen Sie "In der Grube" / in: Ein Tag in der Stadt, 62 K+W
aber bitte: privat!

↓

Rolf Dieter
Brinkmann

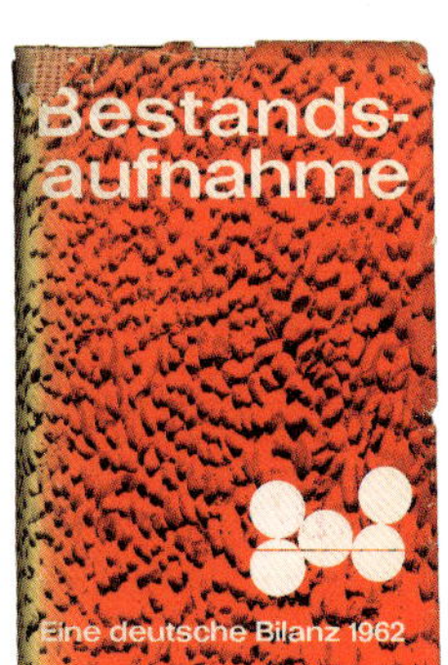

Aus den Tiefen des Archivs:
H. S. (Helmut Schenkel) fördert täglich neue Wundersamkeiten zutage. Vorgestern Karte von Johnson auf Platt, heute Brief von Rolf Brinkmann, der mich seltsam ansah und an alte Versäumnisse rührte. Liebenswürdiger, ja empathischer Reflex auf meinen

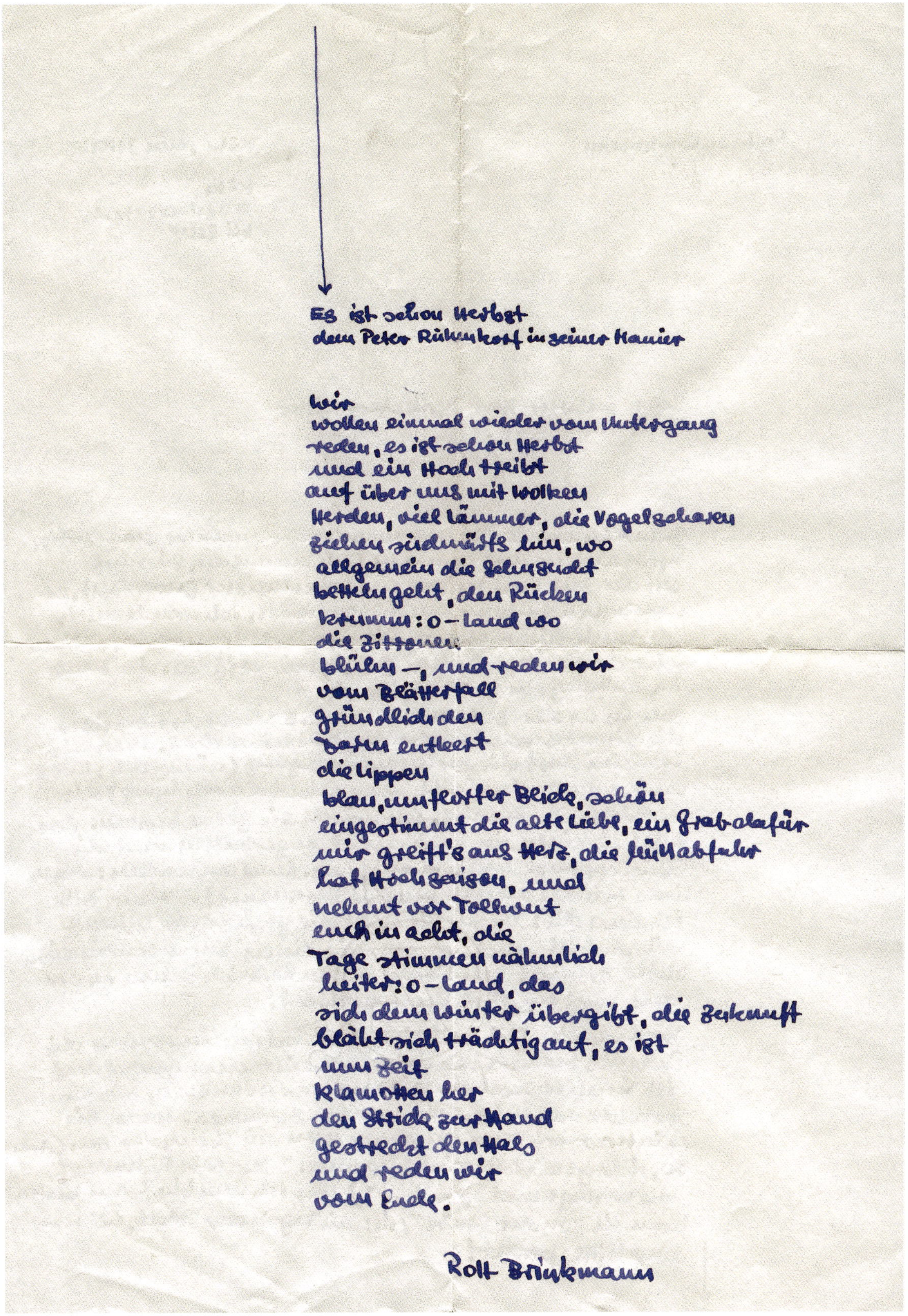

Es ist schon Herbst
dem Peter Rühmkorf in seiner Manier

wir
wollen einmal wieder vom Untergang
reden, es ist schon Herbst
und ein Hoch treibt
auf über uns mit Wolken
Herden, viel Lämmer, die Vogelscharen
ziehen südwärts hin, wo
allgemein die Sehnsucht
betteln geht, den Rücken
krumm: o – Land wo
die Zitronen
blühn –, und reden wir
vom Blätterfall
gründlich den
Darm entleert
die Lippen
blau, umflorter Blick, schön
eingestimmt die alte Liebe, ein Grab dafür
mir greift's ans Herz, die Müllabfuhr
hat Hochzeiten, und
nehmt vor Tollwut
euch in acht, die
Tage stimmen nämlich
heiter: o – Land, das
sich dem Winter übergibt, die Zukunft
bläht sich trächtig auf, es ist
nun Zeit
Klamotten her
den Strick zur Hand
gestreckt den Hals
und reden wir
vom Ende.

Rolf Brinkmann

Aufsatz »Das lyrische Weltbild der Nachkriegsdeutschen« aus dem viel besprochenen Band »Bestandsaufnahme« von Hans Werner Richter (1962). Viel besprochen und rundum gewürdigt? Allerdings, nur meine eigene Längsschnittuntersuchung an keiner Stelle erwähnt. Wie lange gute Sachen doch manchmal liegen müssen, um endlich in ihrer ganzen Brisanz erkannt zu werden. Betrifft gelegentlich auch die Postalien, und ich frage mich, ob ich B. damals eigentlich geantwortet habe. Verkennung geht gelegentlich seltsame Wege. (Tagebucheintragung, 12. Januar 2004)

1963/64 Tutor und Quizmaster an Hasenclever/Höllerers Berliner »Literarischem Colloquium«, einer kulturellen Überbauinstitution der Fordwerke oder der CIA oder beider zusammen. Wirkte nachts als unbezahlter Nachtwächter im einsam-eisigen Wannseehotel (wo die Außenwelt die Verbindung zu mir nur noch mit Schneebällen aufnehmen konnte) und tags als Friedensrichter im Menschenfresserkreis der jüngeren Kollegen (Fichte, Bichsel, Chotjewitz, Stiller, Kurbjuhn, Buch, Born, Piwitt, Peter Schneider), die sich mit der Unerbittlichkeit einer zu großen Hoffnungen berechtigenden neuen Generation an die Gurgeln gingen. (Wehe aber dem Außenstehenden, der sich mit unzureichendem Rüstzeug in die Runde wagte. Sah einmal Ernesto Grassi, aber auch Martin Ensslin und Alfred Andersch zu großer Visite heranrauschen und, von Gegenargumenten durchlöchert, wie geplatzte Luftballone zu Boden gehen. Das waren für mich untrügliche Anzeichen zukunftsweisender Wetterwolken.
(»Die Jahre die Ihr kennt«, 1972)

Auf dem Bootssteg des Colloquiumarreals am Wannsee.

Dieses Kapitel handelt nämlich von dem Entschluß eines jungen Menschen, eine bürgerliche Existenz aufs Spiel zu setzen und sein Leben der Kunst zu widmen. Und es handelt gleichzeitig von der Reaktion der bürgerlichen Um- und Mitwelt auf diesen Ausbruchsversuch. Es handelt von der Hilf- und Ratlosigkeit einer Mutter, die allerhand biedersinnige Leute um Auskunft angeht. Und es handelt von den Einwänden wackerer oder weltmännischer Bürgersleute, die glauben, alles an der Elle bloßer

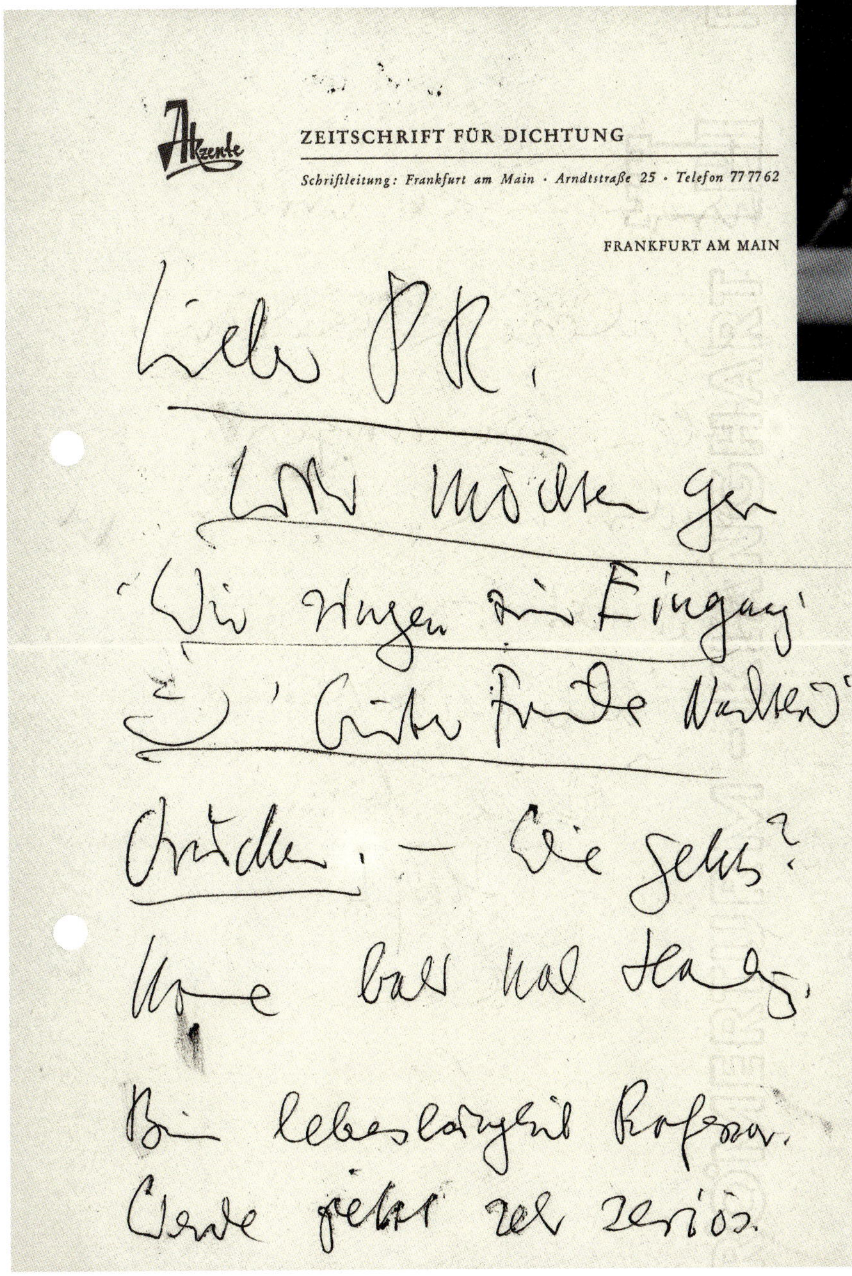
Akzente
ZEITSCHRIFT FÜR DICHTUNG
Schriftleitung: Frankfurt am Main · Arndtstraße 25 · Telefon 77 77 62
FRANKFURT AM MAIN

Lieber P.R.,

Wir möchten gern

Bin lebenslänglich Professor.
Werde jetzt sehr seriös.

Walter Höllerer, Leiter des Literarischen Colloquiums, Berlin 1963. Er war nicht nur ein Menschenmagnet allgemein, sondern besaß eine untrügliche Spürnase für die bedeutenden Talente der sechziger Jahre.

Brief von Walter Höllerer.

Nützlichkeit und sicherer Opportunität messen zu dürfen. Und: wenn ich Sie jetzt bitte, gerade auf dieses Prosastück eine Variation zu schreiben, eine Variation nach Maßgabe Ihrer eigenen Erfahrungen und Erlebnisse versteht sich, so schließt diese Aufforderung eben die Vermutung mit ein, daß auch Ihnen die hier geschilderte Situation nicht ganz fremd ist. Daß Sie vielleicht einmal ganz ähnliche Erfahrungen gemacht haben oder ganz ähnlichen Widerständen und Widersprüchen sich ausgesetzt sahen. Daß Ihnen – wie vieles sich im einzelnen und Äußeren geändert haben mag – zumindest die Argumente der so verständnisbereiten Verständnislosigkeit vertraut sind. Und daß Sie von jenen Spannungen ein Lied zu singen wissen, die eigentlich immer virulent werden, wenn ein Glied der bürgerlichen, der Familiengemeinschaft sich absondert und der liederlichen, der losen, der wenig vertrauenerweckenden Kunst in die Arme strebt.
(»Prosaschreiben – Eine Dokumentation des Literarischen Colloquiums«, 1964)

Hochzeit mit der Diplom-Psychologin Eva-Marie Titze, geboren am 7. März 1935 in Breslau-Neukirch.

Nach der Trauung vorm Kirchenportal St. Johannis am Turmweg Hamburg-Rotherbaum.
Von links: Eva R., die Mutter Elisabeth R., die Schwägerin Rosemarie Titze.

Einladungsbillett zum 17. April 1964.

Mit Gott!

und Rowohlt!

dem Lieblingsautor

zum 17. IV. 64

Ledig Rowohlt

Der Freund und Verleger H. M. Ledig-Rowohlt schenkte gediegen und mit Bedacht: ein zünftiges Stehpult aus Teekistenholz und ein 400 Seiten starkes Kontokurrentbuch für laufende Anwehungen und Eingebungen.

Auf der Hochzeitsreise im Fiat 500 nach Italien.
1964/65 Stipendienaufenthalt in der Villa Massimo, Rom.

Mit Eva auf dem Marktplatz von Bolsena
(s. auch unter Volsinii novi), im Frühjahr 1967.

Im Park der Villa Massimo, Rom 1967. Arbeit am Theaterstück »Was heißt hier Volsinii? – Bewegte Szenen aus dem klassischen Wirtschaftsleben«.

Wie ich Volsinii ausgrub

Im rastlos strebenden Bemühen, doch noch auf das Land mich einzulassen, dessen Sprache ich nicht beherrschte und dessen ideologische Idiome ich in den anstehenden paar Monaten kaum würde erlernen können, begann ich dort anzuknüpfen, wo die Latein- und Geschichtsbücher der Schuljahre mich seinerzeit im Stich gelassen hatten, einer sozialgeschichtlichen Sondierung der Antike. Zumindest diesen imposanten historischen Müllhaufen galt es ein bißchen näher zu durchforschen, der gehörte zum täglichen Umgang, bildete unübersehbar und erdrückend die Kulisse und war schließlich in der Lage, Jahr für Jahr die Tausende von Bildungstouristen anzulocken, das mußte doch was zu bedeuten haben.

Wer auf Geschichte gestoßen wird, so unvermittelt wie ich, der neigt dazu, sich ihren Sinn an Hand von anschaulichen Scherben zurechtzubuchstabieren. Diese Art der Verständigung muß notgedrungen bruchstückhaft bleiben, und der Fuß, der beim Gehen über die Äcker unentwegt an Fragmente stößt, wirft zunächst nichts als Fragen auf, äußerst naive Fragen. Wie hingen die Töpfe einmal zusammen, von denen ihm hier ein Henkel, dort ein Boden, dort eine Tülle in den Blick kam? Wie – wenn man sich ihren Sinn als Umriß vergegenwärtigt hatte – war das einmal gebacken worden? Von wem? Zu wessen Nutzen? Für welchen Preis? Und wenn sich die Bröckel zu Töpfen, die Töpfe zu Hausständen, Küchen und Stuben zu Städten, Städte zu Reichen und Kulturen aufgetürmt und geklärt hatten, wie war das denn alles überhaupt zu Bruch gegangen? Das war doch nicht zufällig so aus der Hand geglitten. Beim Abwasch. Das war doch mit Gewalt kaputtgehauen worden. Und da gaben die hübschen Bildungsvorhänge denn auch ihr erstes Geheimnis preis, das hieß: lebendige Vergangenheit, und die hieß: Mord und Totschlag.

Gruß aus Rom

Auch unter Pinien läßt es sich leben, gewiß doch,
der ganze
unaussprechliche Süden paßt in ein Fliegenfenster
(dein sorgsam gerasterter Lichtblick)
und wie von ferne nur
dringt es in deine Stube mit Schwerter- und Schlachtenlärm.

Von ferne der Mut und der Ruhm.
Drei Jahrtausende, mindestens, rücken sie an, dich zu grüßen,
drei Jahrtausende randvoll!
Ja, hier gibt wirklich ein Heros dem andern
die Klinke in die Hand.
Ein Triumph des anderen Huckepack.
Über die Ränder des braunen Lateinbuchs hinweg
ragt es wie goldene Lettern,
und aus den Fußnoten Niebuhrs,
unentwegt,
hörst du den Tritt der Legionen.

Entweder – oder!
Eine erstklassige Klassik schafft man nicht im Sitzen.
Wenn es ein Volk in eine andere Lage drängt,
wackelt der Hausrat.
Oder sehen Sie nur diesen lieblich gebuckelten Landstrich:
Von wieviel Seiten berannt,
wie viele ausgesuchte Helden mußten sich
nicht aufeinander werfen,
um aus Sumpf einen Hügel zu bilden.

Was, diese Blutsuppe schmeckt Ihnen nicht?
Dieser hehre historische Schichtkäse?
Sie denken sich eine Zukunft auch wohl eher als
Zeitenrichter im Selbstverlag?!
Aber der Genuß von Aprikosen widerstrebt Ihnen
nicht unbedingt?
Des Pfirsichs, der Kirsche?
Alles ganz legitime Beutestücke im übrigen.
Alles seinerzeit mal auf der Schwertspitze eingeführt.

Zenite!
Fulminanzen!
He – he, Ihr Tieferbleichten, nicht dem Ausgange geht es,
hier geht's den Sternen zu.
Da könnte ja jeder kommen und sagen:
mal eine Weile gar nichts, oder:
wo man nicht mehr den scharfen Zug der Geschichte
im Nacken spürt,
der Platz im Garteneck –
Nein, Freundchen,
nein, mein Lieber,
nein,
du Dezimalgespenst,
auch vierzehn Stellen hinterm Komma bläst man
nicht Waldesruh.
Aber Leute,
die wirklich
ihr Grab noch ausfüllen, rufen dich an;
und es weist in die Zukunft mit handgehämmerten Wunden.

(1965)

Mit Hubert Fichte in der Nähe der Akropolis des antiken Tarquinia. Nachlese in einem von Grabräubern erbrochenen Magazin für Votivgegenstände, sogenannten Ex votos aus dem 3. Jahrhundert v o r, Oktober 1967.

Über das Verhältnis von Funden und Erfindungen. Etruskische Weihegaben und apotropäische Amulette, die mich zu einer Szene über den antiken Votivwarenhandel anregten (s. »Volsinii«, 8. Bild).

Etruskische Oinochoe als Vorbild …

… für Theaterfigurinen.

Archaische Maske eines Silens auf einer Abraumhalde in Tarquinia antica vor dem Greifer geborgen …

… und ihre Erweckung zu neuem Bühnenleben.

Die Kapitulationsurkunde. Der Regisseur Hans Bunge (»Fragen Sie mehr über Brecht«) eröffnet dem Autor die von weit oben her verfügte Einstellung der Probenarbeiten am »Deutschen Theater«, 1971.

Es hätte alles so wunderschön werden können, und zwar gleich zu Anfang. Nach den Vorbildern der von mir mit eigenen Händen ausgebuddelten Vasen-Fragmente und dann im halblegalen Kunsthandel erworbenen Amphoren etc. hatte ich mir eine Kostümierung meiner Bühnenfiguren ausgedacht, wie ich sie noch in keinem »Antikenprojekt« hatte rumwandeln sehen. Nun habe ich zwar öfter mal geäußert, daß das Stück den Kulturgewaltigen der DDR nicht in den Kram paßte, und grad vor einer Woche erfahren, daß der Regisseur Hans Bunge damit die Blitze der Sicherheit auf sein Haupt gelenkt hatte. Aber darauf möchte ich im Augenblick gar nicht hinaus. Wer sich am heftigsten gegen die extravaganten Gewänder sträubte, waren die offenbar mit dem Dummbeutel geschlagenen Mimen, die von Berufs wegen nichts Neues erkennen und immer nur in

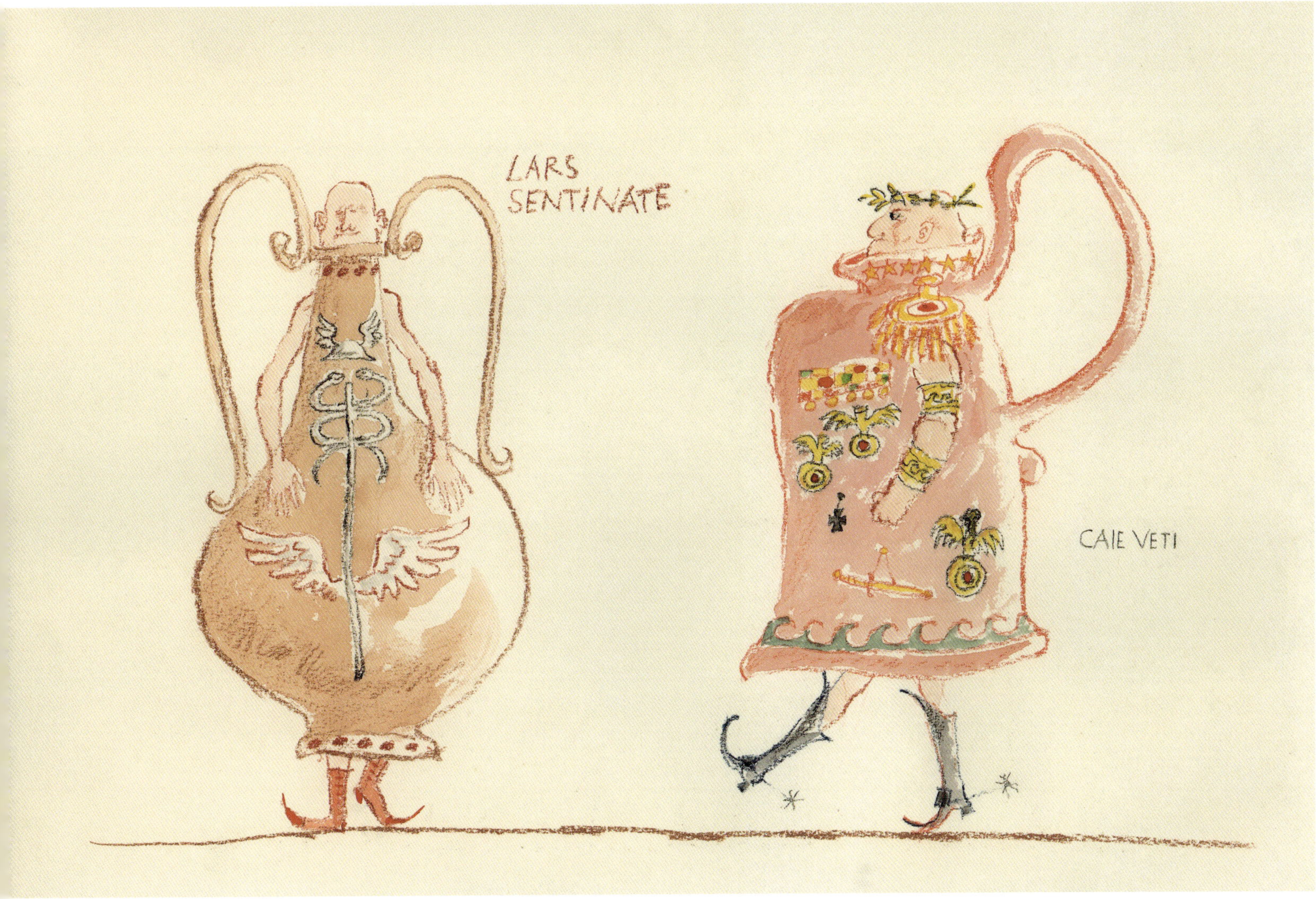

Figurinen des bekanntesten Zeichners, Illustrators und Kostümbildners der DDR, Werner Klemke, in Anlehnung an Entwürfe des Autors.

Analogieschlüssen denken können. Ich hör das Gebafel noch heute. In solchen Zwangskorsetten könne man sich nicht bewegen. Nicht natürlich atmen. Keine eigene Individualität entfalten. Ja und nun ein Witz. Oder richtiger vielleicht eine verspätete Apotheose. Bei der Einmarschzeremonie zu den Olympischen Spielen in Athen, was machte da offensichtlich den spektakulärsten Eindruck? Nein, nicht die mehr oder minder vorteilhaft eingekleideten Nationalmannschaften, sondern die ihnen wie kleine Pausenzeichen voraustanzenden Figurinen – alles in allem ein Ballett aus Vasen und Zierkrügen aller möglichen antiken Kunststile – wirklich zum Bejubeln und als Augenspektakel allererste Meisterklasse. Tcha, und was sagte dann meine Eva zu mir, was auch mir sofort aufgefallen war: »Volsinii! und zwar genau wie du es dir einmal vorgestellt hattest«, und ich sagte: »Die müssen irgendwie heimlich meine Bühnenanweisungen gelesen haben, aber leider gibt es für solche Erfindungen immer noch keinen Patentschutz.«

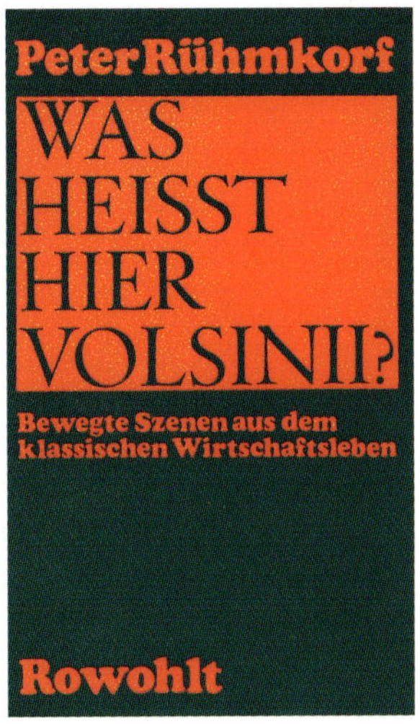

Was bleibet aber – ist ein Lesedrama, 1969.

Plakatentwurf: Werner Klemke.

Als das Stück, an dem ich einige Jahre gearbeitet hatte, im Jahre 1969 als Buchfassung vorlag, interessierte sich in der BRD keine ernstzunehmende Bühne für die klassische Parabel von Revolution, Konterrevolution und Intervention. Das seinerzeit zeitgenössische Theater war gerade am Umdekorieren, und die Windmaschinen der Zeitgeist-Wender bliesen mit Vehemenz in die entgegengesetzte Richtung. Welches fast verschreckte Erstaunen dann, als sich das Deutsche Theater in Berlin-Ost des scheinbar unansehnlichen Bilderbogens annahm, was die Kurse seines Verfassers augenblicklich in unerwartete Höhen steigen ließ. Sie sollten nur anderthalb Jahre später noch einen weiteren Hopser nach oben machen. Ost-Berlin cancelte aus politisch durchsichtigen Gründen, und dann waren auch sogleich eine reputierliche Bühne und ein erprobter Theatermann zur Stelle – Hansjörg Utzerath und das Düsseldorfer Schauspielhaus –, die mein »Volsinii« mit viel Engagement und Einfallsreichtum am 2. Juni 1973 endlich auf die von mir ersehnten Bretter hievten. Allerdings, die Rechthaberei des Rezensionswesens hat einen langen Atem, und was das Premierenpublikum aufs freundlichste gefeiert hatte, wurde von der Kritik nun noch einmal in effigie geschleift. Gelernt und nie vergessen: daß auch sogenannte Ideologiekritik vorausberechenbaren Strömungen folgt, und daß ein einziger Gerechter – der unbestechliche Heinrich Vormweg – dem Zugwind der Zeit keine Wendung ins Erbauliche zu verleihen vermag.

Szenenfotos der Uraufführung »Was heißt hier Volsinii«, Düsseldorf 1973.

Open air-Veranstaltung »Lyrik und Jazz«. Diese von gut 3000 Zuhörern besuchte und viel beachtete Veranstaltung fand am 19. August 1966 auf dem Hamburger Adolphsplatz statt, am Klavier Michael Naura, am Vibraphon Wolfgang Schlüter.

»Schon am späten Nachmittag, gleich nach Geschäftsschluß, kam in der Stadt etwas in Gang, was mir auch im späten nachhinein noch einigermaßen geisterhaft erscheint. Von allen Seiten her wogte es auf diese Freiluftarena zwischen dem Hamburger Rathaus und dem Börsenviertel zu, als ob es um eine politische Willenskundgebung ginge. Zwar war die ›Große Koalition‹ noch keine vollendete Tatsache (sie wurde erst am 1. Dezember praktisch vollzogen), aber die Zeichen standen schon deutlich auf Sturm, und unterirdisch war etwas am Grollen und Brodeln, was auf eine ganz neue Zeit hinwies. Junge Leute, die ihren Volksvertretern nicht mehr über den Weg und auch den öffentlichen Medien nicht mehr trauten, erwarteten sich ein Heils-, ein Erlösungswort ausgerechnet von der Poesie und ihrem Zusammenspiel mit der Schwesterkunst. Und vermutlich haben wir da etwas vorweggenommen, was in den folgenden Jahren zu ganz neuen Formen der Straßenkultur und des außerparlamentarischen Protestes führte …«

(»Vorschlag an die Künste, sich mit vereinten Kräften in die Luft zu heben, statt sich einen Strick zu kaufen«, Studiogespräche mit Michael Naura, 1987)

»Lyrik und Jazz«, 1966.

À la mode

Der die Schnauze voll hat, Genosse, ihm geht
der Mund gelegentlich über, auch wenn er sich
eurer Gesichter fast nur noch von Ferne erinnert.

Wer war noch, dessen Lippe so überaus eindrucksvoll
von was nur sprach, als gelte es uns zu bewahren
vor wem? Und welchem weiteren Ungemach?
Wüßt ichs doch Kameraden!

Und hör es noch wie heut, daß wer nur? wer?
den ganzen Mund voll Luft und Überdruß
von – ja! – Veränderung! sprach, und hat sich ja auch
verändert …

(1962)

Mit Michael Naura (links), Wolfgang Schlüter (rechts) und Rhythmusgruppe.

Du Land, chromblinzelnd, wo man die Meinung verzieht
bei stillem Anteil, bin ich der deine schon?
Sieh, auch ich bin fix in der Lüge,
freundlich blinket mein Damaszenergebiß.

Oevelgönner Kinderszenen 1967.

Was wolln wir machen?
Auf'm Kopf stehn und lachen.

Alle meine Entchen schwimmen im Klosett,
zieh ich an der Strippe, sind sie alle weg.

»Über das Volksvermögen«

... wachsende Unlust an den Kulturverarbeitungs- und -zubereitungsbetrieben und Interesse für Untergrund-, Randständigen-, Volks- und Kinderliteratur. Gab Primanerverse heraus, entdeckte in Bengta Bischoff die vielfach gebrochene Stimme einer ungebrochenen Natur, begann literarisches Treibgut zu sammeln, anonyme Zeugnisse des stets sangeslustigen und lästerfreudigen Volksgeistes ... Sammelwut jedenfalls verdichtete sich zeitweilig zur fixen Idee, zu fixen Verhaltensformen. Konnte überhaupt zeitweilig keine Menschen mehr bloß so herumstehen sehen, ohne an ihre Erinnerungspotentiale zu rühren. Verschaffte mir auch Zugang zu Kindergärten und trieb mich auf Schulhöfen und Spielplätzen herum; verfolgte betrunkene Lehrlinge, wo sie gerade zu Gesängen übergingen; mischte mich unter Arbeiter (was ich fast verlernt hatte); nahm teil an Richtfesten, Winzerfesten, Bauernhochzeiten und Kindergeburtstagen ... Als später die Sammlung in die Welt zurück entlassen wurde, aus der ich sie mir brockenweise angeeignet hatte, und gar das 69er Taschenbuch, da schien allerdings bei einer ganzen Nation das Faß der Kindheit auszulaufen. Da trug man mir in Massen entgegen, mit was, wie die Verleger meinen, das Volk nichts zu schaffen haben will: Lyrik, Poesie, Lieder, gereimt und gebunden und frech wie Oskar. (»Die Jahre die Ihr kennt«, 1972)

Ein Schnellboot fährt um Mitternacht,
auf Überraschung wohl bedacht,
an Bord ertönt ein Grammophon:
süp, süp de dudedüp, die Invasion

Lastensegler, Fallschirmspringer
und noch manche nette Dinger,
Bombenteppich monoton

etc.

Herstellung
0. JUNI 1970

Joachim Steier (19 J.)
46 DO- Dorstfeld
Bummelberg 23

28.6.70

S. 488'

den "blauen Bergen": ...
Nase
erhase

10.)

Im Zirkus Sarrasani
Da ist es wunderschön
Da kann man für fünf Pfennig
Die Riesendame sehn
Sie hat zwei dicke Arme
Und eine dicke Brust
Und zwischen ihren Beinen
Da sitzt die Kokosnuß.

×

Wenner (wenn man) so denkt
Wie er da henkt
Ganz allää (allein)
– Zwische de Bää.
wenn man ihn Wennem abschneidt
Wie er doleiht (daliegt).
Wennern ääbappt (anpappt)
Wie er naf Luft schnappt.
Wennem kribbelt
Wie er kribbelt.
Wennern neiduht (hineintut)
Wie des gutduht.
Wennern rausziehe
Wie er aussieht.

×

M: O Tannenbaum: Das Linienschiff, das Linienschiff
Das ist ein Schiff, das linien schifft
Und wenn es keine linien schifft
Dann ist es auch kein Linienschiff .... Das...
ml. ... tomat, der Automat
... ein Maat, der 'n Auto hat.

61 Jetzt kommt der Moment –
der den Mensch vom Affen trennt

VI 8 Uff uff sprach Winnetou
setzte ein P davor
und verschwand darin

12 Es war einmal und ist nicht mehr
ein ausgestopfter Teddybär
der aß die Milch und trank das Brot
und als er starb da war er tot

64 ff da oben fliegt ein Geier
von unten sieht man seine Füße

mein Vater war ein Wandersmann
und ich bin der Hans Muff
meine Mutter hab' ich nie gekannt
ich glaub sie war im ...
mein Vater war etc.

IX 38a Chamberlain das al
fuhr mitm Pisspott
kam ans Deutsche E
bumms – da war der
40b rumms – da geht di
Willy Brandt in Un

X X X Stille Nacht – Hei
alles kauft – Hort

für die subjektive Richti

(+ d.h. nicht unbedingt O
Stücke neueren Ursprun
und um=gewandelte – ge

Anmerkung: Das ? hinter .
schwierigkeit,
schriebene Ver
es sonst wie d
dern um mündl.
Der Autor begi
literarischer
Aus o.g. Grund
se in phonetis
Platte gesproc

Oh Baby Baby
Balla balla
In ... Hose ...
... Knaller
+ ... Knaller
Expedient
... die
Ballers ...

Adebar, du juta,
Bring mir een kleenen Bruda,
Adebar, du besta,
Bring mir ne kleene Schwesta.

Meine Tante, deine Tante
Sind ja och bloß noch Verwandte,
Schenken dir zu jedem Feste
Alte Hosen und 'ne Weste.
Sag, was willst du mit dem Dreck,
eins, zwei, drei, und du bist weg.

In dem Gartenrestorang
Steht ne olle Gartenbank.
Viere können dadruff sitzen,
Dreie vor Polente flitzen,
Einer kiekt verwundert zu,
Und der bist – du!

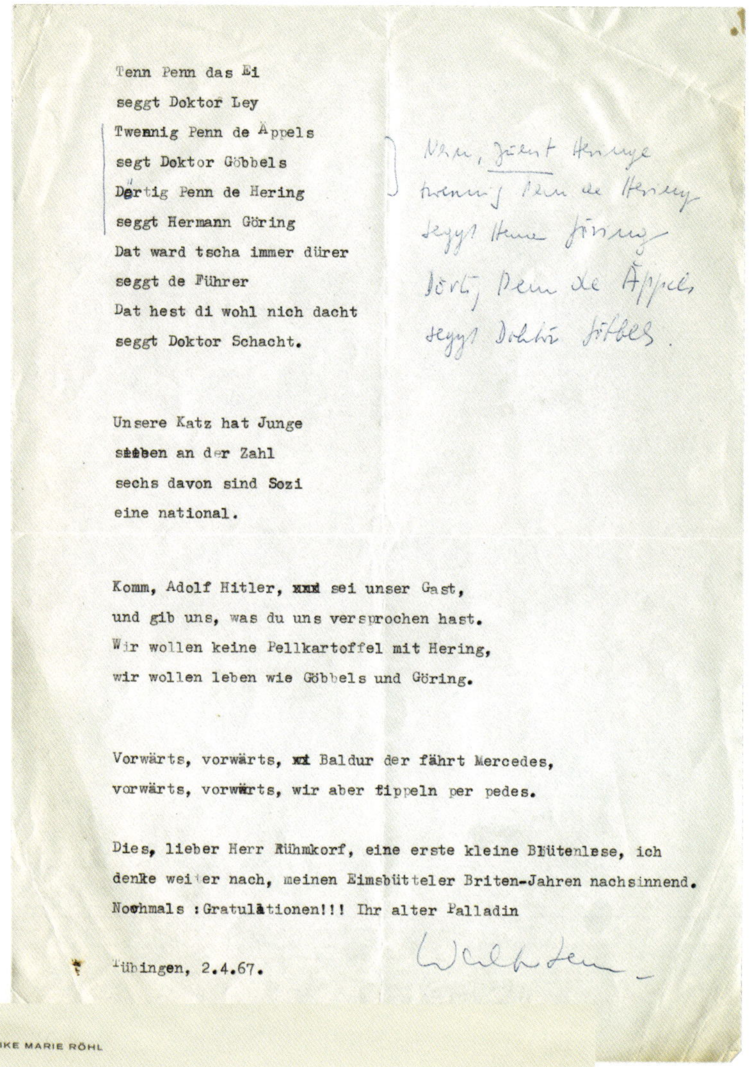

Tenn Penn das Ei
seggt Doktor Ley
Twennig Penn de Äppels
segt Doktor Göbbels
Dörtig Penn de Hering
seggt Hermann Göring
Dat ward tscha immer dürer
seggt de Führer
Dat hest di wohl nich dacht
seggt Doktor Schacht.

Nein, zuerst Heringe
twinnig Penn de Hering
seggt Herm. Göring
dörtig Penn de Äppels
seggt Doktor Göbbels.

Unsere Katz hat Junge
sieben an der Zahl
sechs davon sind Sozi
eine national.

Komm, Adolf Hitler, sei unser Gast,
und gib uns, was du uns versprochen hast.
Wir wollen keine Pellkartoffel mit Hering,
wir wollen leben wie Göbbels und Göring.

Vorwärts, vorwärts, Baldur der fährt Mercedes,
vorwärts, vorwärts, wir aber tippeln per pedes.

Dies, lieber Herr Rühmkorf, eine erste kleine Blütenlese, ich denke weiter nach, meinen Eimsbütteler Briten-Jahren nachsinnend. Nochmals : Gratulationen!!! Ihr alter Palladin

Tübingen, 2.4.67.

Walter Jens

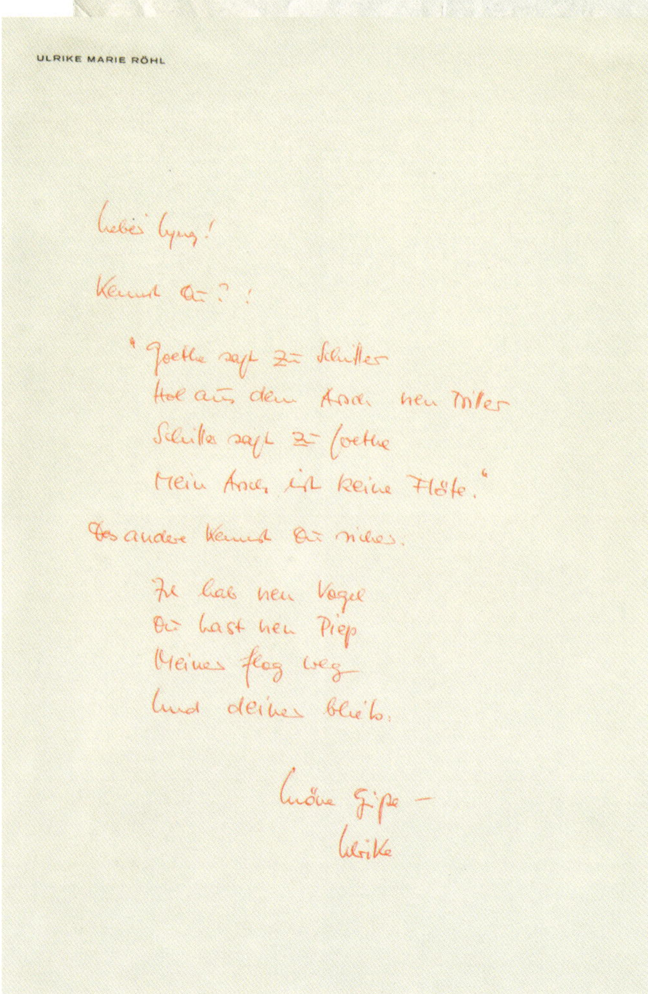

ULRIKE MARIE RÖHL

Liebes Lyng!

Kennst du?!

„Goethe sagt zu Schiller
Hol aus dem Arsch den Triller
Schiller sagt zu Goethe
Mein Arsch ist keine Flöte."

Das andere kennst du nicht.

Ich hab nen Vogel
Du hast nen Piep
Meiner flog weg
Und deiner blieb.

Schöne Grüße –
Ulrike

Beiträger und Nachträger:
Walter Jens …

Ob Sie mit solchen literarischen Kleinlebewesen noch Bekanntschaft gemacht haben, ich meine in der freien Natur oder auf dem Kinderspielplatz, ich kann es nicht sagen. Wenn ich mich recht erinnere, saß mir bei meinen seinerzeitigen Sammelbemühungen nämlich bereits so etwas wie die Furie des Verschwindens im Nacken. Ähnlich wie die Naturaliensammler der Romantik sich der unschuldigen Hervorbringungen des Volkes erst bewußt wurden, als sich Volks- und Kinderpoesie bereits auf dem Rückzug befanden und auch die so genannten »Volksmärchen« der Brüder Grimm nur noch bei alten Mütterchen und ausgedienten Wachtmeistern abzufragen waren, hatte ich gerade noch den letzten Hemdzipfel einer sich ins Nichts verflüchtigenden Gattung erwischen können. (Göttinger Vorlesung vom 19. Januar 1999. Nur gering verändert in »Wo ich gelernt habe«)

… und Ulrike Marie Meinhof.

Hatte gleich nach Erscheinen gedacht, wie HME mein VVM wohl aufnehmen würde, weil ich im Vorwort sein allseits geschätztes »Allerleirauh« etwas unsanft mit unter meinen Scheuerbesen genommen hatte. Würde es Raspel geben? Eine alte Zuneigung eintrüben und gewisse Genossenschaftsbande abreißen lassen? Das Gegenteil war der Fall. Seltsam chevalereske Verneigung vor einem Turniergegner – was mich ihm doppelt gewogen machte. (Tagebuchvermerk vom 13. April 1967)

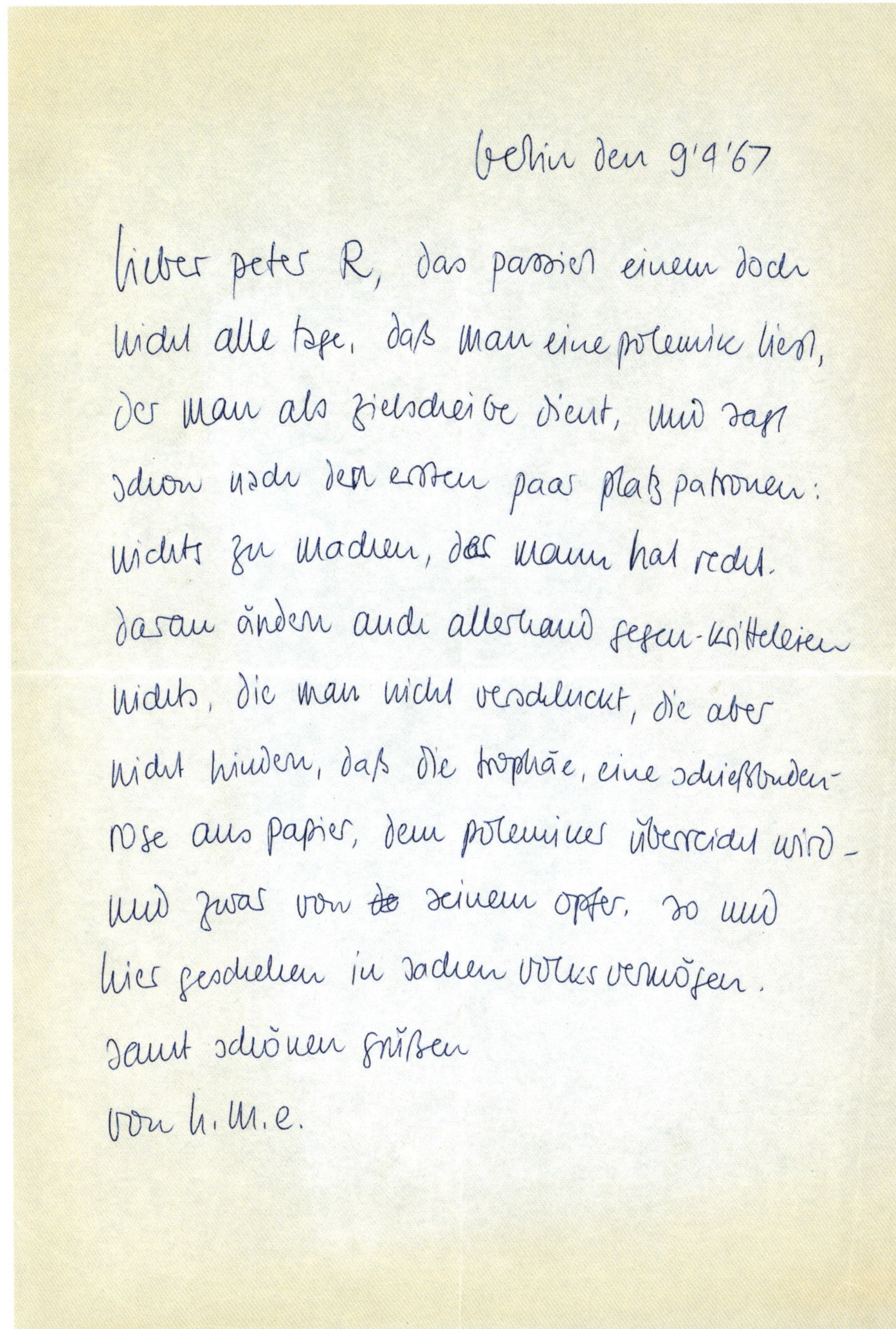

berlin den 9'4'67

lieber peter R, das passiert einem doch nicht alle tage, daß man eine polemik liest, der man als zielscheibe dient, und daß schon nach den ersten paar platzpatronen: nichts zu machen, der mann hat recht. daran ändern auch allerhand gegen-kritteleien nichts, die man nicht verschluckt, die aber nicht hindern, daß die trophäe, eine schießbuden-rose aus papier, dem polemiker überreicht wird – und zwar von ~~de~~ seinem opfer. so und hier geschehen in sachen volksvermögen.

samt schönen grüßen

von h.m.e.

Brief von Hans Magnus Enzensberger.

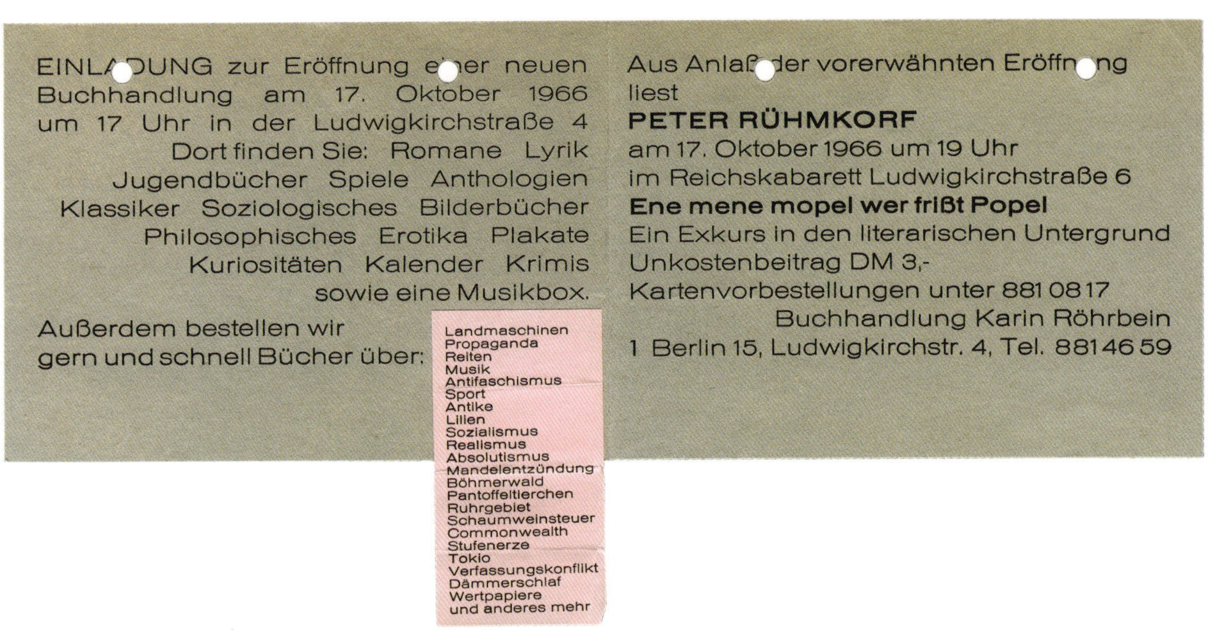

EINLADUNG zur Eröffnung einer neuen Buchhandlung am 17. Oktober 1966 um 17 Uhr in der Ludwigkirchstraße 4
Dort finden Sie: Romane Lyrik Jugendbücher Spiele Anthologien Klassiker Soziologisches Bilderbücher Philosophisches Erotika Plakate Kuriositäten Kalender Krimis sowie eine Musikbox.
Außerdem bestellen wir gern und schnell Bücher über:

Landmaschinen
Propaganda
Reiten
Musik
Antifaschismus
Sport
Antike
Lilien
Sozialismus
Realismus
Absolutismus
Mandelentzündung
Böhmerwald
Pantoffeltierchen
Ruhrgebiet
Schaumweinsteuer
Commonwealth
Stufenerze
Tokio
Verfassungskonflikt
Dämmerschlaf
Wertpapiere
und anderes mehr

Aus Anlaß der vorerwähnten Eröffnung liest
PETER RÜHMKORF
am 17. Oktober 1966 um 19 Uhr
im Reichskabarett Ludwigkirchstraße 6
Ene mene mopel wer frißt Popel
Ein Exkurs in den literarischen Untergrund
Unkostenbeitrag DM 3,-
Kartenvorbestellungen unter 88 10 817
Buchhandlung Karin Röhrbein
1 Berlin 15, Ludwigkirchstr. 4, Tel. 88 14 659

Single …

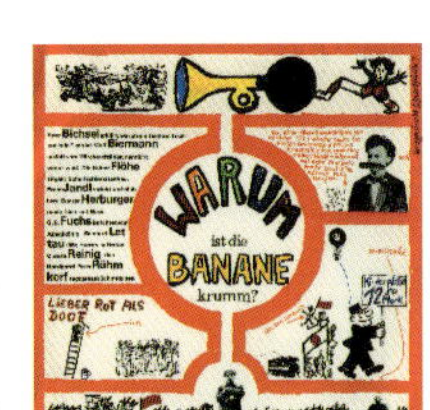

… und LP
bei Wagenbach.

Conrad Ahlers— Opportunist Nr. 1?
DM 1,50
Nr. 7 Juli 1968 C 4289 E
konkret
Hochhuth über die USA
Staat der Killer
Neu: Liebes-Test mit Farbkontrolle
Freiheit für die Pille!
(konkret nennt Adressen)
Haffner über Rudi Dutschke
Daniel Cohn-Bendit
Barrikaden

Die 1967er, die man heute aus unerfindlichen Gründen 68er nennt.

Als Klaus Röhl die Zeitschrift *konkret* dem Zugriff der Partei entwunden und den vielbeschworenen »Marsch durch die Institutionen« angetreten hatte – zu denen auch der Zeitungsmarkt zählte –, gab ich ihm neben vielen anderen guten Ratschlägen auch den folgenden, reichlich verfänglichen mit auf den Weg. Die Parole »Sex und Sozialismus« so unverschämt wie möglich auf die Spitze zu treiben und die Covergirls als das zu betrachten, was sie immerhin auch noch sind: Deckblätter für unsere politische Konterbande, die sich ohne solchen Augenleim kaum unters Volk bringen ließ. Ich hielt es mit Brecht für eine weitere »List zum Verbreiten der Wahrheit«, und für die standen neben den in dieser Nummer vertretenen Sebastian Haffner, Rolf Hochhuth, Daniel Cohn-Bendit, Ulrike Marie Meinhof, Robert Havemann, Wolfgang Körner, Heike Doutiné, Lothar Menne und P. R. ferner auch noch: Robert Neumann, Günter Wallraff, Eldridge Cleaver, Gert von Paczensky, Elmar Altvater, Peggy Parnass, E. A. Rauter, Salvador Allende, Michael Schneider, Gerhard Zwerenz, Erich Fried, Gisela Elsner, Hubert Fichte, Susan Sontag, Fritz Vilmar, Walter Boehlich, Nicolas Born, Klaus Stiller, Jochen Steffen, Hubert Bacia, Jürgen Werth, Hermann Piwitt und Karlheinz Deschner pp.
(Rede in Hardebeck, gehalten am 2. November 1973)

Beim Ostermarsch 1967 vorm Gewerkschaftshaus am Hamburger Besenbinderhof: »So geht es nicht. So geht es nicht weiter. So kommen wir niemals durch. Ges. Gesch. Gesinnungsparaden. Die Staatsgewalt führt uns gesittet im Kreis und an der Nase herum …«

»Meine Damen und Herren, in einer Zeit, wo das Kopfschütteln außer Mode gekommen ist, die Meinungsunterschiede eingeebnet werden, die Splittergruppen parlamentarisch ausgeklauselt, die wenigen liberalen Querköpfe, die es letzten Ostern noch gab, außer Betrieb gesetzt, in solcher Zeit also, wo unsere Demokratie auf demokratischem Weg bis zur Haltlosigkeit entgrätet worden ist, gilt es, demokratische Äußerungsformen weiter zu entwickeln, die nicht primär an die große Bestätigungsapparatur angeschlossen sind.«

Titelidee des Verfassers: einen eigenen Sternenhimmel aus kleinen Medaillons seiner bevorzugten Freunde und Gegner aufzuziehen.

Antwort auf die Frage, ob es mit 42 nicht etwas verfrüht gewesen sei, seine »Memoiren« zu schreiben …

Rückblick zu halten, einmal tief durchzuatmen und das eigene Leben zu bilanzieren, ist keine Sache des Alters, sondern der Anlässe. Was hinter mir lag, war ein Lebenslängsschnitt, der trotz mancher Verwerfungen und Brüche doch eine gewisse Kontinuität erkennen ließ. Erst als die blaue Luftblase Utopie fast von einem Jahr auf das andere zerplatzt war – das Evangelium von einer zwangsfreien Menschengemeinschaft sich zu einer neuen Zwangsvorstellung verdichtet hatte – die schönen Ideen von freier Selbstbestimmung und genossenschaftlicher Mitbestimmung dem antiautoritären Spaltpilz zum Opfer gefallen waren und am Ende nur noch Fraktionen, Sekten, Gruppen und Grüppchen, Clubs und Clübchen ihre Alleinvertretungsansprüche geltend machten, schien es mir an der Zeit, meine eigene Vita noch einmal durchzubuchstabieren und die einzelnen Abschnitte auf ihren Zusammenhang hin zu untersuchen. Kurz gesagt, den roten Faden herauszupräparieren, der meinem Curriculum seit frühen Jugendjahren eingewebt war, und auch die Bruch- oder Rißstellen kenntlich zu machen, die mich von

»Umschlagentwurf von Christian Chruxin«, der die Personen meines Interesses zum Teil bis zur Unerkennbarkeit versottete.

den späten sechziger und den frühen siebziger Genossenschaftskämpfen trennten. Immerhin, wir waren doch einmal selbst die Patenonkels einer »außerparlamentarischen Opposition« gewesen. Ich selbst hatte sie bereits in den fünfziger Jahren und zugespitzt auf der 67er Ostermarschdemonstration vorformuliert oder ausgetrötet – nun wollte »die Bewegung« von solchen Vorgängern nichts mehr wissen und sie fegte die Patenonkels ihrer Ideen handgreiflich von ihren Bühnen und Vortragspodien. Grund genug, sich mal für ein Weilchen aus dem antiautoritären Habertreiben zurückzuziehen und sich auf einen unanfechtbaren Platz auf dem eigenen Hochseil zurückzuziehen.
(Interview mit Eva Schobel, 1999)

Ein Stück aus dem laufenden Wirtschaftskampf auf Gastwirtschaftsebene, 1972.

Was man heute einen Fall von »feindlicher Übernahme« nennen würde.

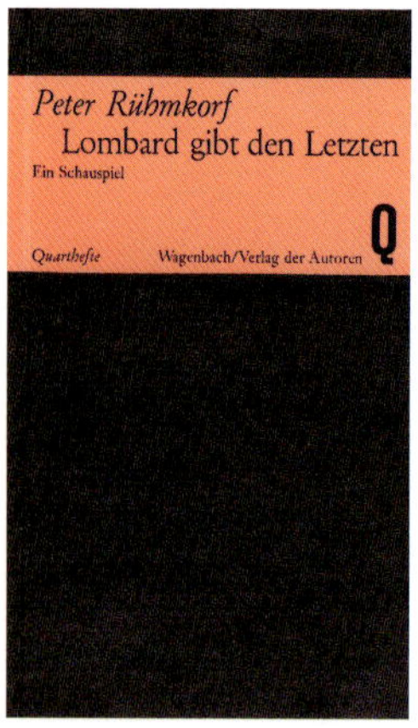

Willi und ein Agent (Prospektor) des Herrn Lombard im letzten Abendlicht. Der Agent in einem Gartensessel oder Liegestuhl mit dem Rücken zum Publikum. Willi stehend, mit Blick auf das Erreichte und darüber hinaus.

Agent: Groß und gewaltig ist die Natur, Herr Willi, und was sie hervorbringt. Aber gewalttätiger noch als der unbezähmbare Fels ist der Mensch.

Willi: Ja, man muß schon ein ganzes Stück härter sein als die Steine da. Sonst wär's gleich aus.

Agent: Statt dem Wind und dem Meer und den ungestümen Erschütterungen der Erde ist er jetzt dran. Rückhaltlos schlagen die Wasser gegen den Strand. Lawinen fahren zu Tal. Der Sandsturm jault. Er aber ist immer noch ein bißchen schlauer als das Wasser und gerissener als der Wind. Er packt die Berge bei ihren Gipfeln und die Ströme bei ihren Mündungen.

Willi: Wo der weiße Mann hintritt, da blüht's aber auch.

Agent: Ohne ihn wär es namenlos. Von der Wiege bis an den Rand der Bahre strebt er. Nichts ist ihm gewachsen außer wieder Menschen. Wenige, versteht sich.

Willi: Praktisch eine Handvoll. Sich verwandt im Streben, der Schwerkraft eins auszuwischen. Was den gewönlichen Mann zurückschreckt, macht diese nur um so entschlossener. Unermüdlich sind sie mit ihren Meßlatten unterwegs. Sie wollen ihre Grenzen wissen.

Agent: Mal drüber reden, wo der eine aufhört und der andre anfängt. Unter uns: der Lombard meint, in diesem Berg steckt mehr drin, als sich seine Gründer überhaupt träumen lassen.

Willi: Mein Herr! Dieser Laden läuft. Auch ohne den Herrn Lombard.

Agent: Er läuft zu langsam.

Willi: Blödsinn! Kommen Sie übermorgen wieder rein und Sie werden sich fragen, ob das noch das Lokal von vorgestern ist.

Agent: Lombard hat seine eigenen Visionen vom Betrieb.

Willi: Soll er haben. Da an seinem Wasser kilometerweise. Hier verwirklicht sich Herr Willi.

Agent: Nein, das schafft er nicht allein.

Willi: Die Finger weg. Wer noch mal ist wie ich, ist überflüssig.

Agent: Sagen Sie das nur nicht, Herr. Wo Lombard nämlich mal ein interessiertes Auge drauf geworfen hat, da bringen Sie das von sich aus gar nicht mehr aus der Welt.

Willi: Ah, der Sommer ist schön und bedeutungsvoll, die Saison steigt blau aus der Tiefe.

Agent: Das sind die Tage der Investitionskredite.

Willi: Bin ich verrückt?! In diesem klaren Zustand meiner größten Selbständigkeit.

Szenenbild aus der Dortmunder Aufführung des Rühmkorf-Stückes „Lombard gibt den Letzten". Inszenierung Peter Borchardt. Unser Bild: Alfredo (Paul Höfer) schuftet, sein Boß Willi (Alex Böhmert) treibt ihn an; gleich läßt er ihn fallen.

»Gründerjahre sind keine Herrenjahre«, Szenenfoto aus der Dortmunder Aufführung.

Agent: Ja, jetzt haben Sie einen Stand erreicht, wo Sie Lombard endgültig ranlassen sollten. Lombard kommt in den Tagen des Triumphes. Lombard haßt Pleitiers.

Willi: Da ist er aus demselben Holz wie ich. Nieten und Luschen – Pfui Deibel.

Agent: Dies ist zufällig Ihre beste Stunde. Schlagen Sie ein, Herr Willi. Nutzen Sie die Zeit.

Willi: Solche Sprüche kenn ich von mir. Erzählen Sie mir übers Wetter, aber nennen nicht mehr diesen dummen Namen: Lombard.

Agent: Der wird Sie so nicht fallen lassen, Herr Willi, Gift drauf.

Willi: Das nimmt er aber selber. Bitte, was sagen Sie nun?

Agent: Was ich dazu sag? *(Tritt auf ihn zu, streckt ihm die Hand entgegen.)* Jetzt nicht mehr wackeln, Herr Willi. Jetzt ein freundliches Gesicht. Wenn's mal bergab geht mit dem Hügel, kriegen Sie aus Lombard nichts mehr raus! *(Willi entzieht ihm demonstrativ die Hand.)* Lombard kann auf Sie setzen, aber auch auf andere.

Prospekt einer Inszenierung der »theater.ag am neuen gymnasium göttingen«, heute Theodor-Heuss-Gymnasium.

Rühmkorf verließ Dortmund unter wilden Drohungen

Autor überwarf sich mit Schauspiel wegen Verschiebung

Mit offenbar wenig feinen Drohungen gegen das Dortmunder Schauspiel hat der Schriftsteller Peter Rühmkorf Dortmund verlassen. Nachdem ihm Oberspielleiter Dr. Peter Borchardt eröffnet hatte, daß die für letzten Mittwoch geplante Uraufführung seines Stücks „Lombard gibt den letzten" wegen des nervlichen Zusammenbruchs des Schauspielers Paul Höfer verschoben werden müsse, ist der Hamburger Autor nach Darstellung von Intendant Gert Omar Leutner und Dramaturg Dr. Schorlies echt ausfallend geworden.

U. a. habe Rühmkorf der Schauspielleitung und Paul Höfer politische Motive unterstellt. Leutner: „Das ist schon deshalb Unsinn, weil das Stück politisch ziemlich harmlos ist."

Er werde mit einer Kampfgruppe aus Hamburg wiederkommen, „Arbeiterfäuste" würden die Schauspieler lehren, was sie zu tun hätten. Solche und weitere Drohungen, mit seinen Beziehungen zur Presse das Dortmunder Schauspiel „fertigzumachen", standen vor der spektakulären Abreise Rühmkorfs.

In einem Artikel in der „Frankfurter Rundschau" teilte Rühmkorf gestern mit, daß er mit der jetzt für den 17. November anberaumten Uraufführung seines „Lombard" szenisch „nichts mehr zu tun" haben wolle. Auch das Magazin „konkret" interviewte telefonisch bereits die Schauspiel-Dramaturgie.

„Wenn Herr Rühmkorf uns fehlende Kooperation mit ihm und zu kurze Probezeit vorwirft, ist das sachlich einfach falsch", sagte Dr. Schorlies im Gespräch mit der WAZ. „Er zeigte sich zuerst sehr zufrieden mit allen und war nur wie verwandelt, als er von der Verschiebung erfuhr. Es ist bedauerlich, daß er es vorher schon ablehnte, den von uns natürlich gewünschten Kontakt zu den Schauspielern zu suchen."

FEHLENDER EINBLICK

Und Gert Omar Leutner weiter: „Herr Rühmkorf hat offensichtlich noch keine Vorstellung davon, welche nervliche Strapaze die Vorbereitung einer aufwendigen Uraufführung für ein Schauspielensemble bedeutet."

Zuvor war es freilich wegen des Fernbleibens von Paul Höfer bei der Dienstagshauptprobe zu Protesten des Ensembles gekommen, das dem Kollegen mangelnde Disziplin unterstellte. Hier gelang es Leutner jedoch, zu vermitteln und die weitere Probenarbeit bis zur verschobenen Premiere zu sichern.

Schauspielleitung und Ensemble wollen heute eine gemeinsame Stellungnahme zum „Fall Rühmkorf" herausgeben.

Das seinerzeit so genannte »Autorentheater«, beim Wort genommen.

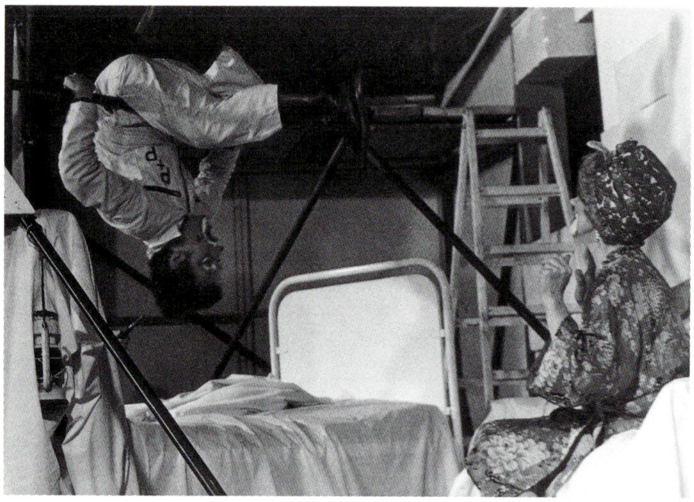

2. Handwerker bei einer verkrakelten Bauchwelle am Galgen eines Krankenhausbettes. 1. Handwerker: »Und nun die Todeswelle – die schafft er keineswegs immer …«

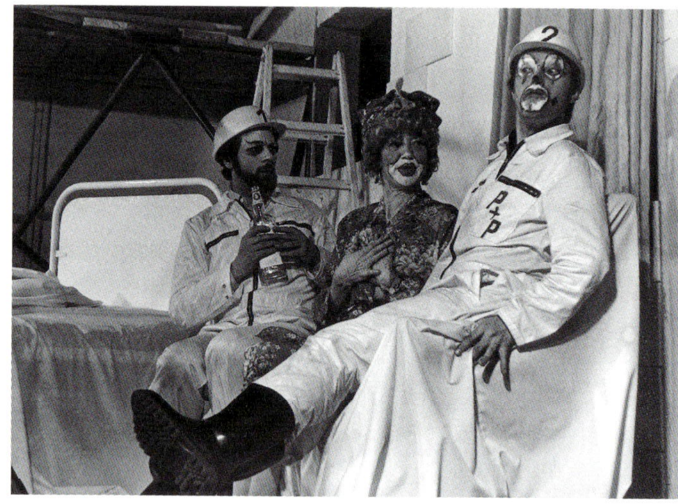

In den Rollen der Handwerker Pitter und Pollux: Dieter Weishaupt und Reinhard Duhme. Lilli Rehkopf als Frau Frieda Pape.

»Die Handwerker kommen«, Uraufführung an der »probebühne – amateurtheater der volkshochschule« Osnabrück am 11. Februar 1977. Regie: Hans Jürgen Meyer.

Pidder Lyng
Hamburg-Oevel, den 23. November 1971

Lieber Beppo, liebe Astrid,

was war nun los? Meine, mit dem verehrten publico bin ich ja bisher immer problemlos zurechtgekommen, bloß die Presse – die Presse – die Presse – redet von einer Clacque, die ich aus Hamburg mitgebracht hätte, nur wer war das? Erstmal Ihr zweibeiden, das ist klar, dann Müff, dann Otto und Antje, Hannibal und Inte und dann noch son paar Stehkragenproleten und Sozipäds, als ob Ihr paar Leutchen den ganzen rappelvollen Saal hättet hochklatschen können. Ja, inzwischen zerfällt die Welt tatsächlich in zwei Teile, und sind noch nicht einmal Klassen oder politische Parteien, sondern die Autoren als kleine Selbstunternehmer und jenes hochdotierte Rezensentenkorps, das nicht liebhaben kann was es nicht wahrhaben will. Haben gerade mal eben den Bühnenbildner verschont und hochgepriesen, was d e r sich alles hätte einfallen lassen. (»Vor allem das Bühnenbild Werner

Hutterlis fügte sich trefflich in den angestrebten Symbolcharakter der Parabel, indem es riesige Lego-Bauklötze in ein prächtiges Alpenpanorama setzte.«) – Und nun frage ich Euch, wer hat sich das alles ausgedacht und von sich aus Szenenanweisungen geschrieben? Der arme geteerte und gefederte Dramaticus war es, und da steht es denn auch schwarz auf weiß geschrieben: »Wirtschaftlicher Machtzuwachs läßt sich plausibel im Lego-Verfahren demonstrieren; um Gründerklima anzudeuten, genügt ein Griff in den Anker-Steinbaukasten, wobei ein Schubs gegen das Bauklotzensemble den Gründerkrach genau auf den richtigen Klickeradoms-Nenner bringt.«

Als ich Müff vor ein paar Tagen die Rezension zeigte, guckte er – na, wie wer? – sagen wir mal Meister Anton in Hebbels »Maria Magdalena«: »Ich versteh die Welt nicht mehr.« Meine, er kennt ja alle möglichen Durchstechereien und Pseudo-Zertifikate aus seinem Betrieb, aber sowas schien ihm denn doch noch nicht untergekommen wie der Herr Eo Plunien aus der *Welt!* Auch so'n falscher Paul, der so tut, als ob er die angeblich nicht vorhandenen Talente des Bühnenautors meinte, und in Wirklichkeit sind es die Gesinnung und Gesittung, die ihm querliegen. Müffi absolut fassungslos. Perplex. Wie vor den Kopf gehauen. Als ob sie seinen lieben Freund einfach auf offener Bühne gemeuchelt hätten. Und zwar mit Gift und von hinten. Trotzdem schreiten »Handwerker« wenigstens auf dem Papier ganz munter voran – zügiger als die Herren Protz und Rathjens in meinem Roseburger Arbeiter- und Bauern-Palais – aber Ihr wißt ja, keine Murksleistung ohne Vermerk, kein Handwerkerschnack, den ich mir nicht gleich mitnotiere. Fragt sich bloß, ob ich nach dem D-Munder Debakel noch jemals wieder festen Bühnenboden unter die Füße kriege. Im Zweifelsfall werden wir die Tenne als Tribunal eröffnen: Müff und Beppo als die beiden HW-Kobolde, die jeden Wunsch (jedes Familienmitglieds) im Handumdrehen in Szene setzen. Ganz sparsame Bühnenapparatur, eigentlich nur 2x4 Rigips-Dreiecksplatten, mit denen sich Trennwände hochziehen und Pyramiden auftürmen lassen. Ja, und dann bis zur Weihnachtsgans allhier oder spätestens bis zum Gänseklein zwischen den Jahren.

Mit Gerhard Schlenzig und Freunden vor einem architektonischen Zweifelsfall, Roseburg 1970.

Es hatte ja keiner so richtig dran glauben wollen. Mein Freund, der Architekt Gerhard Schlenzig, nicht. Meine Mutter mit ihrem kleinen Bausparverträgelchen nicht. Meine Frau Eva nicht, deren Familie in Breslau-Neukirch schon mal ein kleines Siedelhäuschen hatte verlassen müssen. Nur mein Freund Werner Lercher (der vielbesungene Müffi) und ich waren ganz verliebt in die 300 Jahre alte Räucherkate in Roseburg, und weil es nur zehn Autominuten von seinem eigenen Bauernhäuschen entfernt war und wir auch an Wochenenden nicht voneinander lassen mochten, machten wir uns gemeinsam an ein Genesungswerk, unter dem ich mir damals noch ein Privattheater für meine ungespielten Stücke vorstellte. »Was du mit vierzig nicht schaffst, das kriegst du mit fünfzig schon gar nicht mehr hin«, unter solchen und ähnlichen Sprüchen machten wir uns zunächst ziemlich einsam ans Werk, er als Heizungsbauer und ich als sein Handlanger und Hilfsarbeiter, was als

»Die Handwerker kommen«, als Bühnenarbeiter in eigener Sache, 1972.

mutmachendes Beispiel dann auch auf den ganzen Freundes- und Familienkreis übergriff – zuerst Eva und Schwägerin Rosi, dann Beppo Buchholz und Otto Meierdiercks und Alex von Paczensky – und dann begann die verlachte Vogelscheuche allmählich ihre Flügel über uns auszuspreiten wie eine behütende Glucke. Einerseits zu aller Geburtshelfer Freud, andererseits zu mancher Nichtstuer Neid: »Sozialischt miaßt mer sei, dann käm ma au in Besitz vo so nem Eigetum.«

»Der Garten wird immer schöner auf seine alten Tage«, 1989.

Nach der Bandscheibenoperation 1989. »Und schon wieder beginnen sich meine Papiere ringförmig um mich herumzugruppieren. Anscheinend naturwüchsige Organisationsformen.« (»TABU I«)

»Mußt du aufschreiben alles, ›Mein Marsch durch die Institutionen‹: Von der Marktforschung bis zur ›Rockerstation‹ A1 in der Jugendanstalt Vierlande.«

»Praktisch sind wir schon immer anders gewesen als die normalen Bürger. Was wir erlebt haben, das hat ein anderer mit dreißig nicht erlebt – mit vierzig nicht.«
(E. R.: »Hinter Mauern und Fassaden«, 1996)

Eva Rühmkorf

Als Leiterin der Jugendanstalt Vierlande, 1975. »Rockerstation A1«.

Als das Wort »Reform« noch ein glanzvolles Zauberwort war. In der Talkshow von Hans-Jürgen Rosenbauer. Vorn Karl Lagerfeld. WDR, 17. April 1976.

Als Kultusministerin von Schleswig-Holstein. Mit Leonard Bernstein auf der Generalprobe zum Schleswig-Holstein-Musikfestival in der Scheune Schloß Salzau, 1989.

Mit Gerhard Schlenzig (Schlenz), 1979. In Befeierung seiner Bekehrung und des Gedichtbandes »Haltbar bis Ende 1999«.

Mit Werner Lercher (Müffi) wieder mal in einem Boot. Gemeinsame Gondelfahrt auf dem Golf von Malakka, Malaysia, 1972.

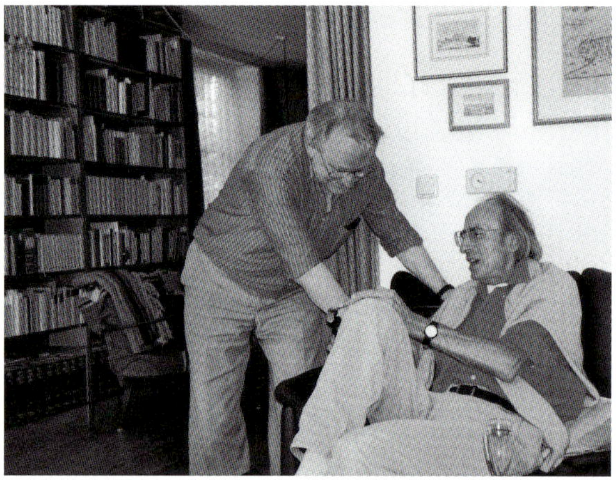

Die Poesie zu Gast bei der Philologie: Mit Theodor Verweyen, Erlangen, August 2000.

Mit Otto Meierdiercks (alter Jazzerfreund seit 1951) in Erinnerung gemeinsamer Heldentaten und verlorener Illusionen, Roseburg 1989.

Stürmisches Wiedersehen unter Alt-»Falken« nach 45 Jahren. Mit dem sozialdemokratischen Bürgermeister von Warstade-Hemmoor, Paul Neese, 1993.

Mit dem Verleger Theo Rommerskirchen. »Und wie nennen wir unser neues Buch? Ein Buch der Freundschaft.«

»Früher, als wir die großen Ströme noch mit eigenen Armen teilten …«

Freunde

Widmungswehen
Eine Bildergeschichte

1. Sept. 97. Besuch Stephan Opitz. Sagte, "gut, daß du heute grad kommst, ich möchte dich nämlich mal als Violinvirtuosen aufnehmen. Weißt du überhaupt, wie ne Geige sich anfaßt?
O.: "Mein lieber Mann, ich hab gute 15 Jahre lang Bratsche gespielt, die Sonaten von Max Reger und das 6. Brandenburgische Konzert als Solopart!x - Aber wofür brauchst du denn das?". Erzählte ihm, daß ich Graß ein Geburtstagsbildchen malen wolle (wir beide als Musici di Roma, weil er doch neulich diesen Roma-Preis-da empfangen habe), aber ich kriegte aus dem Kopf die Perspektive nicht hin. Ne Geige von vorn und dann auch noch sone perspektivisch verschrobene Greifhand. Könne mich ja auch nicht vor den Wandspiegel stellen und gleichzeitig kritzeln. O., grienend in die Schallöcher blickend: "Antonius Stradiuarius Cremonsis Faciebat 1717": "Na, wenn das Ding echt wär, brauchtest Du dir finanziell keine Sorgen mehr zu machenx". Interessant, wie er den "Schafsschinken" sofort professionell in den Griff nahm und auf den laschen Saiten rumfiedelte.

Über Gräber vorwärts!

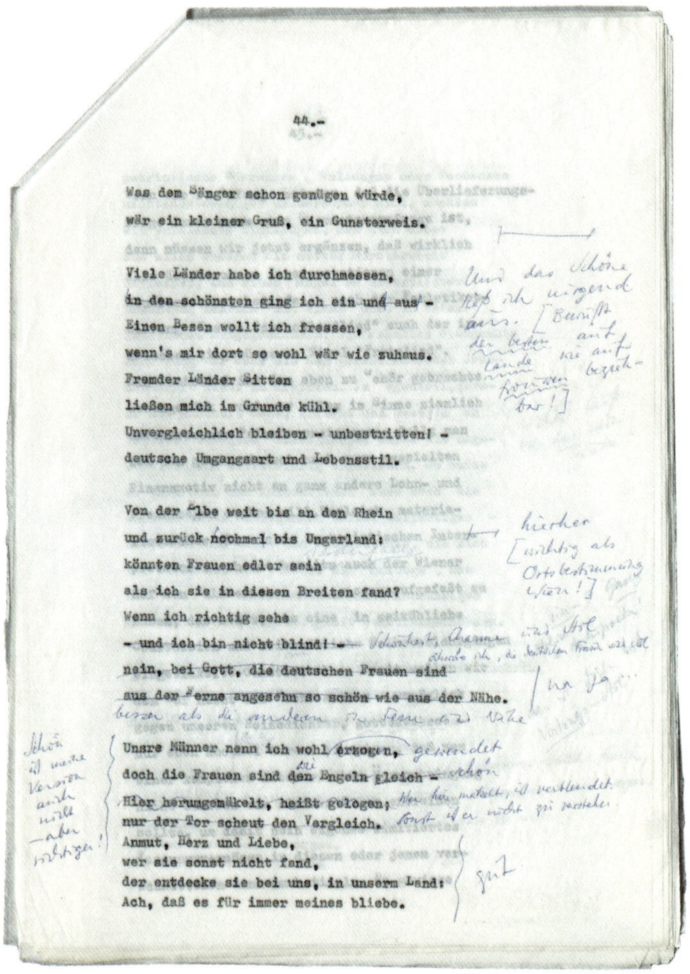

44.-

Was dem Sänger schon genügen würde,
wär ein kleiner Gruß, ein Gunsterweis.

Viele Länder habe ich durchmessen,
in den schönsten ging ich ein und aus -
Einen Besen wollt ich fressen,
wenn's mir dort so wohl wär wie zuhaus.
Fremder Länder Sitten
ließen mich im Grunde kühl.
Unvergleichlich bleiben - unbestritten! -
deutsche Umgangsart und Lebensstil.

Von der Elbe weit bis an den Rhein
und zurück nochmal bis Ungarland:
könnten Frauen edler sein
als ich sie in diesen Breiten fand?
Wenn ich richtig sehe
- und ich bin nicht blind! -
nein, bei Gott, die deutschen Frauen sind
aus der Ferne angesehn so schön wie aus der Nähe.

Unsre Männer nenn ich wohl erzogen,
doch die Frauen sind den Engeln gleich -
Hier herumgemäkelt, heißt gelogen;
nur der Tor scheut den Vergleich.
Anmut, Herz und Liebe,
wer sie sonst nicht fand,
der entdecke sie bei uns, in unserm Land:
Ach, daß es für immer meines bliebe.

Übersetzung von Walthers sogenanntem »Reichslied«, Peter Wapnewski im Sommer 1974 zur freundlichen Begutachtung vorgelegt.

Am Grabstein Walthers von der Vogelweide im Lusam-Gärtlein, Würzburg, 18. Februar 1987.

Am Grab Friedrich Gottlieb Klopstocks in Hamburg-Ottensen, 1977.

»sît ich dem getriuwen friunde bin«.
Mit Peter Wapnewski in Gernsbach, Juli 1975.

Swer mir ist slipfic als ein îs
und mich ûf hebt in balles wîs,
sinewell ich dem in sînen handen,
daz sol zunstæte nieman an mir anden,
sît ich dem getriuwen friunde bin
einlœtic unde wol gevieret.
swes muot mir ist sô vêch gezieret,
nû sus nû sô, dem walge ich hin.

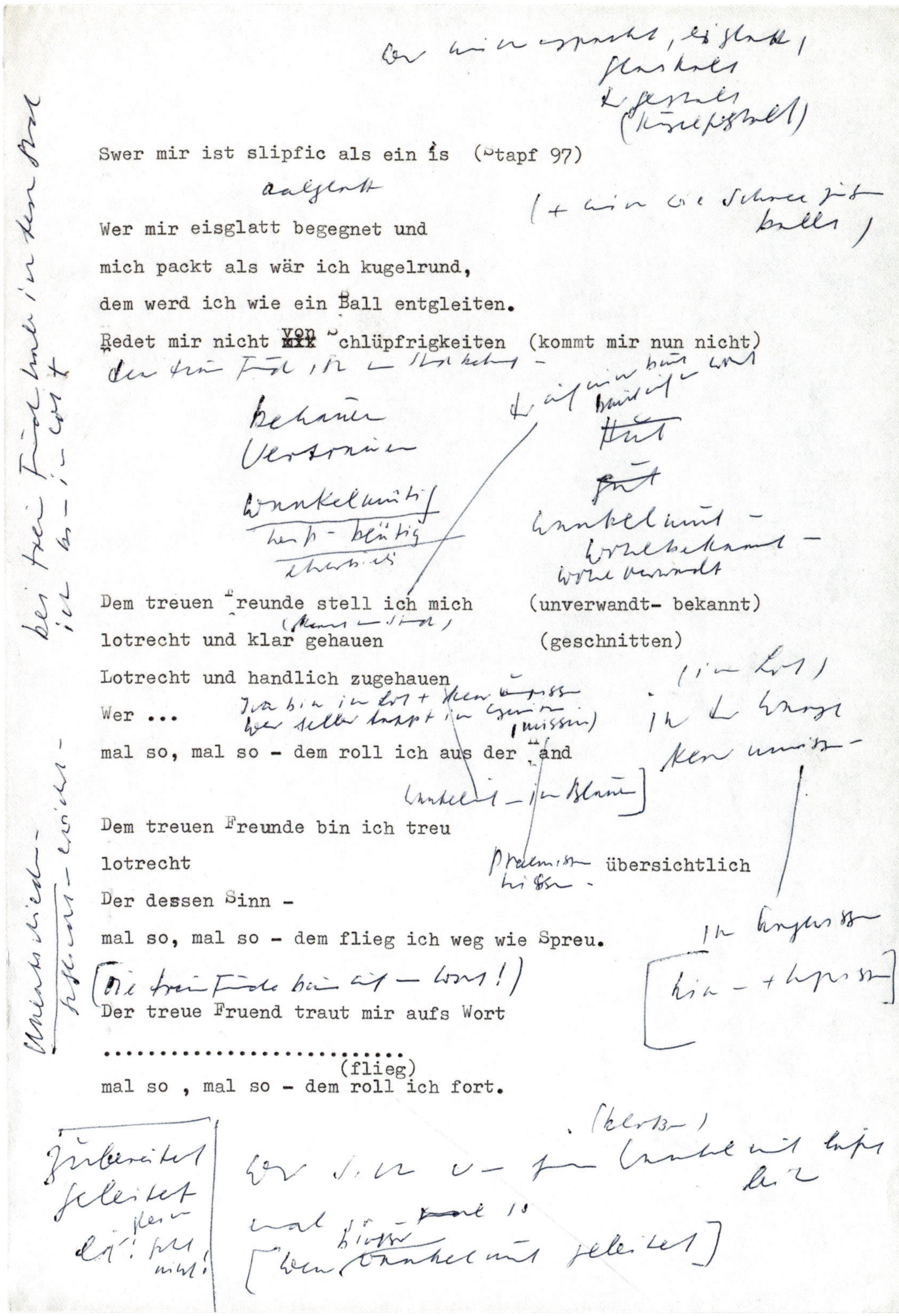
Swer mir ist slipfic als ein îs (Stapf 97)

Wer mir eisglatt begegnet und
mich packt als wär ich kugelrund,
dem werd ich wie ein Ball entgleiten.
Redet mir nicht von Schlüpfrigkeiten (kommt mir nun nicht)

Dem treuen Freunde stell ich mich (unverwandt- bekannt)
lotrecht und klar gehauen (geschnitten)
Lotrecht und handlich zugehauen
Wer ...
mal so, mal so - dem roll ich aus der Hand

Dem treuen Freunde bin ich treu
lotrecht übersichtlich
Der dessen Sinn -
mal so, mal so - dem flieg ich weg wie Spreu.

Der treue Fruend traut mir aufs Wort
....
mal so , mal so - dem roll (flieg) ich fort.

Wer mir eisglatt begegnet und
mich packt, als wär ich kugelrund,
dem werd ich wie ein Ball entgleiten.
Redet mir nicht von Schlüpfrigkeiten:
Bei treuen Freunden hab ich festen Stand,
völlig im Lot und klar umrissen –
Nur dem, der selber tappt im Ungewissen,
mal so, mal so – dem roll ich aus der Hand.

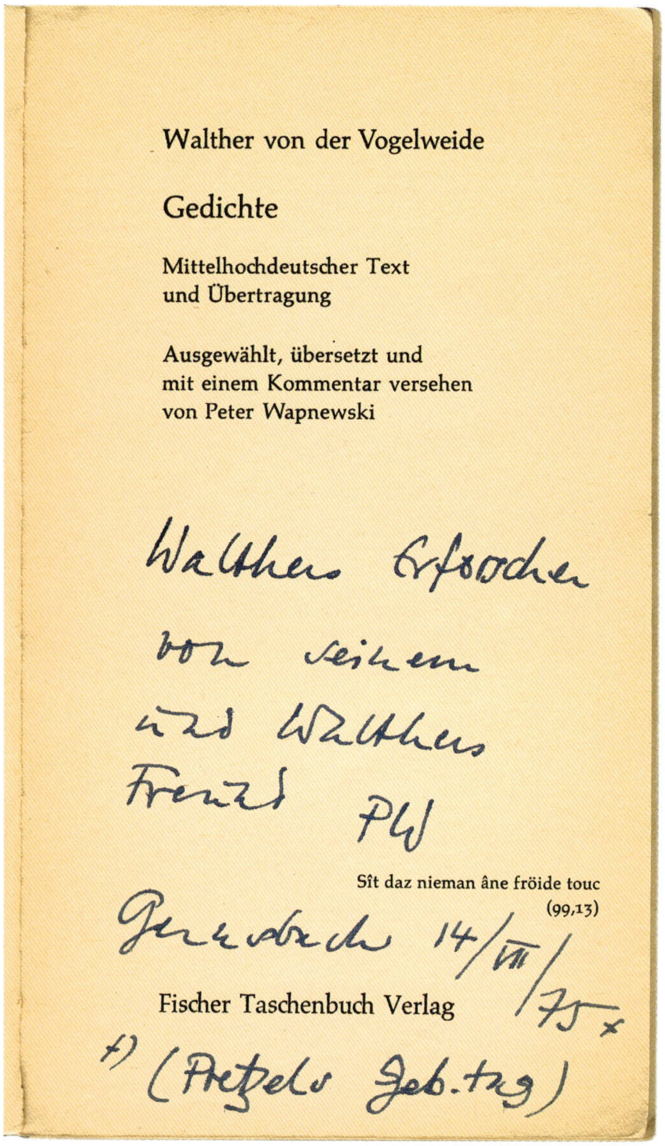

Walther von der Vogelweide

Gedichte

Mittelhochdeutscher Text
und Übertragung

Ausgewählt, übersetzt und
mit einem Kommentar versehen
von Peter Wapnewski

Walthers Erforscher
von seinem
und Walthers
Freund PW

Sît daz nieman âne fröide touc
(99,13)

Gernsbach 14/VII/75*

Fischer Taschenbuch Verlag

*) (Pretzels Geb.tag)

Und als ich die »Jahre« geschrieben hatte – mit all den zerscherbten Hoffnungen und den Klagen über die gebrochenen Genossenschaftsschwüre –, da sah ich mich nach neuen Genossenschaften um, logenbrüderlichen, Innungskameraden sozusagen, und da fiel mein Blick zunächst mal auf meinen Altonaer Nachbarn Klopstock, denn ich wohnte ja nur ein paar hundert Meter von seinem Grab entfernt, und etwas später dann auf Walther von der Vogelweide, auch so 'n Fahrender und Tingelbruder wie ich, und ich entdeckte sofort etwas, was der Wissenschaft noch nicht aufgefallen war: daß ein sattes Drittel seiner Gedichte mit den Worten »ich«, »mein«, »mir«, »mich« anfingen.
(Interview mit Eva Schobel, 1999)

»Dem Freund und Mentor
Peter Wapnewski herzlich zum 80.«
Skizze für einen Geburtstagsgruß.

P.A.N.D.
Künstler für Frieden
und Abrüstung
in P.A.N.D. international e.V.
Haynstraße 9, 2000 Hamburg 20
Telefon 0 40/46 13 30 und 4 80 14 64
Michael Naura
Jungfrauenthal 6, 2000 Hamburg 13

Der Vorstand:
Claus Bantzer
Michael Naura
Peter Rühmkorf
Irmgard Schleier
Hanna Schwarz

Performers and Artists for Nuclear Disarmament

In Memoriam Walther v. d. Vogelweide

Notiz: Titel nicht wiederholen!!!

VERSUCH EINER NACHSTELUNG

Ich saß auf einem Schragen,
Bein über Bein geschlagen ,
darauf den Unterarm gestemmt,
Handteller unters Kinn geklemmt,
die Wange inbegriffen,
rätselnd, mit was für Kniffen
man alte Monumente
zeitlich versetzen könnte -
Besser noch, übertragen!
O Fragen über Fragen ,
Zum Beispiel unsern Walther
aus hohem Mittelalter
d. h. aus grüner Vorzeit
in unsre Plumps-Perdü-Zeit :
s o l i t t i c h
unter Kopfbeschwerden,
die jedes Gleichgewicht
g e f ä h r d e n . . . .

Den Freunden ... P. R.

Bankverbindung: Vereins- und Westbank, BLZ 200 300 00, Kto.-Nr. 14/62266

Komm raus!

Komm raus aus deiner Eber-Einzelbucht,
aus deiner Ludergrube.
Komm raus aus deiner kaskoversicherten Dunkelkammer!
Auch dein Innenleben
Findet öfter statt, merk ich grade –
(Komm raus aus deinem Farbbandkäfig)
Im Prinzip – ja? – Prinzip
sind doch längst alle Schleusen geöffnet, Gitter gefallen …

Immer noch vielerlei Licht hier, wo sich
keine Anzeigenseite dazwischenschiebt,
keine Helium-Annonce –:
DIE SONNE
unverwandt, mit angezogenen Strahlen –
(Komm raus aus deinem Leichen-Entsafter)
Vor dir das Meer und hinter dir
die Waschmaschine …
(aus deinem Metzelwerk, aus deinem Familien-Gefrierfach)
Hier nichts gewollt zu haben,
ist soviel wie verspielt, das weißt du, oder?

Heda, du eingerahmtes Tier, die kriegst
den Kopf wohl gar nicht mehr raus aus dieser Paste, laß sehn!
Unbeugsam reflektierst du dich
an der Schreibtischkante –
(eisern nach innen blickend, ein Vesuv mit geschlossenen Augen)
Komm raus aus deinem handversiegelten Hockergrab!
Auch Kultur
ist nur eine unmaßgebliche Schutzbehauptung.

Eine Schlacht im Sitzen gewinnen:
schön wär's!
Und schön der Gedankeda, wer sich nicht rührt,
hat wenigstens Anspruch auf Schicksal – Aus deiner Tropfsteintruhe!
Komm raus aus deinem Todeskoben, überleg dir das Leben:
Die Morgenschiffe rauschen schon an –
Ein Tag aus Gold und Grau:
willst du mit rein? –

(1975)

Mit seinen Amtsvorgängern Wolfgang Koeppen und Karl Krolow vorm Stadtschreiberhäuschen in Bergen-Enkheim. Rechts der Frankfurter Kulturdezernent Hilmar Hoffmann, 1976.

Als er sich nicht mehr in die Welt hinausbewegen konnte, war er auf die Idee verfallen, die deutschen Dichter und Dichterinnen an seinen eigenen Wohnort zu verlocken. Mit Franz-Josef Schneider, dem Vater und Erfinder des Stadtschreiber-Amtes, 1976.

Frankfurter Nachrichten

Anzeigenblatt mit 25 Stadtteilausgaben für den Raum Frankfurt am Main
Gesamtauflage 441595

Anzeigenschluß Dienstag 13 Uhr
Ffm. 60 · Berger Str. 173 · Telex: 4189791 fn
Anzeigenannahme Ruf 0611/461011 u. 451015

Wochenblatt

13. Jahrgang/Nr. 38
Donnerstag, 4. September 1980

10 A

DICHTER »ZUM ANFASSEN« im Gespräch. Diese merkwürdige Bezeichnung haben im Volksmund die »Stadtschreiber« des Frankfurter Jung-Stadtteils Bergen Enkheims, die jeweils für ein Jahr gewählt werden und freie Unterkunft im alten Stadtschreiberhaus und ein monatliches Salär erhalten. Wer allerdings wähnt, der Stadtschreiber sitze in einer Ratsstube um an der fortlaufenden Welt-Chronik aus Bergen-Enkheimer Sicht zu arbeiten, der irrt. Denn das Amt zum Angefaßtwerden ist lediglich ein symbolisches. Als die Neu-Frankfurter vor sieben Jahren zum ersten Mal einem Schriftsteller diese Würde verliehen, ging es ihnen zum einen darum, trotz Eingemeindung ihre Eigenständigkeit zu dokumentieren. Zum anderen wollte man für »hautnahe« Kultur im Stadtteil sorgen. Beides ist dank der bisherigen Stadtschreiber bisher so gut gelungen, daß der Kultur-Preis weit über Bergen-Enkheim hinaus Beachtung findet. Die Dichter fühlten sich alle wohl im kleinen Vorort, und schlossen viele Freundschaften. Auch von dem neuen Stadtschreiber Dieter Kühn (links stehend) erwartet man sich einiges. Bei einem gemütlichen Beisammensein in seinem neuen Domizil knüpfte er schon erste Kontakte und ließ sich von seinen Vorgängern Ursula M. Nowak, Karl Krolow und Peter Rümkorf (alle stehend) in seine Rechte und Pflichten einweisen. Kühn, eigenwilliger Biograph so unterschiedlicher Persönlichkeiten wie Oswald von Wolkenstein und Napoleon, hat sich auch als Kinderbuchautor einen Namen gemacht. So einen hatten die Bergen-Enkheimer schon einmal: von Peter Härtling schwärmt der Nachwuchs heute noch.

(G/au)FN-Foto: Rüffer

Fröhliche Wissenschaft im Stadtschreiberhäuschen: »Zur Naturgeschichte des Reims und der menschlichen Anklangsnerven«.

Heimat, ein Wort mit Tradition
Zur Einführung Dieter Kühns als neuem **»Stadtschreiber«** in Bergen-Enkheim, 1980

Ein neuer Dichter ist in die musenfreundliche Stadt Bergen-Enkheim eingezogen, eine Dichterin, die ein Jahr lang ihre Gastfreundschaft genoß, hat sich verabschiedet – ein Kommen und Gehen, wie es scheint. Und doch ist diese Stadt nicht bloß eine flüchtige Durchgangsstation, sondern ein Stück Heimat für alle hier tätig oder müßig gewesenen Stadtschreiber und der lockere Dichterreigen beinahe schon ein Traditionsverband.

Als ich etwas jünger war, hätte ich solche Vokabeln wie »Tradition« oder »Heimat« gewiß vorsichtiger benutzt und sie lieber erst dreimal im Mund herumgedreht, ehe ich sie in die Öffentlichkeit entlassen hätte. Denn »Heimat«, das heimelt natürlich schon beträchtlich an, und »Tradition« erscheint uns nicht zu Unrecht als der festgefrorene Gegensatz vom »Prinzip Hoffnung«.

Andererseits, wer wollte es verschweigen, haben gerade die Bergen-Enkheimer Stadtschreiber allesamt Wurzeln geschlagen in diesem idyllischen Ort, und man freut sich beim Wiedersehen jedesmal, daß das alte Rathaus noch so zierlich-störrisch im Wege steht, als ein Heimatmuseum und nicht als Parkhochhaus, und daß der beschaulich abfallende Bergerhang noch unzerwalkt und unverbaut vor unseren Blicken liegt.

Das menschliche Auge hängt seltsamerweise an solchen sinnenfälligen Symbolen der Unverrückbarkeit, ja der ganze Mensch hängt daran; er braucht anscheinend solche dem Zug der Zeit und der Zugluft des Erschließungskampfes entzogene Residuen, kurzum ein Stück Beharrlichkeit in der Erscheinungen Flucht.

(*Frankfurter Allgemeine Zeitung* vom 29. November 1980)

Frankfurter Allgemeine
Zeitung für Deutschland
Redaktion
Marcel Reich-Ranicki

4. November 1982

Mein lieber Herr Rühmkorf,
ich danke für Ihre »Kleine Fleckenkunde«, die ich tatsächlich noch nicht gesehen hatte, und für Ihren Brief, der mich, nach so langer Zeit, sehr gefreut hat. Sie haben, schreiben Sie, das dumpfe Gefühl, ich würde Ihnen etwas übel nehmen. Nun, das ist nicht ganz richtig, aber eben auch nicht ganz falsch. Die Sache ist subtil und für eine exakte Darlegung in einem Brief nicht geeignet. Soviel aber sei angedeutet:
Daß das Rezensionswesen Ihnen ein bißchen fremd geworden ist, kann ich wohl verstehen. Unter uns: Ich habe manchmal von der ganzen Literatur genug. Doch geht es nicht nur um Rezensionen, sondern es fällt mir auch auf, daß ich anderes aus Ihrer Feder ebenfalls nicht erhalte – weder Gedichte noch größere Artikel, die man zuweilen anderswo finden kann, noch Kleinigkeiten für die »Frankfurter Anthologie« und ähnliches. Hinzu kommt ein Umstand, der meiner Aufmerksamkeit nicht entgehen konnte: Im Laufe der letzten Jahre zeigten Sie wenig Lust zu einem Treffen – weder in Hamburg noch hier in Frankfurt. Das ist natürlich Ihr gutes Recht, denn wir leben immer noch in einem freien Land. Aber vor einiger Zeit, etwas Mitte der siebziger Jahre, da war der Peter Rühmkorf weniger berühmt, und da war alles anders. Ich habe keine Lust, hier über das langweilige Thema (Undank ist der Welten Lohn) zu meditieren. Und wenn man alles streng sachlich betrachtet, habe ich nicht den geringsten Grund, Ihnen irgend etwas vorzuwerfen. Nur: Es bleibt ein Rest, nicht ganz leicht zu tragen und natürlich nur rein persönlich. Das wärs, nun habe ich mehr gesagt, als ich eigentlich sagen wollte.
Das Buch »Meine Schulzeit im Dritten Reich« haben Sie bestimmt erhalten. Wie ich von vielen Leuten höre, ist es doch ein nützliches, ja vielleicht sogar ein gutes Buch.
Ab Mitte Dezember, schreiben Sie, »ließe sich durchaus wieder ein lockeres Fädchen spinnen«. Ich kann nur wiederholen, was Sie schon oft von mir gehört haben. Für Ihre Produkte ist hier immer Platz. So warte ich wieder einmal auf die Fädchen und Fäden, die wir vielleicht doch gemeinsam spinnen könnten.

Sehr herzlich
Ihr
Marcel Reich-Ranicki

Peter Rühmkorf
Hamburg, den 14.11.82

Lieber Herr Ranicki,
Dank für die prompte, offene und menschliche Antwort. Die kompliziertere Welt besteht allerdings zur Hälfte aus Mißverständnissen, und *Sie* bieten diesen Fledermäusen zumindest so viele Schlupfhöhlen wie andere, scheinbar viel anfälligere Personen. Von mir will ich hier nicht reden. Ich bin aber auch dieser Junker Undank nicht, zu dem Sie mich herunterporträtieren, im Gegenteil, ich weiß sehr genau, wem ich was verdanke (Der »FR« und dem »Spiegel« beispielsweise nichts), aber sagen Sie: Ihre freundliche Förde-

rung war doch gerecht und muß nicht wie eine Schuld auf Raten abgegolten werden?! Davor allein hab ich Angst, und auch nur deshalb, weil es einem das Leben in lauter kleine Stücke auseinanderreißt, ein Rezensiönchen hier, ein Jubiläum dort, einen Anthologiebeitrag heute (ich meine jetzt nicht die Ihre), einen politischen Streitartikel morgen, deshalb geh ich ja schon gar nicht mehr ans Telefon und zu keinem PEN und zu keiner Akademie und zu keinem VS und zu keinem lit: Ausnahmen immer nur dann, wenn ich meine, dem Guten dienen zu *müssen*, das nicht zunächst mit meinem persönlichen Wohl zu tun hat.
Dieser sehr allgemeinen Enthaltsamkeit haben sich nun zwei mehr oder minder zufällig zustande gekommene Ungelegenheiten gesellt (meinetwegen auch: nicht zustande gekommene Gelegenheiten), deren Bedeutung sich mir erst jetzt auf die Seele senkt, wo Sie Ihnen dieses Gewicht beimessen.
Lieber, herzlich verehrter Herr Ranicki: Ich schätze mich glücklich, wenn ich Sie sehen kann; ich freue mich aufrichtig, wenn ich Ihnen begegne und mit Ihnen gemeinsame Sache machen kann wie im seinerzeitigen Bremen (wo wir, Sie erinnern sich, Loest den Preis zuschanzen wollten); ich kränke mich selbst in schlechtem Gewissen, wenn ich einen Wunsch von Ihnen nicht erfüllen kann wie damals die Bitte um Koeppen-Besprechung; schieben Sie also um Himmelswillen doch nicht anderweitig gewonnene Dianegative zwischen uns, sie haben hier nichts, nichts, nichts zu suchen.
Die Mitwelt ist schlecht mit Ihnen umgegangen, das weiß ich doch, und Undank und Unflätigkeit haben sich oft genug an Ihre Hacken gehängt; was soll ich Ihnen denn nur noch versichern, um gewissen Zwangsprojektionen zu entgehen, die ganz andere Gründe und andere Verursacher haben.
Aber zu einem kurz noch ein Wort. Was Sie anderweitig von mir gelesen haben, hing jeweils mit ganz aktuellen Aufregungen zusammen, die sich einfach Luft machen mußten und die diese Luft in der »FAZ« nicht gefunden hätten. So etwas gibt es, und das soll uns doch nicht trennen. Unbillig scheint mir allerdings die Ableitung, wenn ich dies schon getrieben hätte, dann hätte ich auch noch das – und das – und das – machen können; nein, das ging dann eben gerade überhaupt nicht mehr, und ich hab mich ja nicht mal in diese groß aufgemachte Poesie-Diskussion eingemischt, zu der ich herzlich eingeladen war – drei Kreuze hab ich hinterher geschlagen, und heute weiß ich, das war noch fast zuviel bei diesen ungesegneten Leichenbittern.
Lieber Herr Ranicki, ein andermal mehr und dann nicht so ausführlich. Ich laß diese Post privatheitshalber mal an Ihre Heimadresse gehen, ein Anlaß, der lieben Frau Ranicka gleich mit ans Herz zu fallen, die beim letzten Bergen-Enkheim schon so antizipatorisch durch mich hindurchsah, als ob sie Ihren Brief hätte vorwegnehmen wollen. Nun hat Ihre Post denn tatsächlich dieses Dinge-da ans Licht gebracht und wir wollen sie schnellstens begraben.

Sehr herzlich grüßt Sie
Peter Rühmkorf

Frankfurter Allgemeine
Zeitung für Deutschland
Redaktion
Marcel Reich-Ranicki

19. November 1982

Mein Lieber,
dies ist sicher: Sie schreiben wunderbare Briefe, Sie sind der letzte große Epistolograph. Über Ihren Brief vom 14. November habe ich mich ganz besonders gefreut, ich habe ihn, wenn Sie mir den Ausdruck verzeihen wollen, genossen, und er hat mich auch amüsiert.
Nun sind wirklich alle Mißverständnisse ausgeräumt, und ich versichere Ihnen schriftlich und feierlich: Sie haben mir gegenüber keine Schuld, Sie brauchen nichts auf Raten abzugelten. Ob ich mich zu einer Schuld Ihnen gegenüber verpflichtet fühle, steht freilich auf einem anderen Blatt und braucht hier nicht dargelegt zu werden.

Sehr herzlich
Ihr
Marcel Reich-Ranicki

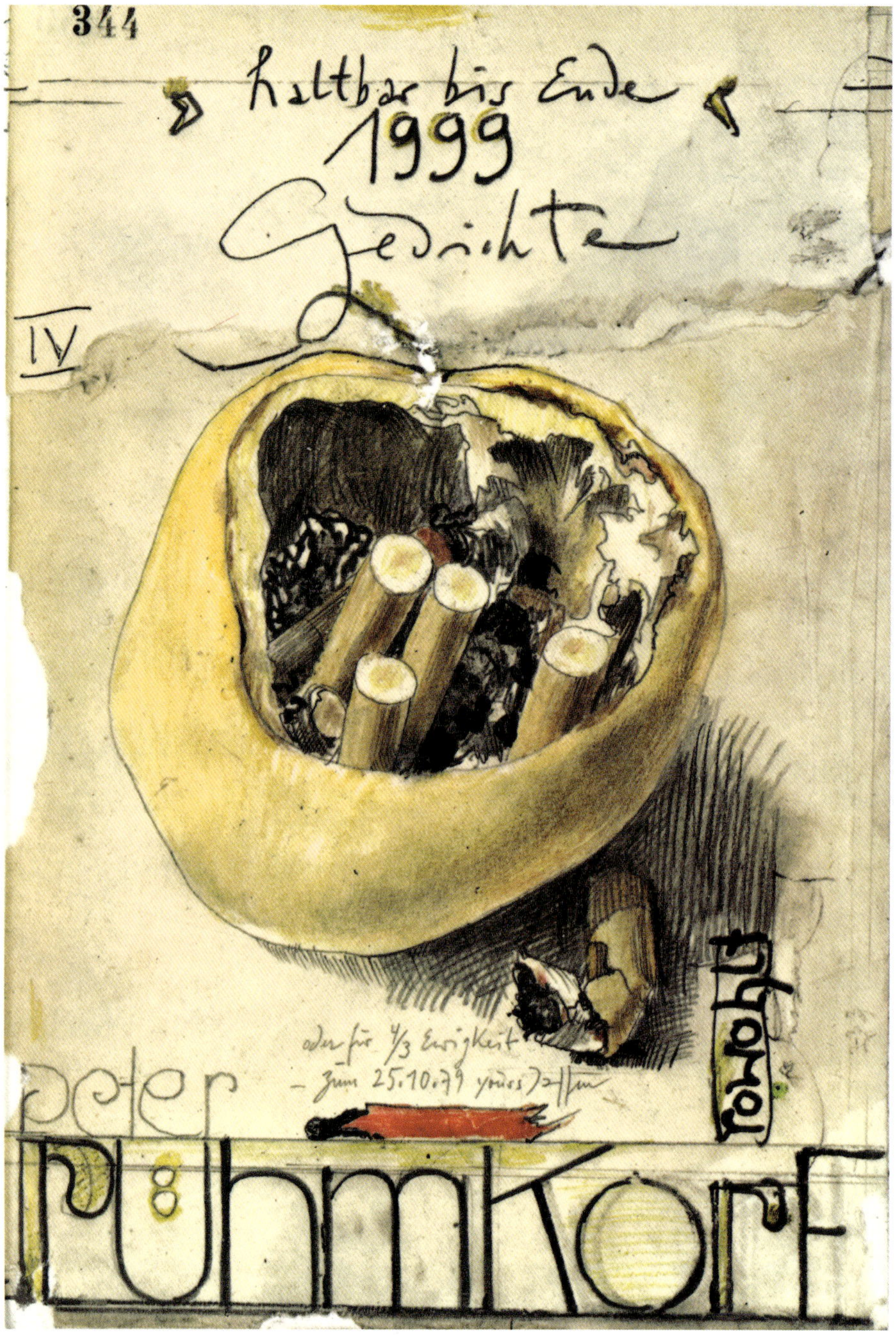

Es gab einmal ein Jahr, als wir alle 50 wurden, Hans Magnus Enzensberger, Kempo, Reinhard Baumgart, Reinhard Lettau, Günter Kunert, Heiner Müller, Christa Wolf, der ganze Jahrgang 29, so auch ich, und weil ich gerade ein Buch mit dem Titel »Haltbar bis Ende 1999« geschrieben hatte, wünschte ich mir nichts so sehr wie einen Umschlag von unserem Mit-29er Janssen. Allerdings wußte ich gar nicht so recht, wie ich gerade mit ihm stand (wir hatten uns einige Jahre nicht gesehen), weshalb ich als Parlamentär und Ombudsmann erst mal meinen Verleger Ledig-Rowohlt vorschickte, der die Kunst der süßen Rede beherrschte und von der ich meinte, daß sie Janssen lieblich in den Ohren klingen könnte. Tatsächlich schien sich auch Janssen bereits einige schöpferische Gedanken über diesen Generationsgeburtstag gemacht zu haben, und als ihn Ledig dann wirklich in einer sentimentalen Stunde bei dem entsprechenden Herzzipfel erwischte, war der gewünschte Buchumschlag schneller in meiner Hand, als man überhaupt hoffen kann.

Ja, und das war nun auch noch ein Bild genau nach meiner Fasson. Es zeigte auf teegegilbtem Karton eine ausgehöhlte Pampelmusenschale, in der 5 1/2 teils parallel, teils ungleichmäßig ausgedrückte Zigarettenkippen staken. Darunter ein genial aus dem Heftchen gefetztes brandrotes Streichholz mit dekorativ verkohltem Köpfchen und der handgekrakelten Widmung »für 4/3 Ewigkeit«, ein wundersam wüstes Stilleben, aber doch nicht bloß nature morte, weil bei Janssen letzten Endes alles auf Auferstehung und Apotheose hinausläuft.

(»Erinnerungen an unseren 50.«, 1985)

Blumengruß Horst Janssens zum 50. nebst kleiner Widmung an Eva R.

P. R.

In der kurzen Zeit, als **Janssen** und ich richtig gut Freund miteinander waren – sie dauerte etwa vom Herbst 79 bis zum Frühjahr 83 und hatte durchaus schon Züge einer Romanze –, hatte mir Janssens Selbstverschwendungslust gewiß den größten Eindruck gemacht. Während ich das Titelbild noch vor seinen Augen auf mich wirken ließ, meinte er plötzlich, daß dem Buch noch etwas fehle, genauer gesagt, ein Frontispiz, so, bleib mal einfach so sitzen, und dann begann sein Rapidstift auch schon mit der Profilaufnahme. Der Vorgang, obwohl kaum eine 10-Minuten-Sache, schien mir meinerseits so interessant, daß mein Apperzeptionsapparat den Verlauf sofort und, wie ich meine, einigermaßen augenblicksgetreu zu registrieren begann. Offenbar hatte Janssen sich durch das reichlich vorhandene Publikum veranlaßt gefühlt, diesmal etwas ganz besonders Vorteilhaftes aufs Papier zu zaubern, und so sah es mich denn auch an. Das heißt, er hatte mich für meinen Geschmack allzu liebenswürdig ins Visier genommen, um nicht zu sagen, er hatte geschönt. Er hatte meine Nase in einen fast schon gefälligen Winkel gesetzt und dem deftigen Rücken einen zu schmalen Grat verliehen. Er hatte die Spitze schmeichlerisch verkürzt und mich richtiggehend ein bißchen hochgenobelt, und als er mich fragte,

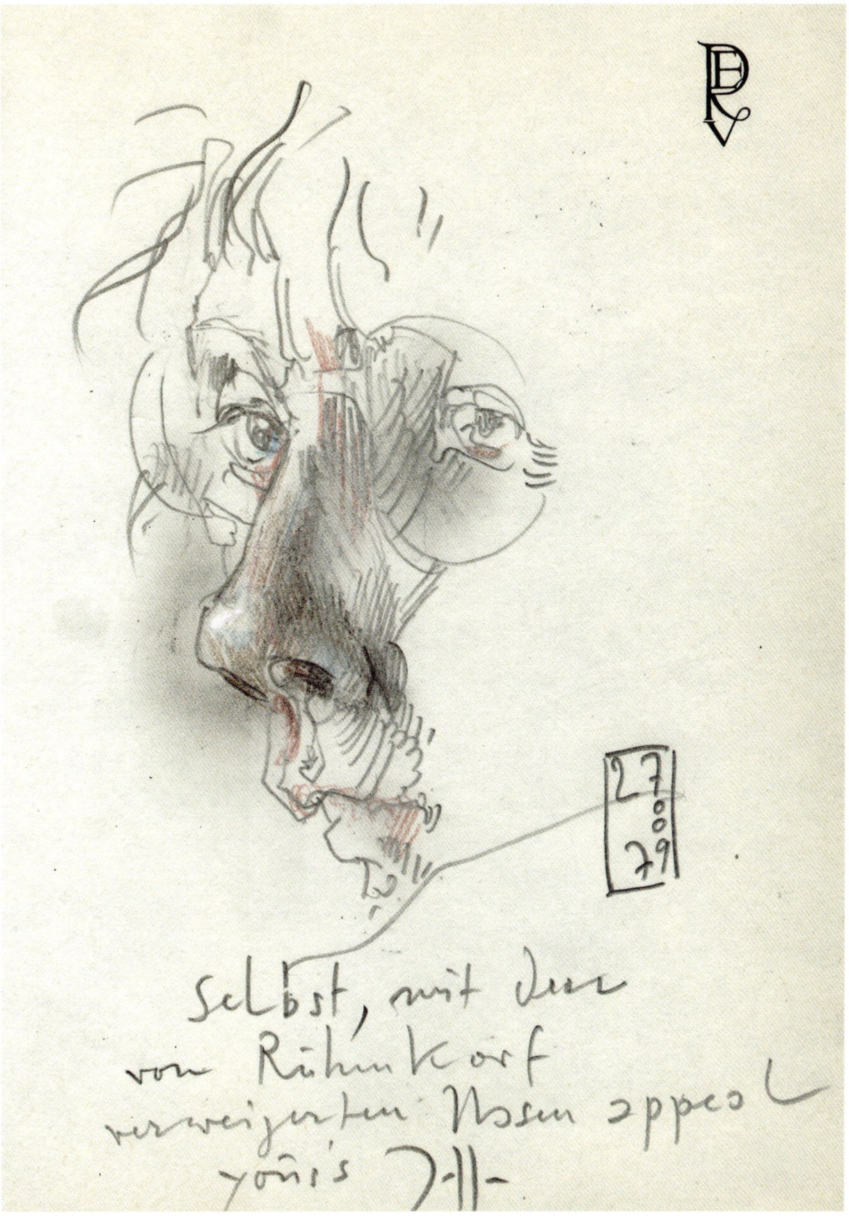

P. S.

wie sich der Umriß von innen anfühle, sagte ich: »Du hast es zu gut mit mir gemeint, mein lieber Janssen, du hättest mich ruhig ein bißchen grober anpacken können.« Das war nun nicht gerade nach der Art des Hauses, denn wo Janssen zum Konterfei bittet, fällt das ungetrübte Entzücken des Beschauers normalerweise als Dank an den Zeichner zurück. Weil aber beim Jahrgang 29 ein Monat Vorsprung schon so viel wie ein Anciennitätsausweis ist, fühlte der Künstler sich durch meine Mängelrüge eher amüsiert als beleidigt und griff, nach einem Moment des Maßnehmens, unverzüglich zum Radiergummi. Trug die zu knapp bemessene Spitze ab und ließ sie etwas knollenförmiger hervortreten. Gab den Flügeln mehr Masse und operierte auch noch ein wenig an den Kinnbacken herum. Dann reichte er mir das Blatt mit einem letzten Unsicherheitszwinkern entgegen: »Na, da hast du deinen Gummel.«

Eine Geschichte, die ihm offenbar keine Ruhe gelassen hatte und ihn wenige Tage später zu einem P.S. veranlaßte.

Phönix voran!

Was dann nachher so schön fliegt …
wie lange ist darauf rumgebrütet worden.

Und muß doch wieder raus aus seiner Luft
und runter in den Eisschleim, in den Bleiverschlag.

»Stark belastbare Führungskraft/Verkauf (43)
beweglicher Praktiker mit Krisenerfahrung,
kann motivieren und aufbauen«:
mit solchen zusammen mußt du nun in die Arena.

Hier mal erneuere dich.

Komm-komm, alter Schmierseifenhansel, ausgerenkte Bezugsperson,
der Mensch ist kein Klavierhocker!
Schraube im Arsch,
zum Rauf- und Runterdrehn.

Odu und wie-du-so-sabbelst:
»Es kotzt mich an, aber es wirft mich nicht um –«
Das ist auch son Gedanke in Öl, den kannst du dir einrahmen lassen.

Oder wie du behutsam deine Atemzüge einteilst,
als wär damit Zeit zu gewinnen.

Das kannst du aber nicht.
Das muß erst alles – organisch – mit Gewalt! – entwurzelt werden.
Schon morgen.
Heute noch.-
Rechtzeitig ist zu spät.

Ruhig vom Stuhl geschubst.

Mit klarem Ruck aus den Angeln.

Wie dieser ganz normale Neurotiker neulich
Seinem Irrenarzt die Couch vor die Füße kippte und sagte:
»Mit der Hypo-Bank kamen die Schulden ins Haus
und mit dem Doktor die Zustände –
Ich aber will mein Geld zurück und meine Stimmen wieder hören.«

So etwa!

Beziehungsweise: »Wenn ich mal richtig *ICH* sag,
wieviele da wohl noch mitreden können?!«

Einspruch? Nichtsda.
'N Ich hat irgendwie jeder, und das ist auch gar nicht so ungewaltig.
Wenn es die Augen zuklappt,
geht die Erde unter,
sind die Sterne aus.

Und darum will ich
– jetzt sofort! –
den Grabstein vor der Tür wegwälzen.

Und darum will ich mich dir völlig unterbreiten,
wie eine Juniwiese,
ein Ausbund an Grün.

Und will dir den Fluß einschenken,
bis du überläufst,
unhaltbar,
fortgerissen,
und mich – mit dir – ertränkst.

P. R. als Herausgeber.

1. Bitte recht mürrisch!

2. Jaaaaaa! Das ist es.

»Warum lassen Sie Ihre **Katze** nicht mitreden, Herr Rühmkorf?«

Herr Rühmkorf, Sie haben ein Katzenmärchen geschrieben. Kennen Sie Katzen? Mögen Sie Katzen?
Ich bin kein ausgesprochener Katzennarr. Also keiner von jenen besitzergreifenden Katzenliebhabern, die auf jede Katze zuspringen und sie an sich zu locken suchen. Ich habe mich an diese Katze gewöhnt, wie sie sich an mich gewöhnt hat – das ist wohl schon alles. Wir leben ja jetzt schon 16 Jahre zusammen, wie teilen das Haus, leben unter einem Dach, begegnen uns alle paar Stunden: das schafft natürlich Beziehungen.

Wer weiß mehr über wen, Sie über die Katze oder die Katze über Sie?
Zunächst einmal sind wir beide Haustiere. Ich arbeite den ganzen Tag in der Wohnung, die Katze hat auch irgendwie hier zu tun, das schafft dann ein Klima von wettbewerblicher Koexistenz. Die Katze meint wohl, mich ziemlich genau zu kennen, das heißt, sie hält mich für berechenbar. Andererseits halte ich sie für nicht ganz so unberechenbar, wie sie sich selber einschätzt. Das führt dann gelegentlich zu diesen Ich-kenne-dich-besser-Wettkämpfen.

Brauchen Sie Ihre Katze zur Unterhaltung?
Nein, eigentlich nicht. Ich könnte jederzeit ohne Katze auskommen – die Katze kann aber nicht ohne mich. Ich bin – wie gesagt – ihr Dienstmann und bin in ihrem Dienst ergraut, schließlich hängt man an solchen Gewohnheiten.

Mehr nicht?
Es bilden sich schon gewisse feine Seelenbande aus. Man sieht etwas in die Katzen hinein und vielleicht auch etwas aus ihnen heraus: Eigenschaften, die man schätzt, weil man sie nicht selber hat.

Wie in Ihrem Märchen?
In dem Märchen »Auf Wiedersehen in Kenilworth« wird ein Kastellan in einen Kater verwandelt und seine Kätzin in ein Menschenmädchen. Beide leben eine ganze Zeitlang in dieser fremden Haut, sie gewöhnen sich sogar in sie hinein, und der Autor und der Leser gewöhnen sich mit, und schließlich fragt man sich, ob man die Verwandlung überhaupt aufheben darf. Wir erreichen gewisse kritische Grenzen des Verzauberungsmärchens.

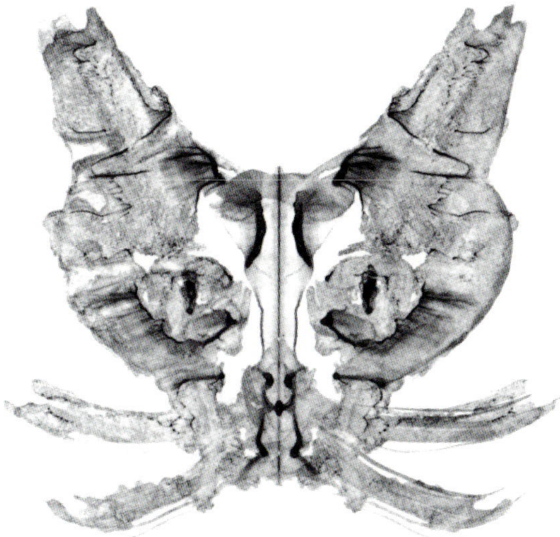

3. Und wie spricht unser gatto? Im Zweifelsfall »ben fatto«.

4. Ali Schindehütte führt dem Micio sein Konterfei vor.

Was schätzt Ihre Katze an Ihnen?
Ich glaube, daß ich sie nicht wie einen Hund behandle. Ich will sie nicht dressieren, ich will sie nicht zu meinem jaunernden, triefenden, folgsamen, demütig nach Liebe schnuppernden Untertan machen. Ich will sie nicht nach meinem Bilde schaffen, und – nebenbei – bin ich dann auch noch dieser höchst schätzenswerte Futterlieferant.

Was schätzen Sie an Ihrer Katze?
Vielleicht ist es das Unnütze und – von uns aus gesehen – Zwecklose. Der Micio ist das, was ich leider gar nicht bin, ein rechter Tunix. Meine Frau hat mal gesagt, er ist der Erfinder des Faulpelzes, und vielleicht sieht man gerade das mit einem gewissen Wohlbehagen. Man erfreut sich an der Müßigkeit, der vollkommenen Unbekümmertheit. Katzen können jeden Augenblick in Schlaf fallen und sind im Moment wieder putzmunter: das sind schon beneidenswerte Fähigkeiten. Das heißt, manchmal schlägt das Vergnügen auch in schieren Neid und Ablehnung um. So viel egozentrische Sorglosigkeit auf einem Haufen, das darf doch wohl nicht wahr sein. Sie hört doch genau, wenn das Telefon klingelt, warum geht sie nicht ran, warum springt sie nicht mal schnell zur Hilfe? Nichts tut sie.

Warum wurde Ihre Katze zu diesem Gespräch nicht zugelassen?
Die Katze hat sich selbsttätig entfernt. Sie möchte nicht, daß wir ihr noch tiefer auf die Schliche kommen. Aber wie gesagt, das ist solch ein Fall von Täuschung, den wir natürlich durchschauen …

(Aus einem Interview mit Agnes Hüfner)

Umschlag und Illustrationen von Ali Schindehütte.

Als Kompostwender in Roseburg.

Buchwidmung für Eva R.

Juni 1983. Hatte mir vorgenommen gehabt, nach »Kenilworth« (»Ein Märchen in 13 Kapiteln«) nie wieder solchen Dreizehnender in die Welt zu entlassen, da beinah jede Kritik die magische Zahl zum Anlaß mystagogischer Erörterungen genommen hatte. Wollte im »Misthaufen«, koste es (an Zeit) was es wolle, niemals wieder solche müßige Zahlenmystik heraufbeschwören und das Buch mit dem 14. Märchen »Drei unnütze Gaben« auslaufen lassen. Vergebens. Gelernt und nie vergessen, daß die Aufklärung sich auf den Kopf stellen kann, sie kommt an gewissen Hexengesetzen einfach nicht vorbei. (Tagebücher, 1983)

Titelbild von Horst Janssen, 1983.

DDR-Ausgabe, 1985.

Raubdruck, 1984.

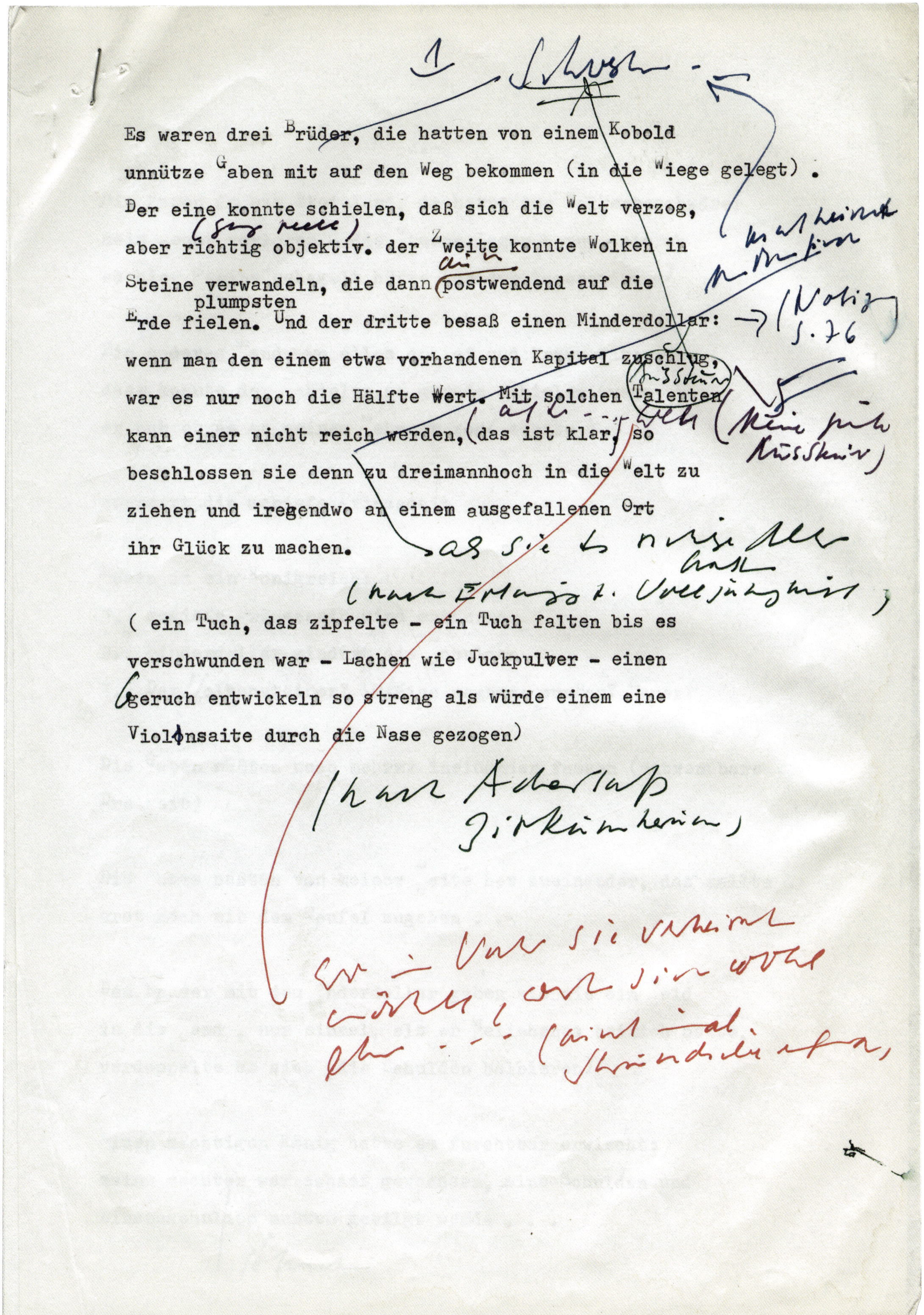

Es waren drei Brüder, die hatten von einem Kobold unnütze Gaben mit auf den Weg bekommen (in die Wiege gelegt). Der eine konnte schielen, daß sich die Welt verzog, aber richtig objektiv. der Zweite konnte Wolken in Steine verwandeln, die dann postwendend auf die Erde fielen. plumpsten Und der dritte besaß einen Minderdollar: wenn man den einem etwa vorhandenen Kapital zuschlug, war es nur noch die Hälfte Wert. Mit solchen Talenten kann einer nicht reich werden, das ist klar, so beschlossen sie denn zu dreimannhoch in die Welt zu ziehen und iregendwo an einem ausgefallenen Ort ihr Glück zu machen.

(ein Tuch, das zipfelte - ein Tuch falten bis es verschwunden war - Lachen wie Juckpulver - einen geruch entwickeln so streng als würde einem eine Violonsaite durch die Nase gezogen)

»Drei unnütze Gaben« oder der verfehlte Versuch, einen Zauberbann zu durchbrechen.

Hochseil

Wir turnen in höchsten Höhen herum,
selbstredend und selbstreimend,
von einem Individuum
aus nichts als Worten träumend.

Was uns bewegt – warum? wozu? –
den Teppich zu verlassen?
Ein nie erforschtes Who-is-who
im Sturzflug zu erfassen.

Wer von so hoch zu Boden blickt,
der sieht nur Verarmtes/Verirrtes.
Ich sage: wer Lyrik schreibt, ist verrückt,
wer sie für wahr nimmt, wird es.

Ich spiel mit meinem Astralleib Klavier,
vierfüßig – vierzigzehig –
Ganz unten am Boden gelten wir
Für nicht mehr ganz zurechnungsfähig.

Die Loreley entblößt ihr Haar
am umgekippten Rheine …
Ich schwebe graziös in Lebensgefahr
grad zwischen Freund Hein und Freund Heine.

Magie in den Massenmedien
Das Beri-Beri-Experiment
Das Geheimnis der Dolly Dollar
Wenn die Ratio mit ihrem Latein am Ende ist – oder:
Vom Auseinander- und Zusammenreimen
Die natürlichen Schallgrenzen zu durchbrechen
In der Rolle eines Hauptdarstellers
Paradiesesflöten, versetzt

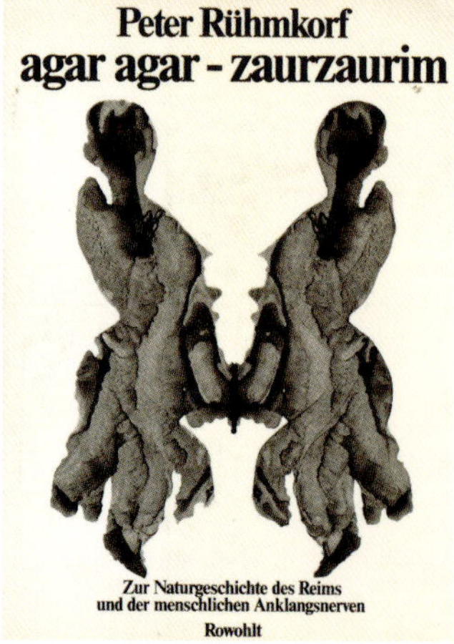

»Zur Naturgeschichte des Reims und der menschlichen Anklangsnerven.«

Von den Klexen und ihren Reflexen

Als ich mich gegen Ende der siebziger Jahre einmal ausführlich mit dem Reim beschäftigt hatte und schließlich bis zu den urigsten Elementarbausteinen der Sprache und der Sprachkunst vorgestoßen war – geklonten Doppelbildungen à la »Papa«, »Mama«, »Popo«, »Pipi«, »Lala«, »Wauwau«, »Mimi«, »Titti« und so fort – sah ich mich nach Fertigstellung der Arbeit der schier unlöslichen Aufgabe gegenüber, den beschriebenen Doppelmoppeln und Echoeffekten ein zu Augen gehendes Pendant für den Buchumschlag beizugesellen. Nachdem mich alle mir bekannten Maler, Zeichner und Umschlaggestalter im Stich gelassen hatten und auch eigene Versuche mit Collagen und Frottagen kläglich fehlgeschlagen waren, entsann ich mich plötzlich der Klecksographien des guten alten Justinus Kerner (1786–1862) und machte mich meinerseits ans Kleckseln, was nach vielen Schmier- und Probierphasen endlich doch zu ganz hübschen Ergebnissen führte. Und wie bei Kerner die sozusagen durch Kernspaltung erzeugten Chimären und Fabelwesen sogleich die entsprechenden Reime und Sinngedichte nach sich gezogen hatte, schrien auch meine Doppelmoppel augenblicklich nach ihren versifizierten Gegenstücken. Ob man darin bereits progressiven Beziehungswahn erkennen möchte, ist mir einigermaßen egal, zumal ich feststellen konnte, daß von den Klexen und ihren Reflexen offensichtlich ein seltsamer Geselligkeitszauber ausging.
(Rede zur Verleihung des Justinus-Kerner-Preises, 1993)

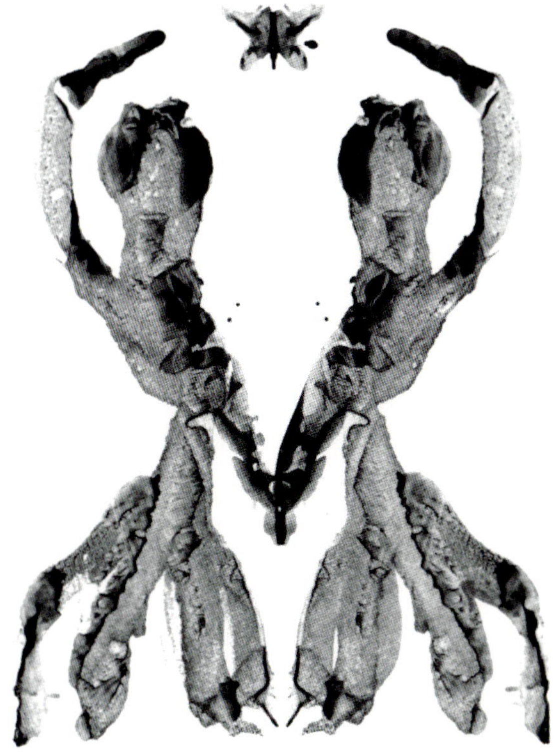

Die Methode Justinus Kerner
ist der beste Fleckenentferner.

Erstausgabe im Haffmans Verlag, Zürich 1982.

Lizenzausgabe des Insel Verlags, Leipzig 1988.

Zooloo

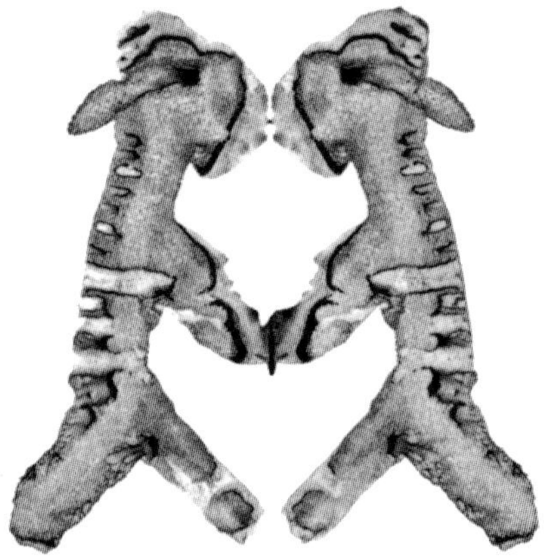

Zwei Hasen auf der Koppel

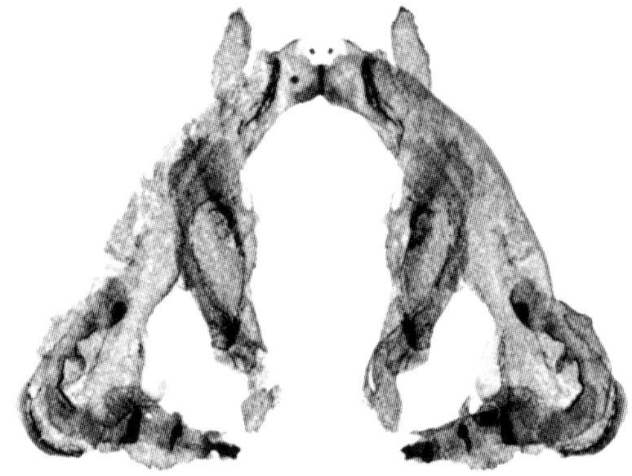

zwei Hündchen im Verein

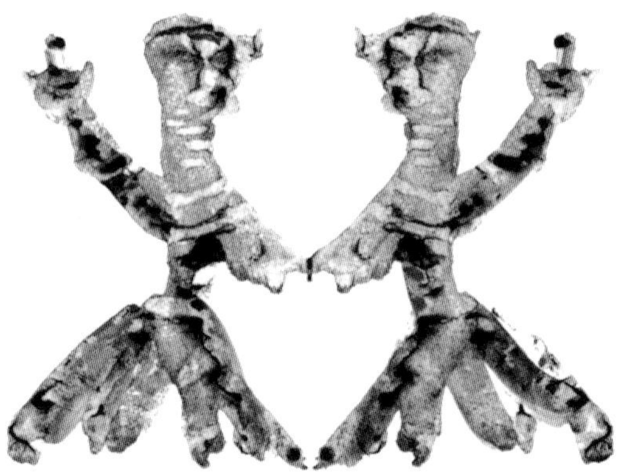

wir bilden Doppelmoppel
aus jedem Einzelschwein.
Ob säuisch, hündisch, häsisch,
mit Doubeln hebt das Tanzen an,
Figuren siamesisch:

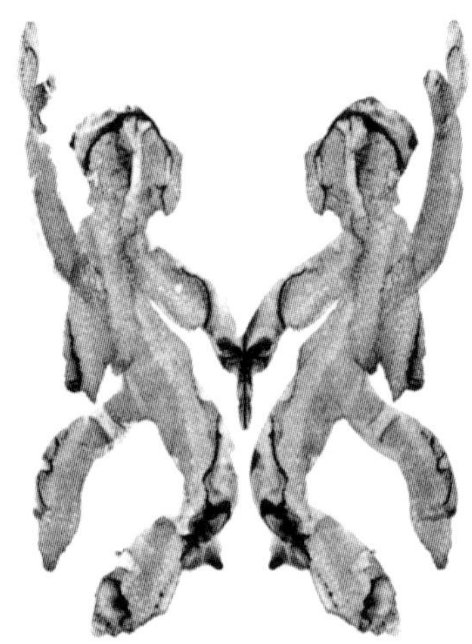

TAM-TAM

GO-GO

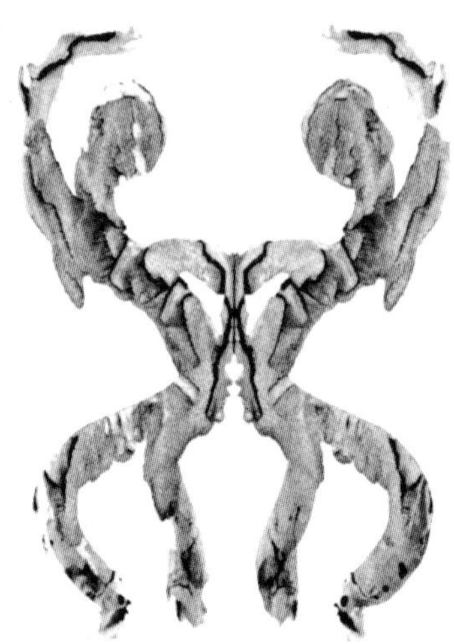

CAN-CAN

Klecks-Reflex des Artifex. Bildergruß von Horst Janssen.

Nach Telgte? – Nee, nach Hause.

Mit Horst und Gesche Janssen beim Befeiern
seines 65. Im Verlag St. Gertruden, Hamburg 1994.

Mit Günter Grass nach dem gemeinsamen Vortrag von Barock-Gedichten im Sendesaal des NDR III, Hannover 1998.

Ein jeder, was ihm gefället

Wer will, kann ein gekröntes Buch
von schwarzen Krieges-zeiten schreiben:
Ich will auff Venus Angesuch
ihr süsses Liebes-handwerk treiben:
Ich brenne. Wer nicht brennen kann,
fang' ein berühmter Wesen an.

Ich sehe vor mir Blut und Staub,
und tausend Mann gewaffnet liegen,
ich sehe, wie auff Sieg und Raub
so viel vergöldte Fahnen fliegen:
Doch brenn' ich. Wer nicht brennen kann,
fang' ein berühmter Wesen an.

Kaspar Stieler (1632–1707)

Wie Er wolle geküsset seyn

Nirgends hin / als auff den Mund /
da sinckts in deß Hertzen grund.
Nicht zu frey / nicht zu gezwungen /
nicht mit gar zu faulen Zungen.

Nicht zu nahe / nicht zu weit.
Diß macht Kummer / jenes Leid.
Nicht zu trucken / nicht zu feuchte /
wie Adonis Venus reichte.

Nicht zu harte / nicht zu weich.
Bald zugleich / bald nicht zugleich.
Nicht zu langsam / nicht zu schnelle.
Nicht ohn Unterscheid der Stelle.

Paul Fleming (1609–1640)

Kleine Weltwirtschaftslehre

oder: es reimt sich

Für Günter Grass, den Gedankenfreund, zum 70.

Manche sagen, rechts und links,
das sind abgestandne drinks,
na, dann prost!

So zu schreiben ohne Not
ist ein leichtverdientes Brot,
noch 'n Toast!

Wissen zwar, das Kapital
herrscht bereits global fatal,
aber pssst!

Daß es, flüchtig wie ein Reh
Nicht vor Schreck nach Übersee
Uns entssst.

Freiheit ist ein feiler Schatz,
bietet manchem Freier Platz,
nur nicht dem,

der vermerkt, als Sozialist,
daß sie Arbeitsplätze frißt
mit System.

Mit System, heißt mit Verstand,
auch als Ratio weltbekannt,
die macht Sinn.

Weil, entgegen mancher Narrheit,
bleibt unteilbar wie die Wahrheit:
der Gewinn.

Ei, ei, ei, das Eigentum
wurde zwar verpflichtet zum –?
sag den Rest!

Wo selbst der Verfassungstext,
wenn ein Grundproblem erwächst,
uns verläßt.

Wirtschaft, Banken, Automat
haben sich den Staat privat
schon so weit gekrallt,

daß bei freiem Weltverkehr,
Steuerflucht, Betriebstransfer
absolut kein Halt.

Nur für die sozialen Lappen
darf noch Vater Staat berappen,
was heißt Staat?

Wir und unsre Kinder sind's,
die mit Zins und Zinseszins
Stehen bis in nächste, ins – na, parat!

Stehn parat und starrn verwundert
in das kommende Jahrhundert,
was wird sein?

Renten und Versicherungen,
Krankenkassen ausgewrungen,
Schulung, Bildung leergesungen,
Himmel, nein!

Himmel doch! Es sei, ihr rührtet
euch noch einmal und marschiertet
massenhaft und intoniertet
gegens asozial Globale
eure Internationale
nochmal neu!

Alles leeres Stroh und nasses Heu.

Weil ihr werdet lieber in die Messer-
läden
laufen
und ihr werdet wie die Menschenfresser,
jeder gegen jeden
dicke Knacker kaufen
und per Volksentscheid befinden, daß bei Schuß-
waffen ausnahmsweise mal kein Ladenschluß.

Und die Mütter und die Väter
unsres Grundgesetzes werden aus dem Äther
niederschaun auf Was-sie-so-nicht-recht-gesehn:
daß nach Nazis und dergleichen Elementen
nochmal völlig andre kommen könnten,
die die Welt auf ihre Art verjeun.

Ja, ihr seid zu viel, d.h. seid über.
Was rein logisch heißt, ihr stecktet lieber
noch ein Stück zurück.
Weil schon bei halbierten Löhnen
lassen Arbeit sich und Kapital versöhnen
und den monetären Urgewalten
gegenüber sich ein Standort halten:
Abgemacht! Viel Glück!

Ergo: blickt mal etwas über euren
Austernrand in Klecken und Kaufbeuren
weg – ins Weite – in die große Dritte Welt:
wo der Kaktus blüht, die Palmen rauschen,
überall gibt es was Schlaues zu erlauschen,
wenn z.B. Kündigungs- und Arbeitsschutz entfällt,
strahlt der Wohlfahrtshimmel augenblicklich
wieder blau.
Und es denkt kein Mensch daran, in magern
Jahren Arbeitsplätze einfach auszulagern:
Solches merkt euch:
überhaupt und als Knowhow!

Welt-Urvortrag am 16. Oktober 1997 im Thalia-Theater, Hamburg.

Ich bin der Kohl, ich bin der Kolk-,
der Rabe, schwarz wie Priem.
Ich liebe das gemeine Volk
Und halte mich fern von ihm.

(Heinrich-Heine-Gedenk-Lied, 1959)

Sieben ältliche und aufgefrischte Rezepte für
Peter Rühmkorf
zum siebzigsten Geburtstag angerührt
und ins Bild gebracht von
Günter Grass
Was Freud nicht wußte
Mit Feuersteinen,
zum Kreis gelegt,
einen Traum bannen.
Verhütet Zahnschmerz
Von rechts- wie linksgewickeltem Stacheldraht
den Rost bürsten, diesen im Wasserglas
mit hochprozentigem Alkohol verrühren,
damit vor jedem Schluck die Mundhöhle spülen.
Gut gegen Schnupfen
Eine luftgetrocknete Kröte
zur Winterzeit im Mörser zu Pulver stoßen,
das, in einen Beutel gefüllt,
unters Kopfkissen gelegt wird.
Haussegen
Den Hammer, der es noch tut,
die Sichel, die nichts mehr taugt,
über die Tür gehängt: schützt vor Besuch
und schreckt sogar Asseln ab.
Steif und fest behauptet
ist es nicht die Chemie, sondern Natur,
die den besonderen Pilz treibt,
der uns – mit Vorsicht genossen – erlaubt,
dem Alter aufrecht zu widerstehen.
Vorsorge
Mit heißer Milch
Gummistiefel ausspülen,
diese hinter sich schütten,
so Spuren verwischen.
In Reimen angeraten
Ein Vogelnest bis zum Rest
langsam zerkaut, gründlich verdaut,
beflügelt Peterlein ungemein.

Peter Härtling, Günter Grass (VS-Kongreß München, 29. Februar 1980).

Siegfried Lenz.

Arnfrid Astel, H. M. Enzensberger, Michael Krüger, Jürg Federspiel, Reinhard Lettau (Callista, Australien, 24. März 1981).

Harry Rowohlt (Fasching, Rowohlt Verlag, Reinbek).

Hans Jürgen Fröhlich und Michael Krüger (München, Fasching).

A. Paul Weber (1979/80).

Heinrich Maria Ledig-Rowohlt (etwa 1987).

Franz Josef Degenhardt (»Künstler für den Frieden«, St. Pauli Stadion, September 1983).

Walter Jens (Akademie der Künste, Berlin, 9. Oktober 1999).

Walter Kempowski (Hamburgische Akademie der Künste, 2004).

Klaus Staeck (Ausstellung in der Hamburger »Fabrik«).

Heinz Ludwig Arnold.

Hans Magnus Enzensberger, Hanjo Kesting (Kleiner Sendesaal NDR III, Hannover, 2. November 1999).

Jan Philipp Reemtsma (im Arno-Schmidt-Archiv 1989).

Rolf Hochhuth (Berlin, 1. Juli 2000).

Robert Gernhardt (Hamburg, 27. März 1995).

HAWI
6065 HH
© by Rowohlt Verlag
LITERATURHAUS
HAMBURG
PETER RÜHMKORF
AUF WAS NUR EINMAL IST
...bringt Poesie in die Stadt
Manchmal fragt man sich: ist das das Leben?
Manchmal weiß man nicht: ist dies das Wesen?
Wenn du aufwachst, ist die Klappe zu.
Nichts eratmet, alles angelesen,
siehe, das bist du.
Und du denkst vielleicht: ich gehe unter,
bodenlos und fürchterlich –:
Einer aus dem großen Graupelhaufen,
nur um einen kleinen Flicken bunter,
siehe, das bin ich.
Aber dann, aufeinmalso, beim Schlendern,
lockert sich die Dichtung, bricht die Schale,
fliegen Funken zwischen Hut und Schuh:
Dieser ganz bestimmte Schlenker aus der Richtung,
dieser Stich ins Unnormale,
was nur einmal ist und auch nicht umzuändern:
siehe, das bist du.
MONT BLANC
Meisterstück - 75 Years of Passion & Soul
DIFA
Chilehaus - 75 Jahre Tradition und Innovation
HVW

e for life:

rfenen haben sich zur Feier des Tages
igst von ihrer Bodenstreu zu erheben.
ng wird erst verhandelt,
egerseitig ein Gewinn dabei rausschaut.

korf

g

einmalso, beim Schlendern,
Dichtung, bricht die Schale,
zwischen Hut und Schuh:
stimmte Schlenker aus der Richtung,
Unnormale,
ist und auch nicht umzuändern:
lu.

Im »Leine-Domizil«, Hannover, 1978.

Mit Regina Schulte am Hülse und Witwulf Malik im »Spiegelzelt«, Düsseldorf, 25. September 1988.

Im Refektorium Kloster Loccum, 7. Dezember 1985.

Jazz und Lyrik in Kirchen, Kellern, Klöstern, Zelten, Hallen und Fabriken.

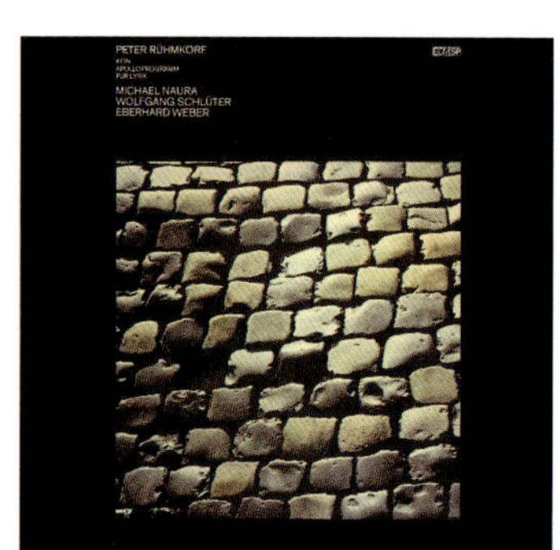

Beim »Heiden-Spektakel«, Eschede, 22. Juni 1986.

Mit Michael Naura und Wolfgang Schlüter im Klosterhof »Unsere liebe Frauen«, Magdeburg, 21. September 1989.

Geburtstags-Concerto in St. Johannis, Hamburg, November 1989. Von links: Albert Mangelsdorff, Michael Naura, P. R., Leszek Zadlo, Wolfgang Schlüter, Herbert Joos, Claus Bantzer, Eberhard Weber.

Im »Birdland«, Hamburg (13. Dezember 2003).

»Woran kann man sich da noch festhalten in diesem Strudel aus Schaum und Wasser, wo einige schon mit dem Gesicht nach unten treiben? Was mich betrifft, sage ich: an Rühmkorf zum Beispiel. Schlüter und ich haben unzählige Konzerte gegeben. In Kaschemmen und im Salzburger Mozarteum, in der Gruga-Halle und Universitäten, in Radio-Studios und auf Festivals. Das Ergebnis dieser jahrzehntelangen Wanderschaft durch die wechselnden Kulissen und Landschaften ist eine Art von vegetativem Spiel, ein Schlafwandeln in der Musik zu zweit. Aber jetzt sind wir ein Trio, das die arbeitsteiligen Künste wieder zusammenführt. Der Rhythmus im Sinne Duke Ellingtons und Count Basies, den Rühmkorf von einer höheren Warte aus auch nur eine ›Verkrampfung‹ nennt, ist für uns immer noch ein verzichtbarer Kompaß. Und doch: gelegentlich lassen wir die Windrose sausen. Dann fahren wir, dann fließen wir im Strom der frei improvisierten Musik und suchen an der Seite des Dichters einen ›zweiten Weg ums Gehier rum‹.
Und die Innenansicht dieser Liebesbeziehung zwischen Lyrik und Jazz? Rühmkorf schreibt mir am Tag des Schlesiers 1985:
›My Darling, hier schnell nochmal eine erweiterte Liste mit u. a. vielleicht einigen Soli. Dann: zwei neue Opera, die in Eile frisch in Töne gesetzt werden wollen. Durch dauernde Gedanken an dich hat sowas Ritornellhaftes wie seinerzeit die Feuerfeemusiken: lies es mal walzermäßig ›Der Himmel-so/vi-olett/winterlich‹ – hörst du? wie es sich dreht? …

Plattencover: »Lyrik und Jazz«, Sprecher Gert Westphal, Musik Johnny Griffin (1963) – »Phönix voran« (1978) – »Kein Apollogramm für Lyrik« (1976).
»Phönix voran«, Cassettenedition (1987).

Après lude, mit Michael Naura, Eschede 1986.

… Dann PAR AVION express, das ist natürlich eine große Rhapsodie mit Druck und Zug und lang ausgezogenen Zirrusröten am Anfang und mal anschwellenden mal abebbenden Binnenkreiseln im Innern und mächtigen wieder ins Weite gehenden Schwüngen am Ende: Atme tief und seufze es Dir vor – aber: bei vollem Bewußtsein und in Würdigung der Finessen!

Many Happy inventions!

Dein Lingui‹

James Joyce in Ulysses: ›Worte? Musik? Nein, was dahinter ist.‹ Ich träume jetzt nicht mehr so düster: ›New York am Hudson. Mit der Flut strömt Wasser durch die Straßen. Wir erreichen einen altmodischen Laden mit einem deutschstämmigen Besitzer. Eisenwaren etc. Plötzlich füllt sich der Laden mit einem Kinderchor, der einen wunderbaren Choral singt.‹

Aus dem Bett gesprungen, ans Klavier und die Melodie auf Kassette festgehalten. Wir spielen in den ›Phönix voran‹-Konzerten, wenn Rühmkorf, unser Elb-Goethe, ›Laßt leuchten!‹ singt:

›Weißt du noch wie du noch Kletten im Haar,
Knöpfe in der Kollekte …,
als das Leben anfänglich war
und nach weiterem schmeckte?‹«

(Michael Naura in »That's Jazz«, 1988)

»Einmalig wie wir alle«, 1989.

F i n a l e a l s -

A l t e r s s t i l a l s F r a g e s t e l l u n g

Die wir uns von allem Angelernten
einfach mal entfernten . . .

Die wir etwas lebenslang Trainiertes
von uns warfen wie was Stuckverziertes . . .

(weit geschätzten) (breit)
Die wir dann, nach reich prämierten Flauten,
auf den Putz wie auf den Erdball hauten . . .

Kann doch sein, daß wir, nach allem, was gewesen,
plötzlich merken, es war ~~gar~~ nicht bloß soso -
und wir klappern ~~noch~~ mit unsern Pro-
so als wären es gewagte Antithesen -
(kaum noch zum Erheitern)
und auf einmal, ohne uns daran noch zu erheitern,
~~merken,~~
auch auf Hühnerleitern
läßt sich scheitern.
Ober! Noch ne Witwe!
aber nicht Cliquot.

Des Bewußtseins Schlaf gebiert
flackerndes Gelichter –
Statt betrübt ins Nichts gestiert,
zeig uns die Vernichter!

Weil was Kunst mit Kunst verschweigt,
wird am Leben fehlen;
wer uns keinen Himmel zeigt
kann uns viel erzählen –

Eberhard Schlotter.

Spät fand ich raus – aus – (Nebel-)Schwefeldämpfen.
Ich lernte:
Liebe hat zu tun und Klassik hat zu kämpfen.
Im Gegensatz zu einfach, wenn die Kult-
die Kultfigur brisant danebenstrullt.

Doris Waschk.

Robert Gernhardt.

Was dann nachher so schön fliegt …
wie lange ist darauf rumgebrütet worden.

Ali Schindehütte.

So alte Dichter, Gotterbarm,
auch alternde Composer,
die einen werden täglich harm-,
die andern umstandsloser.

Johannes Nawrath.

Arno Waldschmidt.

Ach, der Rhythmus ist immer derselbe,
und die Reime hat jedermann satt.
Doch da sitz ich nun mal an der Elbe
und warte wie wild auf das selbe
Briefträgerrad …

Schnaps, du mein Brennglas,
in dem ich mich sammle, verliere,
was les ich auf deinem Grund?

Liebe Kinder hört mal zu.
Hier sind A – E – I – O – U
(rückwärts: U – O – I – E – A):
Eine Lautharmonika:
RACK – RECK – RICK – ROCK – RUCK

Hans Traxler.

Johannes Nawrath.

Irgendwie haben uns gerade diese rücksichtslosen Tiefschläge der Kulturreaktion ganz gewaltig gestählt. Richtig harte Nehmer sind wir geworden in dieser mitleidslosen Arena. Richtig professionelle Einstecker und Konterschläger. Aber beklagen wollen wir uns natürlich nicht ein bißchen – uns haben sie nicht totgekriegt, und andere sind geworden was sie immer nur werden wollten: Erfolgsschriftsteller!

F. W. Bernstein.

Der Welt per AIR MAIL/EILPOST auszurichten:
Die meisten Dichter
Können gar nicht dichten.

Dito die meisten Maler gar nicht malen,
Gott, wer dran glauben will,
der soll's bezahlen.

Bleib erschütterbar und widersteh

Also heut: zum Ersten, Zweiten, Letzten:
Allen Durchgedrehten, Umgehetzten,
was ich, kaum erhoben, wanken seh,
gestern an und morgen abgeschaltet:
Eh dein Kopf zum Totenkopf erkaltet:
Bleib erschütterbar – doch widersteh!

Die uns Erde, Wasser, Luft versauen
– Fortschritt marsch! Mit Gas und Gottvertrauen –
Ehe sie dich einvernehmen, eh
du im Strudel bist und schon im Solde,
wartend, daß die Kotze sich vergolde:
Bleib erschütterbar – und widersteh.

Schön, wie sich die Sterblichen berühren –
Knüppel zielen schon auf Hirn und Nieren,
daß der Liebe gleich der Mut vergeh ...
Wer geduckt steht, will auch andre biegen.
(Sorgen brauchst du dir nicht selber zuzufügen;
alles, was gefürchtet wird, wird wahr!)
Bleib erschütterbar.
Bleib erschütterbar – doch widersteh.

Widersteht! im Siegen Ungeübte,
zwischen Scylla hier und dort Charybde
schwankt der Wechselkus der Odyssee ...
Finsternis kommt reichlich nachgeflossen;
Aber du mit – such sie dir! – Genossen!
teilst das Dunkel, und es teilt sich die Gefahr,
leicht und jäh – – –
Bleib erschütterbar!
Bleib erschütterbar – und widersteh.

All dein Glück wie nie gewesen

All dein Glück wie nie gewesen,
aller Scherz wie nicht von hier,
und da möchtest du es schon mal lesen,
daß es jemandem so ging wie dir.

Ganz genau so unbegründet
mitten aus der Fahrt zu Fall –
Daß ein Ich sein Echo findet
in dem sterneleeren Überall.

Wie ein Lied aus bessern Tagen
streift dich der Gefangnen Chor –
Ausgesprochene Versagersagen
reißen den Gestrauchelten empor.

Oder du auf deiner Einmannliege,
nachts, auf dem verrutschten Tuch,
wirst du deiner Einzigkeit gewahr –
und es wär schon gut, wenn jetzt ein Buch
über dir zusammenschlüge
wie ein lichtgesäumtes Flügelpaar.

Nach der Bandscheibenoperation: Einzug eines fahrenden Sängers auf der Krankenbahre, Literarisches Colloquium Berlin, 2. Juni 1989.

Oevelgönne 50, Hamburg,

Einblicke und Ausblicke. Ständiges Domizil seit 1967.

Letzte Ausfahrt Ithaka
Für E.

Es gibt Lieblingsteller, Lieblingstassen,
die sich schwer in goldne Worte fassen lassen,
Handgemaltes, Handgeschenktes,
und wenn ich
(was ich damit nicht beschwören wollte),
mal aus unsern Kreisen scheiden sollte,
daran hängt es!
Auch dem Glockenbecher *Denk an mich.*

Warum ich das sage? Weil ein klein
wenig sowas
möchte ich in deinen Augen sein:
Durch Gebrauch Verhaunes und Zerdelltes,
Kerbe hier und Scharte da,
doch gerad aus diesem Grund gefällt es,
und selbst mein
schwer von wilder See gewelltes
Sindbadsleben geht dir herzlich nah.

BENVENUTO – A –
Wer sagt's denn? Ithaka!

Seewolf
Harmstorf †
Der faule

»Was ist der Mensch?« (sein Wesen?) – schwer zu fassen. Lauter so Sprenkel, die nicht zueinanderpassen. Von wo entsprungne, woraufhin vermengte? Vielleicht, daß die mal jemand logisch aneinanderhängte …

Mit dem Archivar Helmut Schenkel im P. R.-Archiv, Fersenfeldtsweg 6, Hamburg-Winterhude.

Mit dem Bibliographen und Herausgeber des Memobandes »Die Jahre die Ihr kennt«, Wolfgang Rasch, und Helmut Schenkel im Archiv.

Auf den Feiern und Festen der Gruppe 47 suchte Uwe Johnson, wenn er ordentlich geladen hatte, öfter meine Gesellschaft. Johnson rückte an meine Seite, er kümmerte sich aus eigenem Antrieb um mich. Ich habe keine Ahnung, ob er was von mir gelesen hatte, ob er meine Bücher, meine Artikel kannte. Ein Grund dafür war sicher, daß ich beim Schlucken durchaus Schritt halten konnte mit ihm, weil ich alkohologisch gesehen ein guter Saufbruder war. Kurz: Es war eine Trinkerfreundschaft, und in diesen Zuständen liebte er besonders gewisse Regressionen ins Plattdeutsche. So haben wir beide uns dann oft auf Plattdeutsch unterhalten, was kaum jemand in diesem Edelkreis verstand, und es war eine absolut verrückte Nummer, an der er Spaß hatte. Da sagte er denn einfach: »Ach Rühmkorf, kom doch mo 'n lütt betn röwer«, nich, un dann hebbt wi op platt snackt. Die anderen guckten uns an wie so ein extraterritoriales Doppelmonstrum. Wenn die Mitwelt sich hochschraubte, irgendwelche philosophischen oder ästhetischen Fragen erörterte, snackten wir platt. Das war eine zu unserem Privatvergnügen veranstaltete Nummer, die aber auch als Affront gegen den Betrieb gedacht war.
(P. R. in: Uwe Johnson: »Befremdungen«, 2002)

Uwe Johnson und P. R., Tagung der Gruppe 47 in Aschaffenburg.

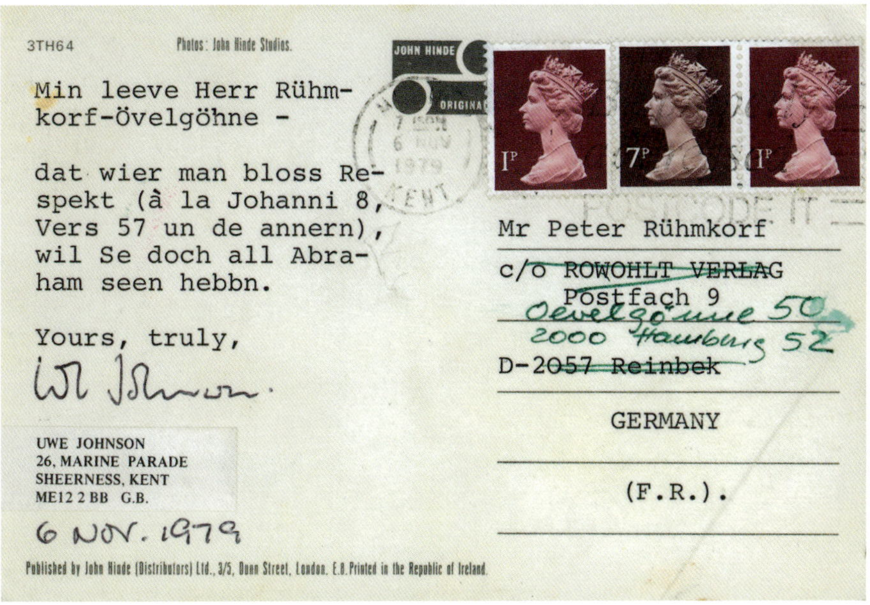

3TH64 Photos: John Hinde Studios.

Min leeve Herr Rühmkorf-Övelgöhne -

dat wier man bloss Respekt (à la Johanni 8, Vers 57 un de annern), wil Se doch all Abraham seen hebbn.

Yours, truly,

Uwe Johnson

UWE JOHNSON
26, MARINE PARADE
SHEERNESS, KENT
ME12 2BB G.B.

6 NOV. 1979

Mr Peter Rühmkorf
c/o ~~ROWOHLT VERLAG~~
~~Postfach 9~~
Övelgönne 50
2000 Hamburg 52
D-~~2057 Reinbek~~
GERMANY
(F.R.).

Published by John Hinde (Distributors) Ltd., 3/5, Dean Street, London, E.8. Printed in the Republic of Ireland

Kartenfund aus den Tiefen des Archivs.

Chanson

Wenn, aber dann,
in allem was ich tu,
ich etwas liebe,
halt ich darauf zu.

Eh wir in Bern-
stein oder Kalkstein eingeschlossen sind,
käm ich schon gern,
solang der Saft noch rinnt –

Ich bin auf Tour,
die Zeit wird merklich knapp.
Ich seil mich nur
noch oben eben ab.

I am your knight,
d. h. schon kurz vor den Knien.
Den Zahn der Zeit,
den werden wir ihr ziehn.

Kommt nur drauf an,
woran man wirklich glaubt:
Das Ding an sich?
Das Leben überhaupt?

Und dieses wird,
soweit die Dinge stehn,
ein bißchen anders aus
als in der Glotze sehn.

Werkausgabe, herausgegeben von
Bernd Rauschenbach (Bd. 1),
Wolfgang Rasch (Bd. 2)
und Hartmut Steinecke (Bd. 3).

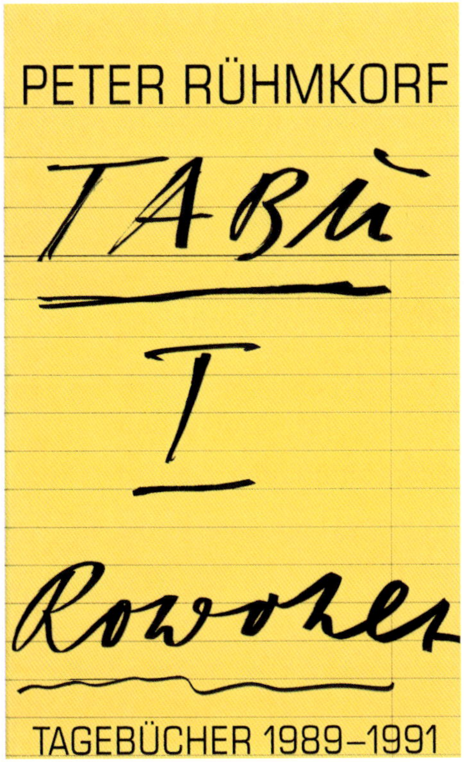

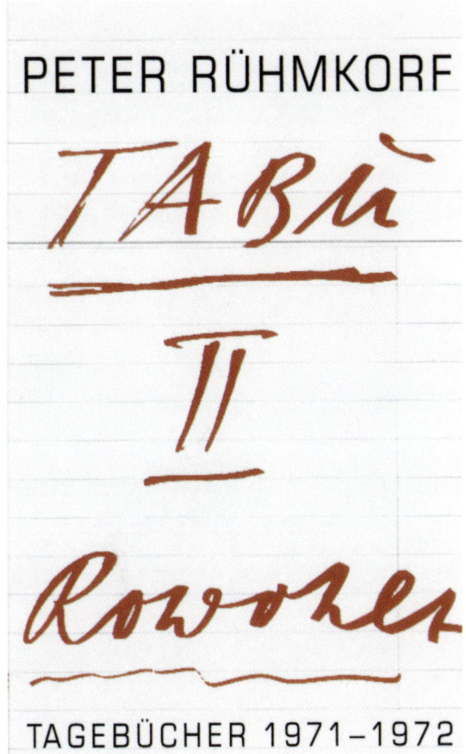

»Camerado, dies ist kein Buch. Wer dies berührt, berührt einen Mann.« Walt Whitman
(Motto »TABU I«).

»Trotz all ihrem Schein, der Plackerei & den zerbrochenen Träumen ist diese Welt doch wunderschön. Sei vorsichtig. Strebe danach, glücklich zu sein.«
Aus der alten St.-Pauls-Kirche, Baltimore, 1692
(Motto »TABU II«).

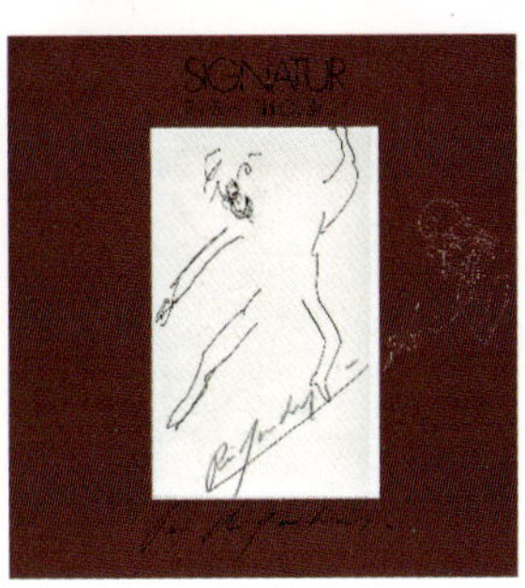

Sohn …

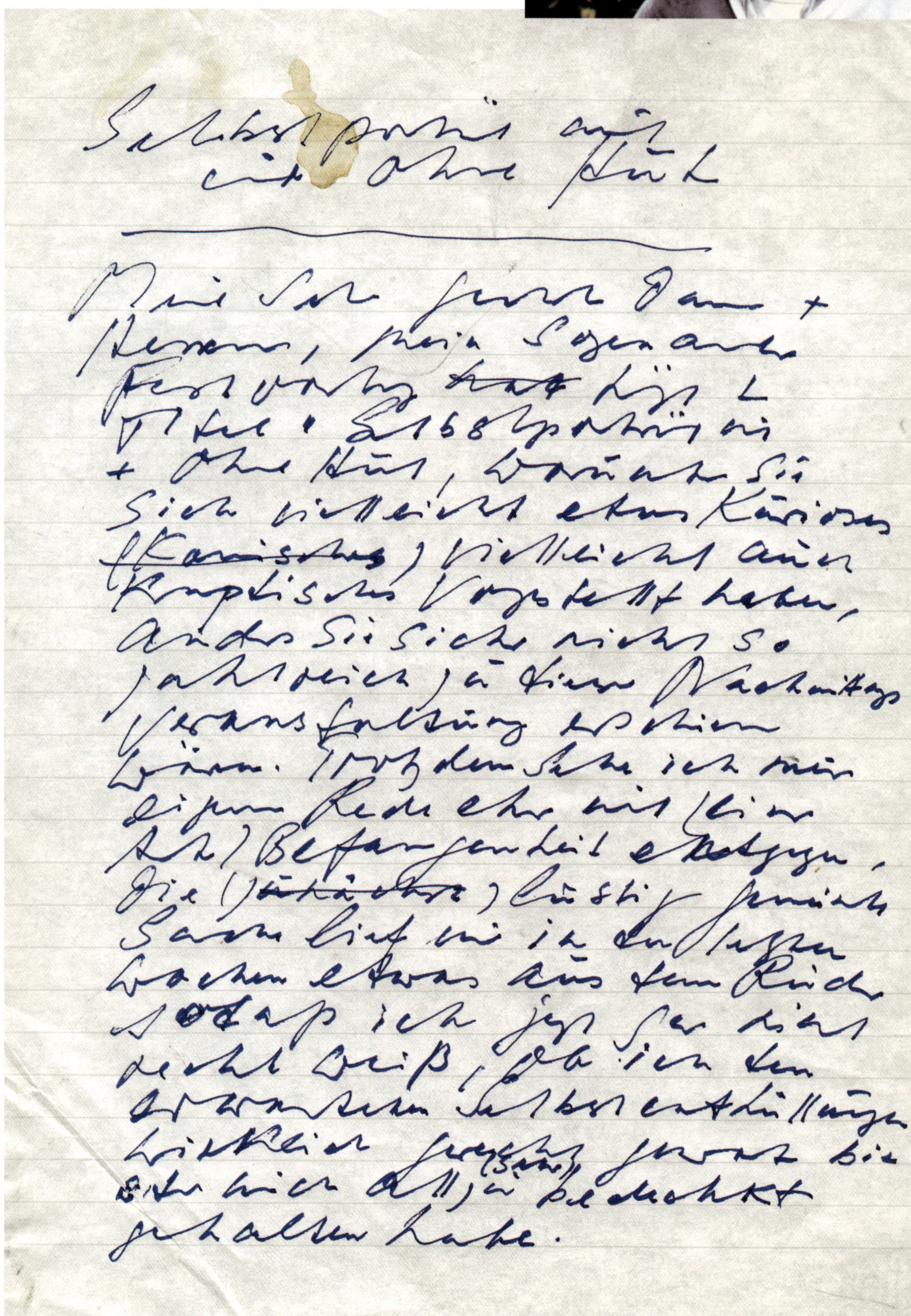

Selbstporträt mit und ohne Hut

Meine sehr geehrten Damen + Herren, mein sogenannter Festvortrag ~~hat~~ heißt Titel: Selbstporträt mit + ohne Hut, worunter Sie sich vielleicht etwas Kurioses (~~Komisches~~) vielleicht auch Kryptisches vorgestellt haben, andernfalls Sie sich nicht so zahlreich zu dieser Nachmittags-Veranstaltung eingefunden hätten. Trotzdem sehe ich meiner eigenen Rede eher mit kleiner Angst / Befangenheit entgegen. Die (~~Zuhörer~~) lustig gemeinte Sache lief mir in den letzten Wochen etwas aus dem Ruder, so daß ich jetzt gar nicht mehr weiß, ob ich den erwarteten Selbstenthüllungen wirklich [illegible] (ganz) gewachsen bin oder mich [illegible] zu bedeckt gehalten habe.

Selbstporträt mit und ohne Hut:
Entwurf für die Festrede
zur Verleihung des Dr. h.c.
an der Universität Gießen,
27. November 1989.

… und Mutter, Roseburg.

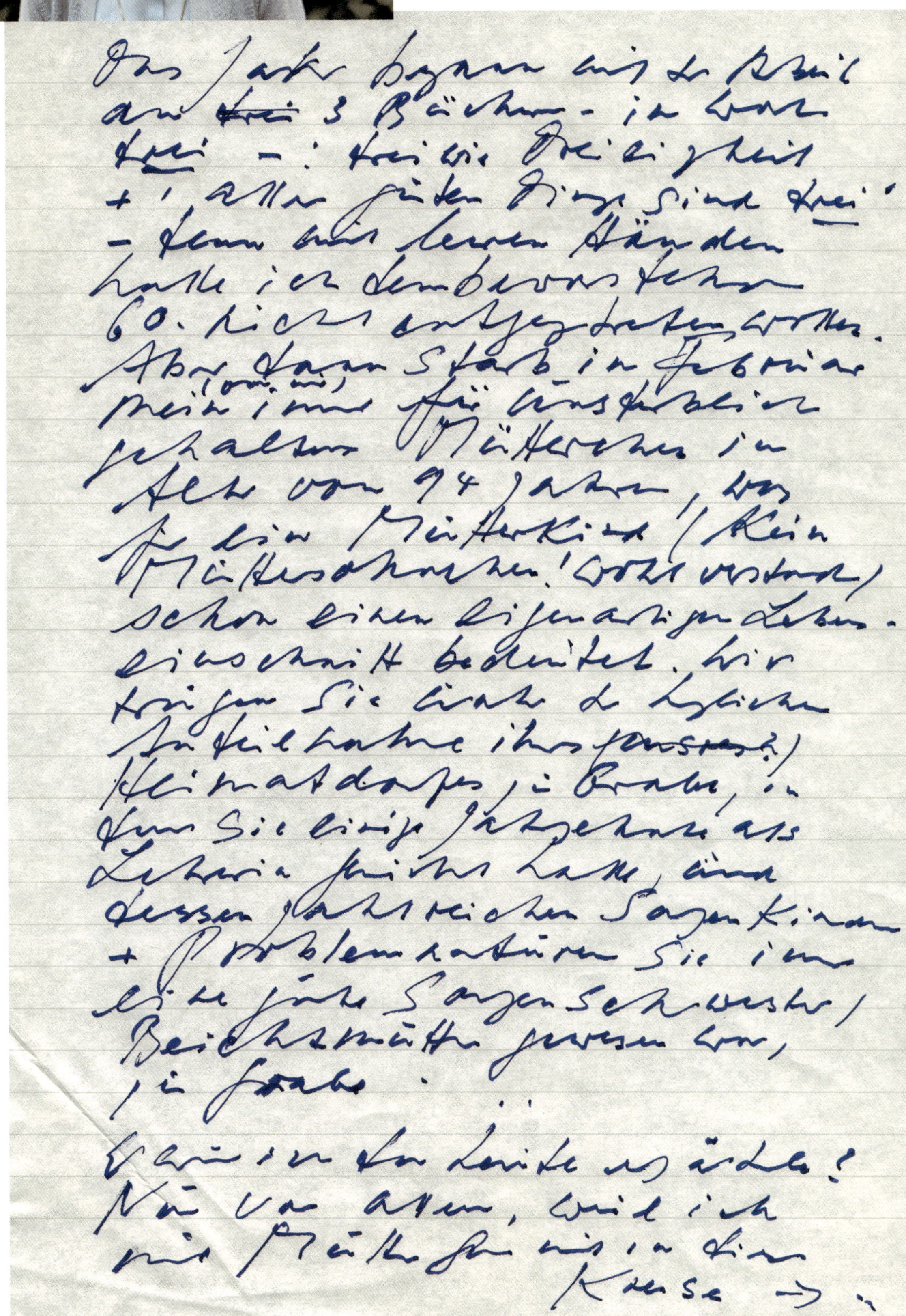

Das Jahr begann mit der Arbeit an ~~drei~~ 3 Büchern – im Wort ~~drei~~ –: dreieinige Dreieinigkeit + 'aller guten Dinge sind drei' – denn mit leeren Händen hatte ich dem bevorstehenden 60. nicht entgegentreten wollen.
Aber dann starb im Februar mein immer für uns stabil erhaltenes Mütterchen im Alter von 94 Jahren, was für ein Mutterkind (kein Muttersöhnchen! wohl verstanden) schon einen eigenartigen Lebenseinschnitt bedeutet. Wir trugen sie unter der herzlichen Anteilnahme ihres ganzen Heimatdorfes, zu Grabe, in dem sie einige Jahrzehnte als Lehrerin gewirkt hatte, und dessen zahlreichen Sorgenkindern + Problematikern sie immer eine gute Sorgenschwester/Beichtmutter gewesen war, zu Grabe …

Warum ich das Leuten erzähle? Nun vor allem, weil ich mit Mütterchen mich in einer Krise →

Fotonachweis

S. 7: Annelise Kretschmer. S. 8l.: Ernst Nöldeke. S. 37u., 40l., 40r., 41r., 48o., 49o., 53, 59: Ilse Hofmann. S. 60, 66: Ulrich Mack. S. 62: Rosemarie Clausen. S. 64, 70o., 74, 76o.: Leonore Mau. S. 70u., 107u.l., 146 3. v.o.: Renate von Mangoldt. S. 84l., 84r.: Karin Székessy. S. 95: Hanne Garte. S. 96u.: Alexander von Paczensky. S. 99u.: Peer Egtved. S. 100o.r.: Michael Friedel. S. 102u.r.: Paul Kersten. S. 109: Barbara Klemm. S. 110: Isolde Ohlbaum. S. 118, 132 (Weber): Eva Rühmkorf. S. 120, 152, 153: Dietrich Neumann. S. 126: Michael Hauptmann. S. 133 (Arnold): Klaus Staeck. S. 136r., 137, 138: Christina Naura. S. 145: Peter Peitsch. S. 146 2. v.o.: Christoph Derschau.
Alle anderen Fotos: privat.
Wir bitten um Nachsicht und Mitteilung für den Fall, daß uns Bildautorschaften entgangen sein sollten.

1. Auflage 2004

Buchgestaltung: Steidl Design / Claas Möller / Karsten Lücke
Umschlagfoto: Gerhard Steidl
Scans: Steidl's digital darkroom
Gesamtherstellung und Druck:
Steidl, Düstere Str. 4, D-37073 Göttingen
www.steidl.de
ISBN 3-86521-049-X

Auch im Maul des Hais
läßt sich noch über Zukunft reden,
aus der Dose nicht mehr.